少年千日惑

王福梅 著

长江出版传媒　长江文艺出版社

图书在版编目（ＣＩＰ）数据

少年千日惑 / 王福梅著． -- 武汉：长江文艺出版
社，2018.11
ISBN 978-7-5702-0544-8

Ⅰ．①少… Ⅱ．①王… Ⅲ．①长篇小说－中国—当代
Ⅳ．① I247.5

中国版本图书馆 CIP 数据核字（2018）第 167530 号

责任编辑：谈　骁　胡　璇　　　　　责任校对：陈　琪
装帧设计：张青立　　　　　　　　　责任印制：邱　莉　王光兴

出版：　长江出版传媒 | 长江文艺出版社
地址：武汉市雄楚大街 268 号　　　　邮编：430070
发行：长江文艺出版社
电话：027—87679360
http://www.cjlap.com
印刷：大厂回族自治县德诚印务有限公司

开本：700 毫米 ×1000 毫米　　　1/16　　印张：17.5　　插页：2 页
版次：2018 年 11 月第 1 版　　　　2018 年 11 月第 1 次印刷
字数：229 千字

定价：48.00 元

目 录
contents

第一章　分离是个成长过程

一、年少时光

我初中毕业考试成绩 620 分，这个分数在班上只能算中上，但我心里感到小满足，因为有多半同学比我分数低，可是仍旧离巴州中学免费录取分数线差几分，我又兴奋不起来。巴州中学是市重点，录取分数高不可及，一个学校能够达到分数线的仅几十个人。

上录取分数线的堪称佼佼者，我也是落榜生中的佼佼者，我这样自我安慰。这个成绩并没让我十分丢脸，只是不能让我骄傲起来。

我尽力了，考试那段时间，我用尽全力复习，每天晚上半夜才睡觉，每晚只睡五六个小时，并且早在考试前半年，我努力克制住自己，没有上网玩游戏，这个对我来说很不容易。对我而言玩游戏就好比跟吃饭睡觉一样重要，我把它当作我的精神食粮，不能缺少。复习期间我坚持没玩游戏，因为我想考个好成绩，让爸妈开心。另外他们承诺奖励我，我希望得到一部新手机，或者电脑，或者出去旅游。以前每当我考高分数的时候，妈妈总是给我物质奖励，读小学的时候妈妈奖励给我很多汽车玩具，占据我卧室半壁墙。妈妈总是这样给我惊喜，也给了我学习的动力。

巴州重点中学分数线是 625 分，我还差 5 分，意味着我想读这个学校必须交钱。分数公布以后，我心里有些失落，怕被妈妈训斥，好几天没敢吭声，闭口不说关于考试的事情。有时候妈妈兴致浓厚谈到学习，我也是心里发虚，赶忙岔开话题。后来一段时间妈妈很忙，无暇过问我的事情，我尽情上网玩游戏，轻松悠闲地度过这段时光，不去想这个恼人的问题。

从小学到初中，我的考试成绩一直不错，成绩出来以后，一般情况下，我见到妈妈便主动报告；偶尔考试成绩不好，便不主动报告；一旦妈妈问起考试情况，我还是如实报告。妈妈说我报喜不报忧，看似轻描淡写，其实很在乎。我报告好的次数比较多，妈妈对我的学习能力从来不怀疑。除了学习，周六、周日我还要学习绘画、唱歌、跳舞、游泳、下棋、踢足球。平时上学起早，周末早上赖床上就像睡在童话里，不想起来。妈妈会跟平时一样准时叫醒我，她念叨着：隔壁家的同学已经背起书包出门了，你再不起来就迟到了。久而久之，我习惯了听妈妈的念叨，在她的念叨声中起床，穿衣，洗漱，走出家门。

读初中以后，不知为什么我学习劲头没有那么大了，考试分数一次比一次低，偶尔能考到前几名，自己也不明白是怎样撞上的。妈妈有时抽问我考试如何，我含糊回答她，她对我的回答不满意，要我把考试成绩拿回家。我把考得好的卷子拿回家，她看到分数不错，于是露出灿烂的笑脸。看到她笑，我也感到轻松愉快。有几次我不得不把考得不太好的卷子拿给她看，她嘴角的笑容瞬间消失，声音一下子提高，她质问我怎么搞的，我很紧张，回答不上来。她叫我找原因，我摇摇头说不知道。

我内心不愿意接受她这样的态度，心里不高兴，很抵触，所以不愿意回答，就连思考的心情都没有了。我呆呆站着，听凭妈妈发落。妈妈并不喜欢我这样，脸更加阴沉，我越发紧张。

成绩考得不好拿回家就有得苦头吃，后来我不给妈妈看。我不知道这算不算作弊，或者不诚实。从小爸妈告诉我做人要诚实，他们认为诚实是关于道德品质的问题，认为这个事情非同小可。如果这件事硬要算是这个道理，那么我很难遵从这个道理，我便感到不快乐，有压抑感。

妈妈常说，丑媳妇总要见公婆。爸爸还说，纸包不住火。

这些天，邻居三五个聚一起，交头接耳谈论考试的事情。那天回家以后，我肚子胀痛，进门穿过客厅即去卫生间。妈妈立即跟过来，她堵在卫生间门口，张口欲说话，见情况不妙，我赶紧拉开卫生间门，一脚踏进卫生间。妈妈想跟进来，我关门示意她止步。门未锁，隔着门妈妈说听她学校老师讲中考成绩公布了。

卫生间隔音效果比较好，妈妈的声音绕过房顶传进来，厚实的中音变得轻薄。

我轻声回答："嗯。"

妈妈问我考得如何，我不出声。

隔一会儿，妈妈敲门，我仍不出声。随后妈妈推开门伸进半个脑袋，跟着身子欲往里钻。

我毫不犹豫以不可商量的拒绝态势大喝："出去！关门！"

蹲厕所算是我个人的事情，除了这个，在妈妈面前，我没有一点儿隐私，我的任何事情都会以各种形式暴露在妈妈眼皮底下，妈妈的眼睛比太阳还有热力，透视我的一切。为了捍卫我蹲厕所这点仅存的隐私，为了不因为考试成绩，让我隐私无处遁形，我果断大喝起来。

果然妈妈缩回头去，她关上卫生间门。一场快要爆发的战争之火被我瞬间鼓起的勇气熄灭掉了，我暗自叹口气，此时脑子发涨，全无便意。我拖延时间，为了守住秘密，尽量缩减妈妈唠叨时间。我坚守到了最后，此时没有别的招数了，我做好准备等着妈妈训话。

我不得不走出卫生间，这时爸爸已经下班回家，正在跟妈妈嘀咕什么，我听不清楚，我做好了迎接疾风暴雨的准备。出乎意外，妈妈没有继续追问，她表情平静，无风无雨，这让我摸不着头脑，我不知该高兴还是该担忧。妈妈让我洗手吃饭，她说话口气不急不缓，比我预想的温暖有爱多了。我做一个深呼吸，拉拉手臂，长舒一口气。

后来几天时间，妈妈变得沉默寡言，家里气氛似乎比往常更加沉闷，爸妈之间话比平时少了许多。有时候看见他们从外面回来，俩人绷着脸，看样子大约谈论过我的事情，甚至发生过争执，我推断他们的谈话是不愉快的。有时他们走到门口，听到他们断断续续说"交钱"，又说"重点中学"这样的字眼。至于具体内容我无法得知，竖着耳朵也听不出所以然。

有一天听到他俩在厨房说话，声音由小到大，逐渐清晰。

爸爸声音很小，说："算了吧，哪个学校都一样。"

妈妈声音高过爸爸，说："能一样吗？就得读好学校。"

爸爸压低声音，说："五万元，是一笔不小的数目呀。"

妈妈声音高起来，说："不管多大困难，也要读重点学校。"

爸爸声音跟妈妈一样大："何苦呢，你不也是普通小学的老师么。"

妈妈声音平缓一些，说："那不一样，人们都说读了重点中学，半只脚就已经跨进大学校门了。"

爸爸跟妈妈声音在一个调子上："未必呀，关键是学做人呀。"

妈妈声音又高起来，说："做人有何用？成绩才是硬道理。"

沉默。

一会儿，妈妈小声说："你拿个主意呀。"

"你已经定了的事情，还跟我说什么呀。"爸爸声音很大，听起来有些不满。我不用竖着耳朵听，爸爸声音频率很高。

妈妈的声音软下来，说："这不跟你商量嘛。"

爸爸问："你还有得商量吗？"

妈妈说："小声点，雨泽在外面呢。"

他们的声音由低到高，又出高到低，反反复复，起起落落，后来越来越小，直到我听不到。

临近开学那天，我准备出去踢足球，妈妈叫住我，要我跟她和爸爸一起去银行取钱。我不明白取钱做什么，以前妈妈取钱从来不叫我，猜想也许是给学校交赞助费。我怕妈妈抱怨，不敢多问，遂跟着爸妈一起出门。

来到学校，转一圈，我们在巴州中学附近找到一家银行。周围人不算太多，我四下看看，取款的都是大人，没有看见学生。

钱取出来以后，妈妈从包里拿出事先准备好的一沓报纸，从中取出一份，将剩余的报纸夹在腋窝下。她让爸爸平摊双手，将报纸放在爸爸手上，然后把钱放在报纸中央，再卷起报纸，包裹严实，扎上橡皮筋。皮筋扎好以后，又取一层报纸包裹，再结一根皮筋。随后妈妈环顾左右，将钱稳稳当当放在她的手提包里。

我伸手拿妈妈的包，欲帮她背，她推开我的手。我触摸到妈妈的手提包带，硬而割手。妈妈的手提包使用大约十多年，比我的年龄大，爸爸说那是她和爸爸结婚的时候，他们一起到小商品批发市场，爸爸给她买的。记得我上幼儿园的时候，她就背着这个手提包，如今带子和边子磨得有些发白了，有了小齿印。爸爸又给她买了手提包，她不舍得扔。

我和爸妈取完钱，径直往学校走。操场旁边有条小道，我上初中时常走那条道，离学校距离比大路近，并且很幽静。我带爸妈从小道走，妈妈拉住我不让走那里。我问："为什么呀？"

妈妈说："小道不安全。"

我说："哪有不安全，我天天从这里走。"

妈妈说："今天不一样，我包里装恁多钱呢。"

我忍不住笑起来了："哈哈，你包里有钱谁知道呀，难道还有妖怪会吃掉你包里的钱么？"

我故意做出惊讶的样子，睁大眼前后左右看。

妈妈拍我肩膀，说："嘘，你懂什么呀，小声点。我们在银行取了钱，万一有人跟上。"

爸爸也笑了，说："没有那么可怕吧，还有我呢。"

妈妈推爸爸一下，说："去你的吧，你也跟着起哄，万一人家身上有刀子什么的，你是斗不过的。"

爸爸说："好！现在你是重点保护对象，跟重点中学一样。"

爸爸看着我，眨巴眼，朝我努努嘴说："雨泽，我们保护好妈妈。"

我把妈妈拉到我和爸爸中间，我们如临大敌似的，三个人肩并肩，警觉地往前走。走几步，觉得我们走路的架势太别扭，我和爸爸被妈妈弄得神经兮兮的，有视死如归大义凛然的感觉。我们穿过大操场，我一直架着妈妈的手臂。快到办公楼门口，护卫工作完成，我才松开手，这时爸爸不敢懈怠，还是紧紧护住妈妈。

我手臂酸酸的，甩甩手说："现在没危险了吧？"

妈妈似乎感到安全了，她笑了，笑容松弛起来，眼睛平和地看我，不东张西望搜寻敌情了。

其实我心里不太情愿读重点中学，有一次我跟妈妈说我不想读重点中学，尤其是巴州中学。我不喜欢这个学校的氛围，据说读这学校的有钱人多。有一次，周末我和同学骑自行车玩，路过这里，看到学校外面公路两旁停满小车，全是接学生的。这些车排几公里长，堵塞交通，路过这里的车辆被堵在道上，按响喇叭，声音此起彼伏，我耳朵被刺痛了。妈妈批评我没有出息，没有志向，她认为普通中学远远没有重点中学好。

我懒得跟妈妈争辩，辩论也是孔夫子搬家，输。连爸爸也做不了主，我更不在话下。我的事情从来都是她说了算，我说什么她是不会听的。连我上哪个学校妈妈也没有跟我商量，她和爸爸做了决定。从道理上讲，我认为这是我的事情，应该由我自己做主，但是妈妈习惯为我做主，我不得不服从。

我们去缴赞助费，进到学校财务室，学生家长排成长队，大约二十多人等着缴费。财务室柜台隔着透明玻璃，远远望去，五台点钞机分别摆在五个窗口，霸气十足。

办理手续并不烦琐，比我想象的快速。缴费排队，等候时间并不太长，交完费用，没有别的麻烦手续。缴费像流水线作业，每个人办理时间相同，没有阻碍，进展顺利，远远看见粉红色百元人民币哗哗从点钞机吐出来，像我打过的一款工厂流水线作业游戏，豪华壮观。

轮到我们缴费，走近柜台，收费老师一丝不苟，跟机器人似的，目不转睛盯着点钞机。妈妈层层打开报纸，将钱递给老师。五万元钱，分成五扎，一万元一扎。老师撤掉五个皮筋，一次放一万元进点钞机，然后点钞机又哗哗吐出来，数字显示从一、二、三，到九十八、九十九、一百。我的心却跟着反方向递减，从一百、九十九、九十八，到三、二、一，最后数字落到一百的刹那，感觉我的心被什么掏空了。

我直愣愣看着机器，觉得点钞机挺好玩，哗哗地，那么多钱，一会儿就数没了。这个场景又像游戏画面，有些刺激。

缴费出来，心里空落落的，有些过意不去，回想起自己的学习，还是努力不够。先前对自己有十足把握，想给爸妈争面子，让爸妈在亲戚朋友面前炫耀一下，可是事与愿违，还是不够分数线。

差几分就得交费，后悔自己贪玩。这点妈妈并不知道，我做得隐蔽。要是我少贪玩，多得几分，爸妈就不用交那么多钱了。我心里暗暗想，今后要加倍努力学习。

回来的路上，爸妈没有说话。

我拉着妈妈的手轻声说："我要努力！"

妈妈不吭声。

走出十多步，妈妈摸着我的头说："我相信你。"

爸爸不说话。

二、校园新景

初秋，炎夏刚过，校园灿烂而沉实。绿树被太阳挑染，一抹金黄。秋菊满园，成为新学年隆重的色彩和主角。落叶随风飘落在地上，沙沙翻飞作响。

开学了，我读高中了，新学年在我心里曾有无数个想象，而现实跟我的想象总是不一致。走进校门顿时神清气爽，风儿卷着落叶，银铃般的笑声回荡，树枝儿向我招手，道路两旁的花儿冲着我微笑，它们好似欢迎我荣升高中。校门口，宣传栏贴着考上清华北大学生的照片，那些文字和图片张扬，像盛开的花朵，学校以他们为骄傲。

我看过一期又一期这样的宣传栏，起初很羡慕，继而热血沸腾，后来觉得离我有些遥远。我曾觉得初中教育无用，初中赋予我自持和叛逆，我常和它过不去。我极尽一切，讽刺调侃，陪着它玩。后来却发现，它带给我多少启蒙。现在想来，自觉有些惭愧。但我并不为此遗憾，我未曾虚度时光，阅读写作和游戏，一样不误，我用自己的喜欢来建筑一个心底的学校。

报到那天，跟爸妈分手以后，我从教室出来，经过一株硕大的黄葛树，大树如巨人，伸开伞形巨臂。树下，我看见乐瑶，她正在歇息。

乐瑶是我的初中同学，我们一起参加社区服务，给孩子们上课。我、立辉和乐瑶分配在一个小组，立辉任组长。乐瑶不爱说话，做事认真。她沉默的样子显得与众不同，忧郁，孤独而高贵。唯有跟小孩子们在一起时，她的话显得特别多，说起来滔滔不绝，此时的样子才符合她的实际年龄。

初中毕业最后一次跟乐瑶见面时，我们一起看了一场电影。给孩子们上完课，时间还早，我约她看日本电影《望乡》，原来她早想看这部电影。看电影时她一直流眼泪，她说阿崎婆的命运太惨了。从那以后我们没有再见面，我脑子里时常浮现她流泪的样子。

乐瑶身穿白色连衣裙，背对着我坐着，我一眼认出她。她背影瘦削，脑后扎两条辫子，身旁放着书包和一把小提琴。她用遮阳帽扇着风，我叫她，她转过身，看到我她很惊奇，眼睛瞪得大而圆，久别重逢喜极的样子。

乐瑶站起来，与我一起走，我帮她背包，她不肯。我们一边走一边聊着那些社区的孩子们。乐瑶打开话匣子，告诉我她带孩子们参加了一场社区组织的公益演出。跟乐瑶说一阵话，听到背后有人喊我，是同学立辉。见到立辉很高兴，彼此挽着手跳起来。乐瑶尤其兴奋，问立辉为什么不继续组织社区服务，社区小同学给她打电话要跟她学习小提琴。立辉回答乐瑶他没有接到学校通知，我提议以后我们自己去，乐瑶和立辉觉得这个主意不错。

立辉让我陪他去校门口，我问去干啥，立辉看看乐瑶，支吾着，乐瑶见状遂与我们再见。

乐瑶走后，立辉小声告诉我，去接他爸爸。

我不解，问："你爸爸陪你报到，还要你接？"

"有些事情——你不知道。"立辉说话断断续续。

立辉家的事情，我隐约知道一些。立辉爸爸叫祥子，住在乡下，立辉读小学的时候跟他爸爸住一起。那时巴州中学到区县招收成绩优异的学生，立辉读初中被招进巴州中学。立辉说他爸爸生病，妈妈陪他进城读书。立辉读高中了，他爸爸无论如何要陪他来报到。

我还没搞清楚事情原委，便跟着立辉走到他爸爸跟前。

立辉爸爸祥子坐在轮椅上，怀里堆放着两个旅行包，里面的东西把袋子撑得鼓鼓囊囊。立辉妈妈站在他爸爸身边，似乎陌生又不知所措，她来回看立辉和立辉爸爸。

立辉走过去，从他妈妈背上接过双肩背包，挎自己肩上，然后双手推动父亲的轮椅。

我喊："叔叔好！"

叔叔眉开眼笑，伸出巴掌跟我握手。叔叔手粗大，伸到我面前的时候，几乎遮住我的视线。我伸手握叔叔的手，他的手坑洼不平，结满老茧，跟摸黄葛树老树皮似的。

叔叔说："你好！"

又问："你是立辉的同学吧？"

我回答："是的。"

祥子叔叔跟我握过手以后，眼睛东张西望，很兴奋的样子，对校园充满兴趣，似乎这是属于他的校园。他咧着嘴笑，傻傻的。他脸上的皱纹多又深，倘若立辉不介绍，我可能会认为他是立辉的爷爷。他跟我说话的时候，其实脸上的皱纹看起来并不那么难看。我看见过田里干裂的沟壑，他的皱纹是有生命的沟壑，像跳动的音符，写着故事，种植着希冀。

立辉跟他爸妈并排走在校园路上，道路宽阔，旁边至少还可以并排列成两组往前走。我走在立辉旁边，一些学生和家长回过头看我们。我看立辉，立辉看我的眼神有些惶惑，他跟我眼神相碰时低下头，他一直闷头往前走。

他爸爸问他，他不搭理。

走到十字路口，祥子叔叔叫立辉停下来问路。

我说："不用问，我知道。"

班主任伍老师从对面走过来。

立辉跟他爸爸介绍班主任，祥子叔叔伸出双手，向伍老师挥手。伍老师走过来，祥子叔叔跟伍老师握手，跟我握手的姿势一样，只是点头的时候头埋下去更低。伍老师看看祥子叔叔，又侧过脸看立辉。

祥子叔叔抢先问："高一二十一班报到在哪里？"

伍老师推一下眼镜，表情严肃。她看立辉，眼镜片后面闪烁着疑问的光芒，她问："报到吗？"

"是的，是的。"祥子叔叔回答。

又说："给老师添麻烦了。"

伍老师笑笑，摇头。她笑起来的样子比先前温和。

祥子也笑了，他用手指立辉，说："这是我儿子，我陪他来报到。"

祥子叔叔介绍立辉是他的儿子的时候，加重话音，显示着兴奋与自豪。

他说儿子的"儿"字舌头往后卷,声音从鼻子发出来,家乡味浓重。立辉略带这样的口音,只是更淡一些,需要仔细听才能分辨出来。我觉得这种口音好听,有乡土气息,比城里话听起来柔和。

伍老师说:"让立辉自己来吧,你何必那么劳累呢。"

祥子说:"我不放心。陪他报到完,等他安顿下来我马上回去,不影响你们的哦。"

伍老师说:"立辉的事情我早知道了,他勤奋学习,是个好孩子。我是立辉的班主任,立辉你交给我放心好了。"

听了伍老师的话,立辉爸爸很高兴,连连说:"谢谢老师!"

他伸出双手握住伍老师的手,大手掌把伍老师的小手包裹在里面。

伍老师眼睛放射出光芒,她点点头,指着前面拐弯处大路右边的房子,告诉他们那就是接待的地方,立辉父亲再次点头称谢。

立辉推着父亲继续往前走,我们与同学、家长和老师擦肩而过。立辉显得特别,他不时看我,眼神躲闪,我看出他不自信,我的心情也跟着变化,变得复杂起来。

立辉告诉我他和他爸妈头天从乡下出来,坐了一天公共汽车。他爸爸无法靠自己坐上车,他妈妈力气大,抱他爸爸上车。起初,他妈妈不要他爸爸来城里,他爸爸怕自己行动不方便,拖累家人,便答应下来。

可临到要走的头一天,他爸爸突然又变卦了,他爸爸坚持要跟着去。理由是立辉读高中了,比读初中更重要,他们母子对外面的世界不熟,他不放心。立辉劝说他爸爸不来学校,读书的事情他帮不上忙,立辉爸爸不搭立辉的话,他爸爸要做的事情,谁也阻拦不了。平时家里的大事小事都是他爸爸说了算,他妈妈说不过他爸爸,只好依了他。

立辉妈告诉立辉,路上,他爸爸比什么时候都高兴,一直说笑,话特别多。上车十多分钟,他跟车上的人混熟了,跟他们讲他儿子要到城里读重点中学,他儿子读书成绩好,校长看重他儿子。车上的人羡慕他们,对立辉爸妈竖大拇指,给他们矿泉水和饼干。

立辉低下头,觉得难为情。

立辉爸爸神情得意，他打断立辉妈妈的话，问这问那，说这里学习条件好，叮嘱要好好学习。立辉忙不迭答应。

祥子叔叔夸赞立辉是懂事的孩子，这让我羡慕，我妈妈不会这么夸我。立辉让他爸爸放心，告诉爸爸自己一定会好好学习。其实立辉爸爸晓得自己说的话是多余的，对他儿子他有足够信心，他心里什么都明白，不停地唠叨，就是想说话。立辉顺他爸爸意，让他爸爸不停地念叨，并点头附和。

立辉弯腰跟他爸爸说话，我看见他爸爸头发全白了，立辉头发乌黑油亮，跟他爸形成对比。他爸脸色黑黄，眉眼下几道皱纹尤其深，好似乡村好久没下雨的干裂出坎。立辉直起身子悄悄跟我说，他很久没有看见爸爸这样高兴。立辉心里也特别高兴，他跟我说的时候眼角涌出泪化，找拍拍他的肩膀。

报到的时候，立辉腾出一只手，捏捏包里的钱，他要确定经过长途，那一沓沓硬生生的现钞是否还安全躺在包里。他摸摸，确定它们没从包里跑掉。一路上，他爸爸忘不了提醒他，叫他看紧钱包。立辉没有马上拿出来，他又看看爸爸，脸上表情有些酸楚。

这钱是他爸爸拿身体换来的，他的心里不是滋味。他爸爸干活受过伤，从此周身疼痛，从来没有停止过。他爸爸身体疼痛，跟立辉精神的苦痛交织在一起，立辉把痛苦化作动力，一直努力学习。

三、游戏有毒

我曾经下决心要好好学习,并且也努力做了,可考试常不尽如人意。从上幼儿园开始,妈妈就在我耳边灌输"学习"两个字。上小学以后,我明白学习是用分数来衡量的,分数高就意味着学习好,学习好的同学自然就是好学生。后来我逐渐悟出一些道理,学习可以不完全用分数衡量,至于还有什么衡量标准,我也说不清楚,妈妈说衡量学习没有别的标准。

我想大人说话总不会错,经过妈妈反复灌输,"学习"两个字顺理成章在我心里分量变得越来越重,好比种子,一天天深种心里,等到高考那天,就开花结果。现在我要播种,耕耘,养成学习习惯,让种子发芽,开花。当我手触摸到课本,我的神圣敬畏之心油然而生。长久这样,养成惯性思考,我必须努力学习,不可以分心做其他事情。

我制订了暑假学习计划,这是自愿的,爸妈没有强迫我。初中学习完成了,我打算暑假期间预习高一课本。预习这个方法,上初中以来我一直坚持这么做,这是当小学老师的妈妈教给我的,老师讲新课之前,头天晚上预习一遍,第二天学起来轻松,事半功倍,我坚持一段时间,后来不自觉,又放弃了。立辉一直坚持不放弃,他的成绩一直很好,我很羡慕立辉。

我把预习高一课程的想法告诉妈妈,她笑了,笑容里透出欣慰和赞赏。平时她很少这样对我笑,以致有时候我甚至怀疑她会不会微笑,怀疑她的情商有问题。看到她这样的笑容,心里比她给我削水果和端给我鸡汤喝更舒服。我着实不喜欢她板着脸瞪我的样子,她有时候说爸爸板着脸跟借了谷子还米糠一样,其实她不知道,她板着脸的时候也很难看。我倒不觉得爸爸板着脸有多难看，爸爸笑起来的样子有时候看起来可爱，有点像婴儿，略带羞涩，萌萌的。

没想到妈妈趁机得寸进尺，额外给我补加任务，她要求我把初三做错的作业重新做一遍。听了我直接崩溃，妈妈以为我做数学题跟她教育学生一样有嗜好么，早知道是这样，还不如不提预习的事。对于我来说，那些三角几何题，比打游戏钻迷宫还困难，还有那些解方程式，跟玄幻一样缥缈。我好不容易逃脱出来，又要让我钻进去，这对我大脑细胞简直就是摧残。

我心里不太乐意，嘴上却不得不勉强答应妈妈。若是不答应她，她立马就会变脸，变脸以后，阴云直接压在我心里，让我不能呼吸，那样我付出的代价更大。

我还是喜欢看妈妈的微笑，我常常幻想她的微笑能定格，不要像巴州的天气，一阵阴一阵晴。因此我必须忍耐，尽管心里不舒服，比起看妈妈板起面孔要划算些。

第二天妈妈张罗帮我借课本，她同事的儿子高中毕业，已经考上重点大学。妈妈经常提起，要我以她同事的儿子为榜样。妈妈如同种植学习这棵树苗一样，把她同事儿子的高大形象深刻印在我脑子里。

我问妈妈："你同事的儿子考上名牌大学，他将来更优秀，比别人就业更容易么？"

妈妈说："当然，那还用说。"

我想不见得吧，听说名牌大学出来好多找不到工作。我不跟妈妈争辩，当她争辩不过我时就会认定我脑子不想正道。

接过妈妈借来的书，对书主人心里油然起敬。书保存完好，我感到惭愧。相比较之下，我的书简直惨不忍睹，这大约便是所谓正宗读书人的书。我的书，被我虐待，体无完肤。我读过一两月的书大概跟这个成色差不多，读完一学期，要么缺角，要么弄脏，有的空页面被我画上大侠。

妈妈看到我的书，心痛书被我糟蹋成这样，她总是皱眉，拿我跟爸爸比较，妈妈说爸爸最大的优点是爱干净整洁，妈妈想不通为何这点我不像爸爸。其实这很容易想通，爸爸在医院工作，有职业习惯，洁癖。他做手术前要洗几次手，还要用消毒液泡手，要穿无菌衣，戴无菌口罩、帽子。他每天坚持这样，自然把这些习惯带到日常生活中了。既然我不像爸爸，那就像妈妈咯，妈妈不承认这点。

我翻了几页数学书，看到几何图就感觉进入迷宫，我实在没兴趣看下去。我收好书，告诉妈妈我需要慢慢读。快半个月了，我强迫自己拿起课本，还是提不起兴趣。

周末，吃完早饭，我放下饭碗，坐到书桌上，貌似读书的样子。妈妈喜欢看见我这个状态，每当我坐到书桌边，她总是笑着说我乖，一会儿问我冷不冷，一会儿问我想吃啥。

我摇头，表示没有需求。妈妈还是按照她的想法端给我一盘削好的苹果，她问我是否吃东西，只是形式而已。我放下笔，右手接过盘子，伸左手欲拿水果，妈妈伸手推开我的手，叫我洗手以后再吃。

我到洗手间用洗手液洗过手，又回到座位上。我不喜欢吃水果，我宁愿冬天吃雪糕而不喜欢吃水果。吃水果是爸妈用来安慰自己身体的，他们告诉我吃苹果的 N 多好处，诸如对心脑血管，对肠胃，甚至对皮肤。妈妈喜欢读那些养生知识，我觉得那些知识有些夸张，有些扯淡，我的身体无须安慰。他们每天吃一个苹果，想起来很无聊，跟我做题一样无趣。

做作业跟吃水果比较，我宁愿吃水果。苹果对于我，吃起来不酸不甜，果肉轻飘飘没有嚼头，我从来没吃出来爸妈那样的健康理念和味觉。但有一个好处，它可以暂时让我摆脱困惑，脑子不被那些迷宫玄幻似的数字困住。我开始慢慢咀嚼，后来嘴巴开始吧唧，吃得很有味道的样子。妈妈看我吃得香，似乎很享受，跟欣赏她的教学成果那样动情，投入。

妈妈的眼睛始终没有离开我，吃完水果以后，她催促我赶快看书。

我答应着，收拾盘子，妈妈让我放下，她去洗。我去洗手，洗掉手上苹果黏糊糊的汁液，来回又磨蹭一阵时间。

我坐下来，手握着笔，眼睛看着书本。妈妈看我基本进入状态，才放心走开。随着妈妈离去，我竖着耳朵听妈妈的动静。

妈妈到厨房收拾完碗筷，摘下围裙，准备出门。她走到我跟前，提醒说：

"要认真看书哦，别贪玩哦。"

妈妈说话"哦"字尾音拖得特别重，调子往上提，表示强调。

我点头说："好的。"

妈妈走到门口，又折转身走回来嘱咐："时间过得很快，你要努力哦。"

妈妈说这话并不准确，时间过得一点都不快，难道她没有读爱因斯坦的《相对论》？我做作业的时候，时间简直凝固了，若时间真要是跟妈妈说的那样快，那就太愉快了。

我应声答："嗯。"

屋子里没有响动，我以为妈妈走出去了，正要起身伸伸懒腰。

还没来得及起来，妈妈又回来，说："要记得喝水哦。"

"好的。"我端坐下来。

"不要喝凉水。"妈妈说。

"晓得了……"我的声音拉长了。

忍耐终于到了极限，我要再不变脸，妈妈就会没完没了。

我不耐烦了，起身站起来，把着妈妈的双肩，说："哎呀妈我晓得了。"

妈妈半信半疑盯着我，不放心的样子，像看不认识的怪物，她的眼神具有探索性，侵略性。我心里发毛，感觉稍不注意，魂魄要被勾出来似的。我连哄带推送妈妈出门。

门"哐"地关上，我松松筋骨，长长地叹口气，嘟哝"真啰嗦"。看过一篇文章，一个文化名人写自己劝儿子吃鱼，比起我妈妈算是小巫见大巫。

我走到门口，贴着门竖起耳朵听，妈妈的脚步声逐渐远去，我确认外面没有声响以后，便纵身一跃，一个足球倒挂金钩，以此庆贺自己得到解脱。我手舞足蹈跨到书房，急急打开电脑。我心里扬起莫名冲动与兴奋，此时我的幸福以不可阻挡之势来到了。

开机以后，进入 QQ 空间，立辉发信息给我，告诉我星光网有一款超级足球赛新游戏。

我早等不及了，忘了自己对妈妈许下的承诺。妈妈在家的时候，绝对不能打开电视，这个是红线，或者叫底线，我必须遵守，我必须摊开书本，看书写作业。不过至于做还是没做，用没用心思，妈妈也无法知道，无法考证。妈妈只是可以监督我是否坐在桌边，只要看我坐在桌前，妈妈便不再唠叨。有时候我做作业陷入沉思，缓下来想松口气，回过头来冷不丁发现妈妈站在我身后，没有一点声响，怪吓人的，连心脏都会蹦出来。我提醒妈妈别这样吓我，要是吓出心脏病来，她面对的将会是一个残废人。妈妈说没有那么严重，她说我脸皮厚，经得住吓。原来我在妈妈心里是这个负面形象，我一直以为我的形象很正面。

电脑配置不高级，开机太慢，我好不容易打开网站。果然立辉没说错，星光网俱乐部又有款新游戏。在新开辟的卡尔星空，登出了我翻译的作品：UK传媒巨头与Dreamhack合作，将直播电竞赛事。

我抑制不住激动狂笑起来，给立辉打电话。

立辉那头说："这下你高兴了吧。"

"嗯。"我难以掩饰兴奋，提高嗓门说，"总算安慰我这颗受伤的心了。"

"这款《辉煌足球》，比2014年世界足球杯赛更加精彩吧。我晓得你一直不爽，世界杯冠亚军决赛，阿根廷输给了德国战车。"立辉说。

"你真是懂我，不过这可不能比，阿根廷一直是我喜欢的球队，梅西就是我心中的战神，可惜呀——"

说到这个，我心里隐隐作痛。

我打开游戏，欣赏我为这款足球游戏做的配音，画面响起了俩主持人的声音：

A雄浑而高昂地说：后工业时代，德国战车如同一台精密仪器。此次世界杯夺冠，正昭示着世界文明进步的趋势，有愿景，有合作，有个性，遵守规则。

B深情款款，娓娓道来：德国人永远像一辆制作精细的虎式坦克，不粗野，就这么堂堂正正压过来。要么拿冠军，要么掉沟里。不佩服不行呀。

A期待而尊重地缓缓说：值得中华民族学习的地方太多。我一直敬佩日耳曼民族精神，认真，刻板，遵守规则，具绅士风度。

B兴奋道来：由于阿根廷表现优秀，德国队冠军含金量大大提高。

A一字一顿说：强大的阿根廷防守衬托德意志团队力量更强。德国连灭巴西阿根廷破魔咒，七战功成！德国战车呼啸而过，书写经典传奇。

立辉的电话又响了，我问立辉在哪里，立辉回答在家里看书。立辉家里有一台电脑，是学校送给他的，他平时不上网，假期上网查资料。我送给他一套耳机，以便我们同时玩游戏。立辉不玩游戏，但他悟性高，网上游戏他看了就会，有时比我学得更快，因此在玩游戏上我跟他有共同语言。我爸妈不熟悉电脑，他们使用电脑有限，仅有时上网查查资料。他们弄不清楚的地方，我给他们讲，但讲了以后还是不会，有时候我干脆直接帮他们操作，这样我更省事。

我让立辉打开电脑，发过去《星光网》网址，跟立辉同时看欧洲杯小组赛西班牙对瑞典队的比赛，这是我今年第一次看欧洲杯比赛。

我惊叫起来，这是今年欧洲杯最精彩的绝杀。

立辉也叫起来。

利比亚在补时阶段接到一个难度系数很高的长传后破门。前锋在门前嗅觉灵敏，反应速度很好，上一场比赛里也攻进三球。立辉希望他能最终获得本届杯赛的金靴奖。

这时，画面想起中央电视台五套解说员卖力的声音：如果这球包抄到位，那十有八九球就进了。

不是废话么，这跟如果这球没有打歪，那十有八九就进了的版本一个样。倒是解说员有一句话说得诡异而不同凡响，在第九十分钟，解说员说整场比赛的前九十分钟都显得无比沉闷，会不会在补时阶段发生意想不到的事情呢。这跟算命一样，每场比赛都这么说。这样的好处是，如果最后没有发生，大家都不会在意。如果最后发生了，大家就会觉得很牛逼。

立辉问："昨晚国足比赛如何？"

我告诉他说："基本就是这场比赛的翻版。"

立辉补充说："中国肯定翻版的是倒霉瑞典，比分和进程虽然一样，但赛事水平和影响力应该是不同的。"

我说："那是当然咯。"

欧洲杯赛发展到了很高水平，让已经落后很多的亚洲足球显得更加落后。而我们国足水平就不说了，大多时候看球，我们只能希望出现一点奇迹。有时候我真希望眼前出现幻觉，如果我们守门员能在开门球的时候直接发射到对方球门里面去就好了。

　　立辉想起我制作的古城游戏，问："这个可以安慰你受伤的心吧？"

　　我说："能受什么伤呀，没有什么打败得了我这颗坚硬的心。"

　　立辉说："中国足球呀，没有吗？"

　　我说："小心脏只是不舒服而已。"

　　立辉说："说得轻松吧。"

　　立辉说的对，那个古城游戏，是我的得意制作。跟爸妈去古城玩儿，没想到两千多年前的古战场，地势险要。制作出来多有气势，地势易守难攻。

　　那次去古城，我仿佛看到一千二百五十八年前那场战争，它改变了世界。我把蒙哥大汗变成立辉，挟西征欧亚非四十余国威势，分兵三路伐宋。立辉亲率一路军马进犯四川，于次年二月兵临钓鱼城。立辉的铁骑东征西讨，所向披靡。钓鱼城主将王坚变成我自己，顽强抗击下，却不能越雷池半步。

　　立辉让我换角色，说你做蒙哥大汗，他守城。我说换什么呀，反正都一样。立辉说不一样，我守城，那是我的家乡。另外他自己也缺乏蒙哥大汗的雄心。

　　我问："你家乡不是在什竹吗？"

　　立辉说："就是那里呀。"

　　我说："好吧，把角色换过来。"

　　立辉建议游戏后面加上一位巨神。他告诉我，传说远古时，三江洪水泛滥，人们竞相奔山避难。正当他们饥饿难熬、濒临死亡之际，突然从天上降下一位巨神，在山顶上持竿长钓，以鲜鱼馈赠灾民，民赖以生。

　　我想起钓鱼台上的石台，问："那是巨神留下的足迹吗？"

　　立辉回答："是的。台前留有五个孔穴的巨石，为插竿石。"

　　立辉又说："加上这个好，蒙哥大汗太悲壮，巨人可以满足苍生对生存的想象。不过这个游戏太穿越了吧。"

　　"才一千多年，穿越啥呢？还没穿越到远古呢。"我不同意立辉的观点。

立辉说："一会儿古战场，一会儿世界杯足球，让人难以捉摸。"

我说："这个你不懂了吧，现代足球就是过去的古战场呢。"

我告诉立辉，有一款棋王大战深蓝电脑，一台计算机跟一个棋王下了六盘，现在是三比三还在下。互联网世界，难说谁与谁穿越呢。

立辉点了个赞。我不知道他究竟懂还是没懂，反正我似懂非懂。

游戏结尾响起巴西世界杯主题曲，美国女歌手珍妮弗·佩兹的声音厚实欢快。

全世界 / 来吧，我们开始 / 全世界都汇聚于此 / 巴西的每一个角落 / 都渴望欢乐 / 打击的声音 / 在我们的手掌心 / 啦啦队的歌声 / 就是民族的歌声 / 我要进球 / 让我们一起 / 实现梦想 / 无论在哪里 / 大伙歌唱 / 打击的声音 / 在我们的手掌心 / 啦啦队的歌声 / 就是民族的歌声

我跟着唱，唱着唱着兴奋起来，于是打着拍子起身跳起来。

什么时候妈妈回来了，我全然不知道。

四、打破魔咒

一只手揪住我耳朵，好日子完蛋了。

妈妈的手小而细嫩，平时不发威的时候，那是一双优雅的手。此时她的手充满暴力倾向，揪我的时候力度特别大，似乎浑身的力气都凝聚在她手上，她的手跟她的声音一样，平时和风细雨，吆喝我的时候暴风骤雨。

我往反方向挣扎，耳朵被钳子夹住似的，难以挣脱开。我使劲用一把力，用手推开妈妈。妈妈没站稳，后退两步，我因为反作用力也后退两步。

我摸摸耳朵，生生发痛。我忍住疼痛，慌忙走到电脑跟前，欲关掉电脑。此时顾不得按程序关机，直接关掉主机开关和屏幕。

背着妈妈打游戏的秘密终于被发现，本来关机和不关机都没有多大意义了，但我还是迅速关机，这是平时养成的本能关机意识。以前打游戏，若是听到爸妈回来的响动，在来不及按程序关机的情况下，就是采取这样的办法迅速关机。还有一个原因，之所以迅速关电脑，不想让妈妈知道我玩些什么，跟学习没关系的事情她都排斥。我跟她几乎不能找到共同点，我的事情她基本否定，很难赞同，她的事情我不感兴趣，因此我们彼此说不清楚，不在一个频道上。

我回过头，沮丧地瞟妈妈。妈妈表情严肃，紧咬嘴唇，双目瞪我。她看看我，眼睛又移向电脑，充满怒气。妈妈眼里透出来的目光，似乎就是《沉睡魔咒》的女巫发出的一道森林闪电，恨不得把我和电脑击碎。

我心里同样不快活，正沉浸在玩电脑的愉悦中，好光景被搅和，心里十分怨愤。我喜欢游戏产生的快感，喜欢徜徉其中、驰骋战场的霸气和随意，喜欢游戏赋予我信马由缰、决胜千里之外、运筹帷幄的雄才大略。然而这些美好感觉突然烟消云散，都是因为妈妈闪电一般降临，瞬间击碎我的游戏梦。

以前游戏玩完以后，我仔细设想过这要是被妈妈发现，会出现的后果，想起来还是觉得寒战。我曾经想还是不要偷着玩游戏了，但终究抵挡不住诱惑，于是抱着侥幸心态，玩一次算一次，高兴一回算一回。

我恼怒，不满，不敢看妈妈，可想妈妈比我愤怒几十倍。我低着头，眼睛直直瞪地上。

一丝阳光透过玻璃窗照射进来，光源里飞扬着细细的尘土。妈妈气得说不出话来，屋子里出奇地安静。尘埃飞扬的韵律，伴着墙上时钟嘀嗒嘀嗒的声音，使屋子里气氛更加紧张。妈妈不说话的声音更可怕，我的怒气很快散了，转而想，自己没有按照妈妈要求的那样去做，没有控制住自己，于是心里自责起来。我像泄了气的皮球，慌乱拿眼偷看妈妈。

"你就是这样学习的吗？"妈妈见我抬头看她，气不打一处来，她声音急促，音调高亢。

我不吭声，这时说什么妈妈都听不进去，她判断事件的前提是我做错了，所以我说什么都无用。

"我是怎么跟你说的？"妈妈语气稍稍平和，怒气时升时降，像巴州天气，一会儿穿短袖，一会儿穿棉袄，感觉此时就是穿短袖的节奏。

我耷拉脑袋，还是不吭声，不说话是我对付妈妈的撒手锏。听到这些话，我仅有的一点自责没了。妈妈劝我学习，总是说一些没有新意的话，跟电视台那些字正腔圆的播音员一个腔调。这些话妈妈讲过多少遍，我耳朵都听起茧子了，我培养出了足够耐心，我的机体练成了一种特异功能，大约可以分泌一种化学物质，把妈妈的话从一个耳朵传到另外一个耳朵，然后分解到风中。

这次打游戏悲催，被妈妈逮住，算我运气不佳。该发生的事情总要发生，这一天总归还是来了，我只是祈祷不要太过猛烈，不要狂风暴雨。不过即便疯狂，还是要承受。我想凭男子汉的勇气，可以化风止雨。

妈妈一直重复说那些话，比如要好好学习，将来才有出路有前途呀；考不上大学找不到工作呀……

我顺着倒着都能背出来。不仅能背出内容，还能背出顺序。

我的心态逐渐平和下来，在接受妈妈教育的同时，我脑子里反复想一个让我感到迷惑的问题：妈妈说她要过些时候才回来，怎么现在又回来了呢？

"你还想不想学习啦？"见我不吭声，妈妈提高嗓门质问，声音哀怨。

妈妈的话把我从沉思中惊醒，我问："啥？"

妈妈重复。

我低声回答："想。"

话说出来，我心里犯迷糊，不知道自己到底想还是不想。这个问题答案很明确，不仅妈妈，所有人都认为应该学习，所以必须肯定回答。但是学习起来就是不带劲，所以这个问题还是犯迷糊。不过，想和不想学习又怎样呢？妈妈不会听我说理由，什么事总是她说了算。

"想！我看你是不想，想学习不会是这样。"妈妈说。

我不爱听这话，想学习和不好好学习是两个概念，我继续保持沉默。

我和妈妈冷眼相对，彼此心里窝着火，好似两个炸药桶，谁克制不住，就会引燃导火索，立马点着火。而妈妈的炸药桶威力比我强百倍，我小心翼翼不可以点着，若是点燃，对我来说很惨。

我不敢看妈妈，她的眼睛灼人，喷火，似乎要活活吞没我。

这类事发生过许多次了，我不愿像以往那样，惹妈妈大动肝火。我心里清楚，只要自己不出声，妈妈的气就可以消一半，然后气逐渐消灭，我自己就赢一半了。

见我不说话，妈妈直瞪瞪看我，她希望我说话，可我说出话来总是不合她意。我跟妈妈一样，眼睛里有一股火喷出来。而我和她喷出的火不同，妈妈喷的火怨愤，我喷的火死不认错，傲气。倘若用颜色区分，我喷的是蓝光，妈妈喷的是红光。

我努力而倔强地压制着，就是不说自己做错了。妈妈更生气了，又是一阵劈头盖脑说话刺激我，但是没有用，我不为所动，我暗自夸赞自己的意志力。

我打破沉默，以攻为守说："你惯用恐吓的方式吓唬我。"

"我怎么吓唬你了，难道我讲的不对吗？你不好好读书以后会有出息吗？"妈妈委屈地说。

记得小时候听惯了妈妈说的人贩子呀，坏人呀狼外婆的，除了人贩子，哪有狼外婆？妈妈说那是为你好，哄你要听话呀。妈妈现在又说不好好读书，以后只能当棒棒，当清洁工，谁信呢？妈妈说，难道不是这样吗？你没有知识没有文化，难道能去当大学教授吗？妈妈以前常说，说谎的人是会掉牙的。那爷爷奶奶牙掉了，都是谎话说的吗？

妈妈气不打一处来，顺手取墙角晾衣服的叉棍往我身上打。

"人人说的正确的，难道你不应该听吗？"妈妈边打边问。

我用手臂阻挡，说："什么是正确的？什么是不正确的？你们大人认为自己永远都是正确的。"

妈妈说："当然我们大人说的正确，你小孩子懂得什么？"

"这就是你的不对了，你总是把我当作小孩子，我不是小孩子了。"我说。

"你在我面前，永远都是小孩子。"妈妈说。

这些话我跟妈妈争辩好多次，我认为毫无思想性，为了证明我已经不是小孩子，我说："你不要把我当作你的投资，有盈利回报，当作你用来向别人炫耀自己教育有方的证明。"

这话说出口，连我自己也感到惊诧，后悔。

"你这样学习，还想考大学，三本都不要想。"妈妈说。

出乎意料，这次妈妈没有发大火，她说话的时候，语气重重的，她用狠话报复我。

听了这话，我终于失去理智，无法控制住自己。以前妈妈看我不如意，就断定我考不上大学。这话就像魔咒，像《沉睡魔咒》的女巫，让我心里有了阴影。有时候我把妈妈比喻为女巫，我那样比喻妈妈觉得自己有些邪恶，但这样想让我心里的压抑发泄出来，难受会减轻一些。

我眼冒金星，憋了好久的怒火终于爆发出来，这次我喷出来的是红火。我紧紧攥着拳头，抬起来，向床头砸下去。我感觉自己飘起来一样，不知道哪来那么大力量，双眼喷火，双手生风，犹如铁砂掌，直捣床柱。

床嘎吱散架了，我惶恐起来，随后闭上双眼，眼泪顺着眼角流出来。

妈妈惊呆了，看到眼前情景，愣一下，紧接着哭着挥拳头落在我身上，我的身躯和肌肉结实如铁石一般，妈妈的拳头打上去又反弹出来，后来她没有力气再打。

我站着一动不动，攥紧拳头，手心捏出冷汗。

"我考不上？那也不要你管。"我怒吼道。

听了我的话，妈妈愣住了，更加生气，说："你滚出去，别待在这个家里。"

"出去就是。"我冲出屋子，门砰地被重重关上。

"你给我回来。"妈妈的声音带着哭腔，在我身后响起。

"我就不回来。你不要用读书和成功来规定我。是的，你哺育了我，但这绝不意味着你可以把我当作你的私有财产，像你宠爱的猫狗一样巴结你，听你的话。"我几乎怒吼着说这些话，话语夹着哭声，连我自己也听不大明白。

妈妈一时半会儿说不出话来，屋里气氛充满火药味，随时要爆炸似的。

沉默一阵，妈妈又发出吼声，我听不清楚，也不想听清楚她说些什么，只听到妈妈说："你越说越离谱了。"

妈妈说这话的时候声音低下来，有气无力。

我脑子一团乱麻，周身热血膨胀，什么也不顾地往外冲。

五、从哪里来

我跑出家门口，身后传来妈妈的哭声，开始哭声响亮，后来逐渐变得细弱起来。忽然我觉得自己做得过火，妈妈有些可怜。

我停下脚步，身子僵在原地，犹豫着不知应该回去还是往外走，腿沉重无力。

妈妈边哭边数落，声音忽而清晰忽而模糊，哭声夹着愤怒："没良心的东西，出去了就别回来。"

其他话听来含糊，这话可听得真切。听到这话，我一股怒气直冲脑门，将要平息的火焰又重新燃烧起来。

我吼道："不让回来就不回来，天涯何处都是家，有什么大不了的。"

我管不了那么多，再待在这个家里恐怕会窒息死掉，我一刻也不想停留，于是加快速度抬脚往外跑。

天色暗淡下来，华灯初上。

巴城初秋，却缺少秋天的气息。太阳早已落山，整个城市还像蒸笼一般烘烤着，热气好似在无形的锅盖下弥漫，无缝不入。

离开家以后，终于听不到妈妈的唠叨，我放慢步子，沿着江边漫无目的地走着。我不知道自己要干什么，也不知道往哪里走。这个哲学命题，常用来挂在人们嘴上，成为"我思故我在"的标志，值得玩味而又无聊，以前我很讨厌类似问题，认为那是文人，或者闲得无聊之人矫情，想不到如今这样的问题居然困扰着我。

江风吹来，撩起我的衣服，我丝毫没有感觉到凉意。

跟妈妈赌气，平生第一次从家里跑出来，真不想再回去。以前挨爸妈打，有时候他们打得挺重，我从来没有动过往外跑的念头。至于他们为何打我，我一直犯迷糊，有时候妈妈会讲道理，讲清楚我错在哪里。我不太认同妈妈讲的道理，但是自己又讲不出来反驳理由，大多时候我稀里糊涂认错，少数时候坚决不认错。记得五岁的时候，有一回妈妈要我洗头，我不想洗，妈妈说脏，我说不脏，双方不承认对方的判断，妈妈拥有话语权和决定权，强行要我洗。

情急之下，我问，我的头，它是我的，是我身体的一部分，凭什么要你决定洗还是不洗？

当时妈妈正拉住我的手，准备用她强有力的手按下我稚嫩而高贵的头颅。听了我的话，妈妈愣住了，好久没说话，一会儿她松开手依了我。从那以后，我明白要抵制妈妈对我过分做主，适当反抗还是有效的。

记得我六岁的时候，妈妈拉我去少年宫学吹号，她说我胖，中气足，适合吹号。她带我去感受艺术氛围，看别的学生吹号。妈妈问我是否喜欢，我摇摇头。她问我听别的学生吹号有啥感受，我告诉妈妈，听起来就像汽车喇叭声。我家旁边有一个农贸市场，每天清早，天不亮，菜贩子载着整车蔬菜从郊区运往市区，路道狭窄，货车拥挤，互不相让，于是汽车喇叭声此起彼伏，每天我定时被吵醒，我对这种声音太过熟悉。

妈妈的循循善诱不起作用，她收起笑容，说你真是联想丰富，怎么跟汽车喇叭声扯上了。

我说妈妈你不懂。我说话的时候，故作老成。

妈妈不愿意再跟我说话。

我拉着妈妈的手往游乐场走，妈妈瞪我，我不理她。走着走着，我甩开妈妈的手，扭头说你再强迫我，我就离开你到火星去。爸爸带我看过一场科幻电影，讲一个科学家离开地球在火星生活几个月，从此我对火星很向往。听了我的话，妈妈瞪大眼睛，随后眼睛瞬间由椭圆变成圆形，再拉成扁长。她拉紧我的手，我试着甩开，不成。

妈妈拉我到一株硕大的黄葛树下，她蹲下身子，说你知不知道有人贩子，他们专门抓小孩，卖到偏远地方，爸爸妈妈找不到，他们永远见不到爸爸妈妈了。

听了妈妈的话，我着实吓一跳，哆嗦起来。随后觉得不对劲，问妈妈是不是骗我。妈妈让我看电视播放的寻亲节目，那些被人贩子骗走的小孩，几十年都找不到，即便找到，跟家里人也相互不认识。

真实情形是的确有人贩子，我紧缩身子，四处张望，可周围没有看见可疑痕迹。

我心里还是气不过，我的怨愤战胜了恐惧。

自从读学前班开始，妈妈总是念叨要好好学习，这样的念叨，持续至今。我想那应当是没有错的，要是错了，难道那么多孩子的妈妈都错了？这个问题也许比哲学问题更容易想通。所以我从来没有怀疑妈妈的念叨是错误的，尽管有时候挺烦人。我想好好学习，像妈妈要求的那样，可是管不住自己，我没有办法像立辉那样整天埋头学习。

当然还有另外一个原因，我一直想不明白学习那么多知识做什么，学校老师和妈妈告诉我的理由从来没有让我内心产生过共鸣。初三毕业考试刚结束，还没有喘过气来，妈妈就催着我复习，她太过性急了，似乎她只是共产主义接班人的监护人，而不太像是我亲妈，亲妈更应该关心我内心快不快乐。

我想去找爸爸，我爸爸是巴州人民医院妇产科医生。我走到爸爸医院门口，又不想进去了，于是我止住脚步。

我临时改变主意，没有找爸爸，我想即便找到爸爸，事情也不会得到令我满意的结果。尽管有时候爸爸不同意妈妈的观点，他会帮我说话，但他说话是有限度的，他会更多考虑妈妈的感受，劝我不要计较，他最终还得听妈妈的。爸爸这样劝，我只有苦笑，并非我跟妈妈计较，而是妈妈跟我计较，看来爸爸说话也有违心的时候。

我围着爸爸的医院转了两圈，来到爸爸科室后面。爸爸的科室在底楼，那里有一个大平台。旁边有扇圆拱形小木门，门通向一条幽深的小路，小路尽头便是妇产科。这条路没有人知道，我和小伙伴捉迷藏的时候发现这处地方。我绕过石砌的护栏，里面还有一道大门，门上了一把大锁。我有些失望，用脚踢，没想到门被踢开。原来锁并未插进去，我一阵惊喜。

我穿过平台，轻轻走到窗台下，地面潮湿，我差点滑倒。我扶住墙根，突然听到房间一阵惨叫，我的心跟着悸动。叫声从窗户传出来，我很好奇，我手把住窗户，欲伸头看里面。窗户被一层厚布帘遮挡住。透过缝隙，我看见一只脚光着，架在台上。女人叫一声，我吓得缩回一次脑袋。女人的叫声很有规律，哎哟——叫一次，歇几分钟，又叫，又歇。女人叫的时候，声音陡然从喉咙里发出来，炸响，听得我的心肺差点被撕扯出来。

我小的时候，爸爸常带我去他科室，科室新年联欢，我还上台同他们一起表演节目。平时，爸爸带我去以后，便忙他的事情，扔下我在医生办公室写作业。医生办公室不断有人进出，经常听她们说宫外孕、阴道出血、卵巢囊肿，还有绒毛、胎儿、胎心音等，这些词我都听熟了。她们好像从来不会小声说话，说话声音很大，笑声也很爽朗。我妈妈说话不这样，说话和风细雨。我越来越喜欢她们，她们性格直爽，所以我越来越喜欢到爸爸科室去玩。后来读初中以后，爸爸不带我去玩了，我就偷着从小门进去玩。

突然我听到爸爸的声音："踭！踭！踭！"

接着发出女声，与爸爸声音交替。

"快点！"

"加油！"

"最后一哈！"

"头发都看到了！"

爸爸声音急促，干脆，像学校开运动会吹冲锋号。

又说："踭！感觉像几天没解大便那样。"

爸爸声音嘶哑了，我跟着干着急，女人真笨，生个小孩恁个阵仗。

我从哪里来，原来这个深奥的哲学命题出在这里这么容易回答。爸爸知道所有人是从哪里来的。以前好奇问妈妈我是怎么出来的，妈妈从来不正面回答。爸爸告诉我，我就是在这个产房出生的，妈妈生我的时候痛得从产床上站起来。听爸爸这么说，好几次我想进产房探个究竟，爸爸不让我进去，他说闲人不能随便进产房。

我不知道自己是怎样来到这个世界上的，我去爸爸的图书馆查看医学书籍，大约知晓一些情形。在我的记忆里，母亲就是我的天地，当我还混沌未开，处于一个什么核细胞时期，那时我从爸爸身体里跑出来，驻扎在妈妈身体里。

妈妈体内有一个巨大迷宫，里面装满圣水，我游走数月，爸爸等不及了，他打开妈妈的迷宫之门，迎接我来到这个世界。

与父亲的初次见面竟然在一个白色的屋子里，即是我长大以后偷窥的那个屋子，那时我嘴里眼里一片血色迷雾，如今我还闻到这股浓烈的血腥味儿。一名膀大腰圆身形健硕的神秘男子，这人自称是我爸爸，他对本人进行了惨无人寰的人身攻击，他将我的头倒立，用他的铁砂掌拍打着我的躯体。此时本人遍体鳞伤，放声啼哭，哭声划破空旷的房间。

黑暗的序幕才刚刚拉开，我爸好像一个虐待狂，我哭得越欢，他笑得越灿烂。他笑得合不拢嘴，尽管他戴着口罩，但我看得见他的狰狞面目。我爸蒙着神秘面纱，开怀大笑。

我要掀开他的神秘面纱，想看看面纱后面究竟隐藏着什么。

妈妈表示不懂，她告诫我不要走火入魔。

我问爸爸女人生孩子的事情，爸爸告诉我，那些女人生小孩，就像他自己生孩子一样，跟着她们痛，替她们着急。以前我觉得他这样说矫情，别人生孩子关他什么事呢。今天听到他的声音，我信他说的话。

有时想爸爸怪可怜的，生活在女人堆中间，阴阳学说讲男为阳女为阴，爸爸一个人的阳刚气混迹一堆阴柔女人中间，光芒会不会被掩盖？家里对付妈妈够呛，科室全是女医生和女护士，除了他，没有别的男人。

这还不算，他的病人全都是女的。当然，男病人不会去妇产科，倘若妇产科有男病人，大约是变过性的。所以，在女人堆成长的爸爸，培养出了无可比拟的绅士风度，比如上下电梯，乘坐公共汽车，比如凡是人多的地方，他总是让女士优先，从不跟女士争抢。这种谦让女士的品质，是工作生活环境里女人把他磨炼出来的，并非爸爸硬要给自己确定一个目标，或者方向，然后照着去做。由此想到我的学习也应该是这样，不应该由他们为我设定一条必须路径。

爸爸很讨女人喜欢。这点我问妈妈是否担心爸爸，妈妈不担心。妈妈说得坦然，可是我觉得妈妈还是缺乏底气，妈妈不愿意承认吧。

爸爸跟我说过他希望我将来学医，当医生。我摇头，很坚决。我喜欢的行当很多，比如当足球运动员，或者航天员，或者电脑工程师，我不喜欢到医院，不喜欢像爸爸那样在女人堆里工作，更不喜欢像妈妈那样念叨的女人。

每当说到这个，爸爸总是捂住我的嘴，左右看看妈妈在旁边没有。我笑话爸爸没有出息，爸爸给自己找了一个理直气壮的理由，那是尊重妇女。

爸爸跟我说起过他做医生很神圣，我看不见得。女的很戒备他，主要是他的病人。他年轻的时候，刚从什竹回到巴州医院，妇科病人因为接受不了男医生，不要他看病，产科家属不要他接生。

也许现在人们开放了，有种说法最好的妇产科医生都是男的，当然林巧稚那样的医生除外，所以爸爸现在吃香了，许多病人是他的铁杆粉丝。

由于经常去爸爸科室玩耍，我知道许多关于女人生孩子的故事，我好奇地问爸爸，男人怎么去干妇产科呢？

爸爸给我讲他的故事。

那天是鬼节，爸爸讲了一个鬼故事。那年，我爸还没到妇产科工作，妇产科死了一个四十多岁的高龄产妇，尸体在医院摆了七天，她的家属天天来医院讨说法，认为生孩子不应该死。

病房有两个产妇同时梦到死去的产妇向她们招手，手里抱着孩子。她们吓得转院了。

这种事情有鼻子有眼，一传十十传百，后来好多孕妇不敢到我爸医院生小孩。有人说妇产科阴气重，需要男医生，于是妇产科主任到处张罗找男医生，可是没有男的愿意当妇产科医生。

过去爸爸提出转行，老主任不批准。老主任当他宝贝儿。科室建立几十年了从来没有男医生，连男护士也没有。真是悲催，全都是女的，不知道多么凌乱。家里我妈一个女的，我和爸爸都说不过她。

爸爸报到第一天，老主任带他到各科室，炫耀自己的传家宝那样给大家介绍。老主任要大家多多关照爸爸，让爸爸尽快熟悉医院。老主任这样做是想把他留下来，可见老主任的心情多么迫切。科室女医生嫉妒了，埋怨主任偏心眼。

后来爸爸就这么活生生被老主任截留下来。

爸爸没有放弃劝说我学医，他说只有妇产科是这样，其他科室都有男医生，外科以男医生为主。他不明白我不想选择这个根本不是因为跟女人共事的问题，至于什么原因，我自己也说不清楚，现在只能找到一个因素，就是没有兴趣。我还是不接受，只是没有再抵触了。

后来他们科室发生一件事，他再不提将来让我学医的事情。

那年有一个产妇，生产的时候因为羊水栓塞死亡，这个事情第二次发生在爸爸医院，爸爸去之前发生过一次。死者家人不能接受，把产妇尸体抬放在他们医院停几天。爸爸被堵在医院几天回不了家，差点被家属殴打，怎么解释他们都听不进去，后来不得不赔钱才解决问题。

我也不太理解，生个孩子怎么会死人，爸爸说了我也不太明白，于是我在百度上搜索，才知道原来我们出生也是充满风险的。羊水栓塞的发病率仅为 4/100000—6/100000 之间，但死亡率超过百分之六十到八十，救治难度很大，是一种死亡率很高的极其凶险的并发症，属于"恶魔的抽签"。看过以后我吓一跳，原来生个孩子这么不容易呀。于是，对妈妈，我内心升腾起敬意，我发誓不惹妈妈生气，要好好爱妈妈。

我问爸爸人家为什么闹，你们没有跟人家说清楚吗？爸爸说怎么会讲不清楚呢，但是他们听不进去，怪我们把人整死的。爸爸说想想人家痛失亲人，孩子出生就没妈了，也怪可怜的。

我问爸爸经历那些关于生死的奇怪事情，还让我学医？

爸爸不语，随后说他不后悔。

猛然，产房里大喊大叫声音消失，寂静无声，随后听到婴儿的啼哭声。

我沿着墙根往前走，左边拐弯处路被封堵，顺着粗粝的石头，长出一些青藤。旁边有一个落地窗户，藤叶顺着窗条往上爬，几乎将窗户覆盖。透过缝隙望进去，里面有一条长廊，右侧通向产房，左侧通向病房。

我看到周老师等候在产房门口，他是我爸爸的老师，他喜欢喝酒，喝酒以后赋诗，我私下称他周酒仙。他家就住在爸爸医院隔壁，每年教师节，爸爸带我去拜望周老师，后来我独自一人经常去他家，周老师跟我投缘。

一会儿，我爸爸从产房出来，手里抱着一团肉乎乎的小不点。他把小不点交给周老师的儿子。周老师添了一个八斤的胖孙子，他一直笑，合不拢嘴。

六、拉小提琴的美少女

从爸爸医院出来，我穿过小学校外面的街市，街面两旁楼房是上世纪七十年代修建的，那时我还没有出生。外墙整体翻修过，还是看得出比较陈旧。墙上涂画各种图案色彩，有的具体，有的抽象，乍一看刺眼，吸引人，仔细看有些怪怪的。像童话世界，又像桃花源，更像魔兽世界。

楼房内透出灯光，半明半暗。屋子里传出阵阵稀里哗啦的声音。我穿过街市拐角，另一侧也能听到同样的声音，时缓时急，时隐时现，忽而如溪流潺潺，忽而如狂风暴雨。

这声音在街边和我家附近也能听到，考试高分数的时候听起来觉得它是打击乐，或者奏鸣曲。成绩不好的时候觉得它跟汽车轮胎在柏油路上急刹车的声音一样，非常刺耳虐心。有时我突发奇想，恨不得制作一个魔盒，把这种奇怪的声音收录盒子里，让它听我使唤，成为我的游戏素材。可是我无法逃离它也不能听若不闻，无法融入它又听凭它主宰我的听觉。我想要是能随手拈来一些灵感，又不费力气注入到我的游戏，那该是一件节省时间又省事的事情。

我下意识用手蒙住耳朵，继续往前走。

许久没有来这里，先前那些破烂房子拆除了。过去我跟爸爸到这里散步的时候，爸爸告诉我以前江边一带还有吊脚楼，这是巴城的一大景观。吊脚楼用木头制作，沿江而建。我能够闭着眼睛想象城市高楼和游戏中的城堡，一个是现实的，一个是虚幻的，我对它们太熟悉了。而我想象不出来吊脚楼是什么样子，爸爸说的吊脚楼，究竟是什么模样，是否与游戏中某款建筑异曲同工呢？我兴趣盎然问爸爸。

爸爸给我看他拍摄的照片，的确很奇特很美。所谓吊脚，顾名思义木质脚支撑着楼房，依山顺水，高几十米，即有几层楼高。人们住在里面，冬暖夏凉，十分舒适。吊脚楼充满想象，估计外星人也没有看过这种神奇的东西。要是把这个做成游戏，在星球大战中，将外星人吸引进来，他们还以为是木船呢，这个太刺激了。

爸爸把他的照片洗出来，黑白色，模糊而陈旧，他分类制作成几本相册。

那些被拆除的破烂房子，是二十世纪七八十年代修建的。因为我家附近拆建，原来的路也被挖了，我上学要绕道经过。街面楼房重新翻修过，外面色彩斑斓，跟我在网上看到的欧洲小镇似乎有些像。

霓虹灯下各种图案隐约晃动起来，仿佛游戏中的玩偶。红绿蓝紫光芒辉映着街市，我兴奋起来，又想起我的游戏。游荡中我获得这么多灵感，不一会儿，心情渐渐好起来，忘记了跟妈妈发生的不愉快事情。

我坐轻轨穿过闹市区，从地下通道到张家院子。沿途几个站用院子做站名，后面冠以姓氏，比如张家院子、李家院子、王家院子。我喜欢院子别名，想必过去这里就是一些吊脚村落，住这里的人家同宗同族同姓，这真是太有意思了。我爸爸姓张，我想我爸爸是否跟张家院子有某种关系，似乎没有听爸爸说过。

这条街行人稀少，比其他街道幽静。路边店面不算大，小的几平方米，大的十几平方米，有鲜花店、小饰品店、手工艺品店。商店门窗用木头装饰，柚木色，古典优雅。墙上、门窗挂满绿萝、吊兰，还有一些不知名的植物和鲜花，地上摆满盆栽绿色植物，我认得的有散尾葵、幸福树，还有少许热带植物。

我走过街市，来到一个叫"心情故事"的咖啡吧，脚步停下来。

咖啡吧主人叫乐涛，是乐瑶的哥哥，以前我来过这里。他约过我几次，我没有时间来找他玩。乐涛坐在里面看杂志，我走进去，乐涛看书入迷，脸上泛起笑容，散发幸福的光晕，我瞟一眼杂志，他大约看到里面的美女，令人赏心悦目。

乐涛不掩饰自己的择偶标准，他喜欢美女，找女朋友不看别的，个子高、漂亮即可。巴州出美女，走在街上，每隔几分钟就能看到一个美女。按理说乐涛这个要求并不算高，可是他一直没有找到女朋友。他喜欢看杂志书本上的美女，他从那些没有生命却比真人还美丽的女人中获得快意，寻找寄托。

乐涛没有发现我，我选择靠门边的椅子坐下来。门口起微风，隔壁小饰品店传来风铃声音，铃声轻柔，萦绕入耳，听起来舒服。

咖啡吧里面有两张桌子，桌上铺着白色和咖啡色相间的方格花布，跟我去过的西餐馆桌上的格子花布颜色差不多。屋子四周有三面墙，墙上摆几层书和杂志，其中一堵墙上贴着彩色纸条，上面写着一些许愿祝福的内容，中间一张纸条上面的字写得很大：我没有大大的理想，却抱着小小的心愿生活。

以前有时候感到学习压力太大，便约立辉和乐瑶来这里聊天。班上有个男同学叫姚劲，见乐瑶来这里，他也跟着来。我们说笑，聊天，天南海北乱侃。

立辉跟我一样喜欢这里的氛围，他不爱说话，要么画画，要么看书。立辉的成绩一直很好，心里老想着学习的事情，每次来这里总是坐一会儿便要回去，心总不能放下来。跟我相比他应该没有那么大压力，但是看起来他的压力比我更大。因为立辉，有时候没有玩尽兴，觉得扫兴。但我还是能克制，照顾立辉的情绪。

有一次，立辉考试失误了，破天荒他主动约我和乐瑶来这里。坐下来以后，立辉不说话，他拿出纸和笔为乐瑶画素描，画乐瑶拉小提琴的样子，头发飘起来，很夸张。乐瑶喜欢立辉的画，她小心翼翼夹到自己书里。此时姚劲走过来，从乐瑶手里把画拿过去，端详一阵，撇嘴，不以为然说这也算画。乐瑶从姚劲手里夺过来，小心翼翼夹书里，她让姚劲画来试试。姚劲说自己不会，他说自己不会的时候，傲慢又理直气壮，我和乐瑶"呵呵"。

为乐瑶画完素描，立辉要为我画，不允许我不配合。我的长相一般，五官不立体，特征不明显，因此画出来不会出彩。何况让立辉这样的蹩脚画师折腾，我怕坏了心情。立辉说不动我，只好随手画几张咖啡吧图和外面的街景。画好以后，效果还不错，乐涛让立辉留给他，他要贴在咖啡吧墙上。

来这里心情可以放松下来，消磨半个下午时光，喝咖啡，吃糕点，立辉画画的时候，我和乐瑶看书和杂志，玩游戏，然后聊天。

当然，喜欢来这里还不只这个原因，我希望看到乐瑶，看到她一袭白衣在台上演奏小提琴的样子。她的出现令人愉快，令我对女性的幻想美好起来。

乐涛一直低头看书，我坐了大约十分钟，他才抬起头来，或许看书累了，或者看美女够了。

他看到我，说："不好意思。"

他走到我跟前，他坐太久了，站起来的时候打个趔趄，后退一步，头往后仰。他费劲跨到我身边。其实咖啡店小，只需要两步便走过来了。

他问："今天就你一人？你同学呢？"

我说："等会儿来。"

他问我需要什么，我要了一杯现磨焦糖玛奇朵。咖啡吧没有人，我变换地方，走到另外一张桌边，重新选择位置坐下来。

咖啡厅基色为淡黄色，灯光也是黄色的，灯光照射在屋子里，柔和而有暖意。咖啡桌椅隔着大小不一的小区，区间有杂志报纸。吧台的右手边有一个小舞台，几盏射灯将小舞台照亮，背景是一朵巨大的红玫瑰照片，几乎占据整面墙壁，花的周围呈暗色调，看得出这是一张微距拍摄的照片，背景虚化，花朵突出，色彩鲜艳，花瓣丰满，花瓣上还有几颗水珠，晶莹欲滴，构图恰到好处。咖啡厅里客人慢慢多起来，正规座位已经占满，有人没座位，靠在墙边，还有几个女孩是两人坐一张椅子。

背景音乐响起来了，声音弱弱的，从屋子一角响起，慢慢扩散开来。这是一首浪漫的萨克斯曲子，以前听过的，名字叫"MY WAY"，估计节目快开始了。

我取一本杂志，漫无目的随意翻看。果然，书里美女如云，摆布各种姿势。这些美女身架和表情都差不多，连嘟着嘴撒娇的媚态都一样，就像超市货架上勾兑的果汁，闻不出新鲜水果榨汁那样的鲜味。

我放下杂志，想起立辉，于是给他打电话。

关机。

我品尝着咖啡，百无聊赖。想拨乐瑶的电话，试试却又打住。

这时进来一男一女，从面容上判断跟我年龄差不多。男生是一个胖子，个子倒还不矮，大概一米七，女生戴着无框眼镜，比男生矮一些，看样子是学生。他们手拉手，黏糊糊的样子，看似情侣，或者比我大很多，因为我这个年龄一般不公开恋爱，即便恋爱或者双方有爱意，不至于在众人前无所顾忌亲呢。

他们在我前面放了书本的椅子上坐下来。原来还提前占了座位！我恍然大悟，庆幸自己来得早。他们要了两杯咖啡，一边喝着咖啡一边低声耳语。

其中一个问："乐瑶今晚要来咖啡厅演奏吗？"

另一个回答："今晚有她的独奏音乐会，要不然我也不想来。"

听了他们的话，我来了精神。原来我忘了，今晚乐瑶举办独奏音乐会，我可以不打电话了。

一会儿，三三两两进来一些人，跟着这群人后，拥进一群少女，大约四五个，她们身着黑白色相间连衣裙，怀里都抱着小提琴盒。最后面的姑娘年龄稍大，背上背着一架黑色手风琴。

"巴杨！"前面的女孩有些兴奋地叫出声。

"巴杨？巴杨是谁？"和她一起的男孩问道，一副不解的表情。

"笨！"戴眼镜的女孩用手指戳一下胖男孩的额头，"巴杨是手风琴的一种，你没有看出来她背的手风琴与平时看到的手风琴不一样吗？"

我这才仔细看了，呃，是不一样，怎么这架手风琴的键盘全部是一排排纽扣呢？

"手风琴分四种，最常见的是键盘手风琴，另外还有电子手风琴，班东尼手风琴，俗称小手风琴。不常见的就是巴杨了。"眼镜女孩在胖男孩面前有些卖弄知识。

"巴杨 1905 年诞生于俄罗斯圣彼得堡，真正的俄罗斯民族乐器，现在已经风靡全球了，但是在我们城市还没有见到过。我还是从电视上见过的，音色很好听！"

胖男孩崇拜地望着眼镜女孩："你什么都懂，好厉害！"

我对西洋乐器确实不太懂，也不在意什么巴杨不巴杨，只管伸长脖子寻找，人群里没有乐瑶。

少女们直接进了小舞台后面的化妆间，不到 5 分钟，又全部走出来。她们左手拿着小提琴，呈一排静静斜着站立在吧台左手边，那个"巴杨"坐在最中间的椅子上。屋子里顿时安静下来，人们眼睛里充满期待。

屋子一下子拥进这么多姑娘，气氛陡然变得柔美起来，比先前更有生气了。

这个世界原本由男人和女人组成，男人和女人散发出来的气场是不一样的。

少女微笑着的样子几乎差不多，站得笔直，嘴角咧开和牙齿裸露尺寸几乎一致。我想要么是文化宫弦乐班的学生，要么是少年宫乐队请来的，如果没有经过训练，要达到笑容这样一致，除非她们心有默契。反正我们学校的乐队里没有这么多美女。

这时，舞台的灯光转亮了，大厅的灯光变暗。

一分钟后，观众都比较安静了，女孩们都看着"巴杨"，等待信号。只见"巴杨"头往上一抬，她们抬起垂下的左臂，将小提琴架在脖子上。"巴杨"轻轻点了一下头，五只右臂一起挥动，这个动作，没有差异，整齐划一，连一点细微差别都看不出来，就像一个人在完成，显得舒展有魅力。

小提琴优美的音色倾泻而出，像银子一样纯净，像秋水一样流畅。巴杨手风琴的音色真是好听，丰富，高雅，它的伴奏把小提琴音色烘托得更加柔美，宽广。所有的观众瞬间就被吸引住了。

只听眼镜女孩悄悄对胖男孩说："好听吧，《荷花颂》。"

第一支曲子结束了，观众响起热烈的掌声，姑娘们一齐向观众点头致谢，旋即转身进了化妆间。她们撤退速度极快，像风一样吹过，脚底下没有发出一点声息。她们来又去，像不属于这个世界的肉食者，更像来自天上的精灵，在凡尘丢下一串音符，或者荡起涟漪，又随风而去。

"巴杨"则留在舞台上，由坐变成了站。

随后，门口飘进来一个女孩，个头大约一米七，一袭深色连衣裙包裹瘦弱的身躯。女孩白皙的脸上泛着红光，双眸有神。

好久不见，我差点认不出她来，没错，她就是乐瑶。她走上舞台的时候，咖啡厅响起掌声。看来乐瑶经常到这里"走穴"，已经有了粉丝群了。此时，咖啡厅挤满了人，这些人中，除了喝咖啡的客人，还有过客和隔壁商店的客人。

这时，舞台上出现一位漂亮的女人，穿着蓝色风衣。我认识她，这家咖啡店的老板娘。她站在麦克风前面，简单说了句："请大家欣赏小提琴、手风琴合奏——《巴黎的天空》"。说完就带着迷人的微笑走下舞台。

她这叫报幕么？太简单了嘛，连乐瑶和手风琴手的名字都不报，我不满地嘟囔道。

乐瑶向观众轻轻鞠躬致意，又跟手风琴手默契地点一下头。"巴杨"拉出了一串过门，华尔兹！我特别喜欢的音乐节奏。紧接着，乐瑶的小提琴开始演奏，琴弓紧贴琴弦上下滑动，行云流水；一串串美妙的音符如喷泉般涌出，华美壮丽。乐瑶与"巴杨"还用肢体语言互动，眼神交流，脸上始终挂着微笑，两人配合得天衣无缝，我听得如痴如醉。观众里面已经有人受到乐曲的感染，身体随着节拍晃动，如果空间够大，说不定这些人会跳起舞来。

第一支曲子结束了，观众给与热烈掌声，中间还夹有口哨声。老板娘又娉娉袅袅地走上来，向大家报节目："再请欣赏小提琴独奏——《查尔达斯舞曲》。小提琴独奏者，巴州中学的美少女小提琴家——乐瑶！"

观众掌声鹊起，前面那一对男女竟然站起来喊"乐瑶！乐瑶！"。乐瑶羞涩地向大家鞠躬致谢。

老板娘又介绍道："手风琴伴奏，巴州中学老师——伍莉！"

原来是伍老师，她穿成这样，我都认不出来了。又是一阵掌声，伍老师向观众点头致意。居然到这个时候才向大家介绍，我心里非常不满。但想到今晚的节目太精彩了，就原谅她吧。

乐曲开始了，深情的慢板，如怨如慕，如泣如诉。乐瑶演奏舒伯特的《圣母颂》和柴可夫斯基的《我心孤独》，有人慢慢向舞台边移过去。有人嘘声叫："艾尔加——《爱的致意》。"

乐瑶向观众致意，她的眸子充满迷人色彩，小提琴声灵性而富有诗意，音乐迤逦婉转，甜蜜温馨，旋律美妙动感。

我完全忘记了先前的不快，沉醉在迷人的音乐之中。突然，旋律陡然变快了，真是银瓶乍破水浆迸，铁骑突出刀枪鸣，一串串十六分音符就像尼亚加拉瀑布一样飞流而下。乐瑶左手手指灵巧，飞快跳跃，就像一匹骏马在草原上奔驰。右手琴弓的白马尾上下闪耀，令人目眩，与左手配合得天衣无缝。乐瑶闭着双眼，嘴角挂着自信的微笑，手风琴的伴奏铺垫得恰到好处，高低结合，刚柔相济。真是动人心魄啊！

突然，旋律没有了，观众爆发出更热烈的掌声。曲子演奏结束了？我还眯缝着眼，回味着悠扬琴声带给我的想象和快乐，脑子里画面不断，余音袅袅，不绝如缕。

七、外面的世界

咖啡吧里人们陆续散去，我思考着自己该去哪里，这时接到周老师的电话，他问："雨泽，你在哪里？"

"我？"

我没有告诉周老师，一时恍惚，不知自己身在何处。周老师算不上有情调的人，有一次我约他去咖啡吧，他严肃批评我，说那不是读书人应该去的地方，学生应该去教室和图书馆，去其他地方都是浪费光阴。

我跟他辩论，谁也说不服谁。这点，我跟他没有共同语言，他不像生活在这个世纪的人，连中世纪的人都不会拒绝去咖啡馆。有个问题我一直想不通，周老师喜欢创作，咖啡吧那个地方可接触各色人等，三教九流，可获取丰富的创作素材，他为何偏偏不喜欢那个地方？周老师警告我，不让我再去咖啡吧。我点头，心里却无法接受。

我嘟哝着，自言自语，不知道自己跟周老师说了些什么。

周老师说："你赶紧跟家里联系，你妈妈到处找你呢。"

周老师拉家常似的告诉我，妈妈打电话给他，话没说完就哭起来了。周老师不知道事情原委，以为我爸妈闹矛盾了，他劝我妈跟我爸好好聊聊，他说没有解决不了的事情。

听到这里，我觉得好笑，爸爸说周老师不食人间烟火，活在自我世界里，看来是有道理的。事情还没弄清楚，他就不分青红皂白，牛头不对马嘴劝解一番，肯定会让我妈妈哭笑不得。

接着周老师又说他跟妈妈讲了很多话，只听妈妈说雨泽——其余的话一句也没听清楚。

周老师找不着北，他静静听，等妈妈把话说完。妈妈终于哭着完整说出一句话：雨泽从家里出走了。

周老师误解我妈，感到尴尬又不解，他问雨泽发生什么事了，他跟我妈说我不久前在他这里，好好的。

妈妈委屈，担心。妈妈从来不觉得自己有错，她恨不得把我赶走，走得越远越好，走到她看不见的地方，眼不见心不烦。但她又担心我安全，她这是活受罪。我也有委屈，也没地方倾诉。爸爸跟我说男人有泪不轻弹，我的眼泪只有往肚子里咽。

周老师劝说一阵，妈妈止住哭声。为了安慰妈妈，周老师继续劝说，估计不搭调，唯有他答应帮妈妈想办法联系我，才让妈妈情绪稍微稳定下来。

"好。"我小声答。

"快点，别磨蹭。"周老师说。

我从裤兜摸出电话，手摩挲屏幕，思想斗争着，打还是不打？我想还是打吧，随即按动开关，点开妈妈的手机号码，准备拨号出去。信号发出去瞬间，陡然又不想打了，遂放下电话。想起周老师不容商量的强硬口气，我心里就像塞了一团棉絮，浮在喉咙和胸口，堵得慌。

不知道该怎么办，于是想起我爸爸，心里觉得有了依靠，拨电话过去，不巧爸爸手机占线。

周老师又打电话问我联系妈妈没有。

我说："没有。"

没有做的事情我不能说谎，不愿意做的事情，别人逼我做我会觉得很难过，也不愿意做。

"你这孩子，犟得很。"周老师语气不悦。

想起妈妈说的话和她的态度，我就没有心情说服自己跟她和解。当时妈妈表情愤怒，脸几乎扭曲，我从来没有看见过她这种表情。平常虽然爱唠叨，但神情是温和的，不令人讨厌。她这回表情近乎狰狞，像只欲食子的母老虎，我不喜欢她这样子。

当我冲出门时，听她在身后吼："出去了你别回来！"

妈妈恨我入骨，听人说孩子和大人的关系，有的孩子生来是报答父母的，有的孩子生来是找大人要债的，妈妈常说我属于后面一种情况，但我认为不是，至于为什么不是，我讲不清楚理由。

我从妈妈脸上看到她对我的厌恶，我想她恐怕希望我走了倒好，所以认为我离开家她不会着急。所以不明白妈妈为何还气得双腿发软，倒沙发上哭得那样伤心。

我是这样想的，离家以后，好比炸药包拆除了，妈妈心里会轻松起来，她正好静静待一会儿。

电话铃声又响了，来电显示是爸爸。

爸爸声音平静，好像从来没发生什么事情似的。他问："雨泽，你在哪里？"

爸爸的问话跟周老师一样。

我告诉爸爸在咖啡吧。

爸爸告诉我，我离开以后，妈妈心里的火的确稍稍降下来了，然而她又担心我。妈妈由愤怒转为不安，我离开的时间越久，不安越是折磨她。她心里如揣着兔子，蹦跶直跳。她在家里踱步，她来回从窗口走到床头，她望着窗外。炫目的灯光，此起彼伏的喇叭声，让她的心不安。她想我会去哪里呢，她想我气冲冲出去，不看路，万一撞上汽车怎么办呢。妈妈越想越担心，越是坐立不安。

妈妈给爸爸打电话，爸爸正在做手术，电话不通，后来周老师找到爸爸，爸爸才知道事情原委。

爸爸平时不上网，不常用手机，工作多半时间在手术台上。爸爸生存轨迹跟我的经历一样单纯，总共两条线，一条是工作线，要么在手术室，要么在病房，或者办公室，另外一条生活线，就是待在家里看书写论文。

爸爸张义杰是巴州人民医院的妇产科主任，他接生时呼风唤雨，有时像深入前线打仗的战士，有时像发号施令的指挥官。他抱着婴儿那种眼神和笑意，春风化雨，又像观音菩萨。爸爸平时话不多，甚至可以说他不善辞令，妈妈说他笨嘴拙舌。跟病人交流，他也是有问就答，不多说与诊断治疗无关的话题。

有一次，立辉拉肚子，我陪立辉去看病。看完病以后，我们到医院后院去玩，正好碰上爸爸医院在学术厅召开巴州妇产科学界大会，我们躲后面偷偷看。我听不懂他们说的那些知识，还好平时经常听他们说些病名，于是装懂，为立辉解说，在立辉面前显摆。立辉则不同，他从来没有接触过这些知识，却能自如地赞叹台上发言的看起来知识很渊博。我欣赏他们温文尔雅的学者风度，喜欢他们制作的多媒体，跟我制作的游戏类似。

爸爸作为东道主主持大会，他没有做专题发言，他说过不喜欢热闹场合，他喜欢沉默，喜欢独处。爸爸意识到这是他性格中的弱点，他说无法改变，他希望我这方面不要学习他。爸爸常带我去见世面，培养我的适应能力，他认为我面对的竞争压力比他更大，尤其是将来就业，全靠自己的本事，爸爸说他帮不上我，唯一能帮上我的，就是培养我更加强大的适应能力。

妈妈急切地将事情前因后果讲述给爸爸听，爸爸不吭声，沉默一会儿说这事交给他来处理吧。爸爸拨我的电话，我正在跟立辉通话。

妈妈等不及，问怎么办？雨泽会去哪里呢？

她想起我跟立辉要好，叫爸爸给立辉打电话，可他们不晓得立辉的电话。爸爸安慰妈妈，说等会再给我打电话。

跟爸爸通了电话，猜想爸妈为我的事情会发生争论。我赶到爸爸医院，果然不出所料，听见爸妈在爸爸办公室争吵。

爸爸下午接连做两台手术，一台妇科手术刚做完，正准备缝针。另一台剖腹产手术，病人出现病情变化，他让助手接着缝针，赶紧过去处理剖腹手术。

处理完下手术台以后，爸爸脱去工作服，很疲惫。爸爸安慰妈妈不要着急，说雨泽这么大的孩子了，不会有什么事的。

听了爸爸的话，妈妈气不打一处来，冲着爸爸说："没事？你倒好，一天到晚只晓得病人，从来不管儿子。"

"我怎么没管呢，孩子的事情急不来嘛。"爸爸心里也着急，但他明白自己跟老婆急，老婆会更急，事情只会越来越糟糕。

"你怎么管的？"妈妈问。

"我跟他谈过，你不知道而已。"爸爸回答。

"谈了有作用吗？"妈妈追问。

爸爸不回答，他没有办法回答。他们都说我脾气犟，叛逆，跟妈妈发生争执好多次了，妈妈哭着说儿子不争气，要爸爸骂我。

"你少说一些吧，孩子大了，有自己的想法。"爸爸说。

"他的想法对吗？都不切实际。"妈妈说。

"你还不够了解他。"爸爸放慢语气。

"真是奇怪，我还不了解他吗？"妈妈不服气。

"真的，你听我的吧，多表扬他，效果会更好的。"爸爸说。

"有时候我也觉得自己的爱不对劲，但我是想他好呀，社会竞争这么激烈，他没有本事将来怎么办呢？"

爸爸打断妈妈的话说："顺其自然，要求不要那么高嘛，我们都要有一颗平常心，不要把自己的意志加在孩子身上。心智健全比学习更重要。"

妈妈不吭声。

爸爸接着说："物极必反，孩子逆反心重，逼太紧，他反感。你给他压力大了，他越是反抗，其实他心里是不自信的。"

听着爸爸的话，我心里发酸。我默默走开，躲在爸爸医院门口的黄葛树下。

他们说的这些话听起来并不新鲜，我听过好多次。要是我再不离开的话，被他们发现，爸爸抓我过去，妈妈竖鼻子瞪眼，我会扭着头不看妈妈，妈妈更生气。以前爸爸要我给妈妈道歉，我不吱声。我数落妈妈总是唠叨，总是说自己这不行那不行，不管自己做什么妈妈都认为不对。

背着妈妈，爸爸总是教育我，说妈妈是为你好，你应该听妈妈的。爸爸告诉我他有时候也迷糊，孩子有自己的思想，不肯轻易听大人的。有时候夹在中间他感到为难。

有一次，听他们在客厅辩论，还用罗斯福和丘吉尔来证明他们各自的观点，我听了也长知识。

爸爸说罗斯福信巫医和占卜，有两个情妇，有多年的吸烟史，而且嗜酒如命。丘吉尔曾经两次被赶出办公室，每天要到中午才肯起来，读大学时曾经吸过毒，每晚都要喝许多白兰地。

妈妈问："这个跟雨泽有关系吗？"

妈妈被爸爸的例子搞得一头雾水。

爸爸得意地说："这里面道理深着呢。另外一个人，希特勒，曾是国家的战斗英雄，保持着素食习惯，从不吸烟，也不喝酒，年轻时没做过什么违法的事情。"

妈妈更是云里雾里，说："你啥意思呀，难道坏孩子会变好，好孩子会变坏？"

爸爸正要说话，刚出声就被妈妈打断他的话，妈妈说："没有必然逻辑，现实中我没有看到这种存在。好就是好，不好就是不好，没什么可变化的。"

爸爸说："你太绝对了。"

妈妈说："你没听老人说过，从小偷针，长大偷金的道理，从小不学好，长大没什么好的。"

他们争执得越来越激烈，谁也不服谁。

爸爸说："你的话不是没有道理，你看吧，罗斯福和丘吉尔这样的大好人，身上还有这样的缺点。而这个杀人魔鬼，他的身上竟还有如此多的闪光点。由此我们看雨泽，如果我们相信孩子是未来的成功者，如后来的罗斯福和丘吉尔，他所谓的一些缺点怎么也比不过早先的罗丘两人吧？"

妈妈不吭声了，她默认爸爸的观点。

爸爸又说："所以孩子一时错误，不代表什么，我们对孩子要信任和期待。"

夜深了，爸妈并排走出医院大门口，我能清楚看见他们，他们看不见我。

爸爸用手臂抱住妈妈，说："我明白你爱他，可是，你得懂他，他才接受你的爱。"

妈妈不作声，爸爸取出手机，把微博里妈妈发给他的信息调出来，念着：致我们终将远离的子女。你的孩子，他不是你的儿女，他们有自己的思想，你庇护他的身体，不是灵魂。

第二章　成长的代价

一、黄葛读书苑

我又回到咖啡吧，已是夜深。乐瑶还没走，她过来在我对面坐下来，我满脑子都是爸妈的对话，无心跟乐瑶说话。

坐了一会儿，乐瑶爸爸接她回家，我继续待在咖啡吧。咖啡吧打烊了，我还是不知道该去哪里。乐涛见我没有离开的意思，便把钥匙留给我，让我一个人玩。

第二天早上，立辉才回我电话。这样的情况多次发生，我已经习惯他这套做派，打他电话很少有通畅的时候。他告诉我，当他关掉手机的时候，一定在做作业或者看书。

立辉把看教科书和做作业当成乐趣，跟我玩游戏一样感到快乐。立辉说他找不到更多兴趣，做作业是他的最大乐趣，可以打发时间。不仅如此，他还从中找到未来，找到勇气，这勇气可以战胜卑微，引领和鼓舞他。他爸妈从来不管他，不过问他学习怎样，他痴迷学习，完全是自己愿意，没有任何力量强迫他这样做。

果然立辉昨天整天沉浸在习题演算中，他算出几道高难度奥数题，跟陈景润解答哥德巴赫猜想似的着魔，他独自沉浸在兴奋中，在自己的世界里获得满足和快意。他做出难题，我为他感到高兴。过去有时他打给我电话，还没等我开口，便迫不及待告诉我喜讯。我能够分享他的喜悦。

我恭喜他，羡慕他能够心无旁骛投入学习。

立辉问我什么事情，我想他学习任务完成了，有心情出来玩了，遂叫他到"心情故事"咖啡吧来。没想到立辉说他还有两道数学题没做，我问："昨天不是做了吗？"

立辉告诉我，还剩两道题，留着今天完成，今天早上起来，感觉头痛，状态不如昨天。

我劝立辉出来散散心，说："中考过了，高考还早着呢。"

立辉问："你在咖啡吧？"

我答："是的。"

立辉问："出什么事了吗？"

我说："没有。"

立辉问："难道乐瑶有什么事吗？"

我叫他别瞎猜，乐瑶昨晚有独奏会。立辉半信半疑，他喜欢听乐瑶拉小提琴，每次邀请他出来，告诉他有乐瑶演奏，他定会欣然前往。立辉听乐瑶拉小提琴，跟听老师上课一样，总是挺直腰板，不眨眼睛。我逗他，说音乐是用来听的，不是用来看的，得用心灵去感受。无论我说什么，立辉不受影响，不搭理我。立辉专注投入的样子，看起来像个资深音乐迷，可他跟我说他听不懂，我不明白是真不懂还是谦虚。

立辉问："不是你小子有什么事情吧？"

我说："你啷个恁啰嗦。"

立辉来了，我为他要了一杯拿铁，他喜欢喝奶甜味。

立辉坐下来，问："什么事情，快说吧。"

我刚起话头，然后又把话吞回去了。

"又是跟你妈闹了吧？"立辉笑着说。

立辉了解我，发生在我身上就那点破事，他闭着眼睛都能猜出来。每次跟妈妈闹别扭，我都找他倾诉，说完我心里好受了。他跟心理分析师似的，分析事件发生的前因后果，我妈的心理和动机，我做得不好应该改进的地方，最后告诉我怎么跟妈妈和解。

"你妈逼你做作业了吧？"

"你真是神机妙算呀。"

"哎，你们那点事，除了这个，没玩点别的，新鲜的？"立辉吐舌扮个鬼脸，笑笑说，"别生气了，你妈无非就是望子成龙吧，她现在恨铁不成钢，一定气得七窍生烟。"

"去你的吧，我让你来说体贴话，你拿我开心呀。"我用手掌推立辉，说，"小心我的降龙十八掌。"

"我怕你。"立辉让开。

"你小子，开始我挺佩服你的分析能力，后来觉得面对我妈这个大难题，你也是无语了。"

立辉说："是呀，我江郎才尽了，那就不说了吧，去我家。"

"好吧。"我应允。

"不跟乐涛招呼一下？"立辉努努嘴。

"人家还没来呢。"

我们坐轻轨，穿过沙坪和九龙，到渝中，在文化广场下车。我和立辉的家离得近，我的家在黄葛读书苑，立辉的家在书苑旁边，我们同在文化广场后门。

这一代住家居民多，新房与旧房交织，沿江高矮纵横交错。放学以后我们从这些地方穿过，起初跟钻迷宫似的，转几圈又回到原点，找不到来路。这些房屋，好似大的空城，走进深处，却看不到人，偶尔能看见个别老太太或者老人带着小孩。没有人，也没有行车路，更是没有声响。屋子安静，特别冷清。有时候房子飘出米饭和烧肉的香味，证明这不是空城，而是有生命的住宅区。

这种房屋结构不多见，适合做寻宝游戏，迂回曲折，即便拍摄打斗场面，也碰不到几个人。

我们从文化广场后面绕过居民区，此时我突发奇想，很想成为游戏中的人物，穿越迷宫。后门地势低洼，坡陡坎多，青石路年份有些久远，有的生长了青苔，有的路面被毁坏，坑洼不平，下雨天若是脚踩上断掉的石板，则会溅起满身泥水。

我家住黄葛读书苑，三十二层高楼，周围还有几幢这样的高楼。往上看，天空被高楼遮住，到了夜晚，即便到顶层楼，也看不见天上的星月，城市夜晚的灯光照亮天空，十分刺眼。爸妈买这栋住房，意图明显，即为了我读书，能读出名堂来，据说这里出了几个高考状元，爸妈想沾状元之光。

所谓黄葛读书苑，跟读书和黄葛树有关系，读书苑是楼盘名字，黄葛二字是我和立辉冠上去的。原来读书苑前面有几株黄葛树，跟周老师家门前黄葛树相似。

周老师家住在巴州小学，我和爸爸曾经在那里读小学。巴州小学是一所老学校，历史悠久，学校外面有条长巷，由青石板铺成。后来修建商住小区，高楼将学校围住，好似水泥城堡。学校原来的路道修建了商场，有超市、网吧。周老师家旁边有一个大足球场，以前我在这里训练过足球，现在这里也修建了房了。

我和立辉、乐瑶，还有姚劲去周老师家补习作文，来回走这条小路，我突发灵感，取这里的建筑原样设计进游戏里，发现现代建筑气息比较浓，像火柴盒那样重叠，缺乏艺术感。

我们最后一次去周老师家上课的时候，周老师说他家门前拆迁，黄葛树要被移走，周老师说这事的时候流泪了。铁汉男子流泪，说明他悲伤到了极点。周老师说对不起他的祖辈，我不明白，黄葛树跟他的上辈人有何关系，劝说他想开点。

之前路就改道了，到周老师家需要从旁边的游戏厅穿过去。周老师家周围变样了，唯有他家门前的几株黄葛树，发出生机。周老师坐在黄葛树下，摇着蒲扇，身旁放一把二胡。

每年周老师为他家黄葛树庆祝生日，这次他为黄葛树送行，颇有"风萧萧兮易水寒，壮士一去兮不复回"的苍凉。看到那个场景，我心里感到悲怆。一阵春风吹起，远处地面的落叶呼啸而来，树上的黄叶簌簌飘扬着，一地金黄。我踩着松软轻灵的枯叶，恍然以为转眼到了秋天。

周老师的灵魂完全跟黄葛树相融合，黄葛树以特殊方式庆贺自己生日，曾是周老师最快乐的时光。周老师说黄葛树有记忆，当它年满周岁，以后每年此时，它的叶儿发黄，飘落下来。随后发出新芽，长出新叶。

周老师诵读一段我写的作文，他说这是经典，不能改动：

它的生日庆典，竟然是自我生命之重生，是一次吐故纳新，烂漫在凋零与回归中燃尽。黄葛树生长在石壁上，独自站立，三两树根相连，皆根扎石壁，盘根牵错，相拥而长。根裸露于外，不遮掩，其盘曲，其深色韵味，成就它独立于世。它与冰凉石墙相抚，皮质粗糙，抚之干涩，割手。它的干和叶立于空中，与粗犷的根结呼应，若大提琴一般，抚低回琴音，吟岁月轮回。

　　这篇作文周老师叫我反复改过，周老师改作文一般不会修改词句，也不批注，那些批注语要么鼓励性的，比如"好，很好，有进步"；要么批评性的，比如"病句，用词不当，提法不对"等等。周老师说那是批量生产学生的模子，我对那些批注过目即忘。周老师一般建议我换个角度或思路想问题，或者教我仔细观察。我会思考他的建议，在思考的过程中获得感受。

　　这篇题目叫"家乡的黄葛树"的作文，起初我自认为不错，写出来以后交给周老师。周老师看过以后认为我文笔优美流畅，但是没有写出黄葛树的精气神。我不服气，争辩说我写这篇作文的时候，看过城市各个角落的黄葛树，我了解它们。

　　周老师建议我再去看，要从心底里去感受它们。我迷惑地去到巴州最美一条街，寻找黄葛树，似乎看出什么，但又理不出头绪。

　　周老师带我见他家门前几株黄葛树，让我跟它们对话。他真是怪人，黄葛树又不是人，我不懂它的语言，它更不会懂得我的语言，我跟它怎么对话？周老师让我用心灵感受。我闭上眼，倾听黄葛树的内心。他说巴州黄葛树遍地，多少人看过，又真正懂得呢？我的作文问题在只注重言辞华美，没有写出黄葛树的神韵和风骨，娘娘腔，没有内涵。

　　周老师家后院外石缝又长出一株幼小黄葛树，比前些日子长大许多。前几日，它的叶蕾部分剥离成叶，有的嫩绿若翠，有的红黄若翡，温润透明。光线透过叶片，通透如水。恍若一夜之间，苞蕾便成长为树叶，舒展自如，若楚楚动人的小女子，成长为乐瑶那样的大姑娘，奔放又略显娇羞。

　　我随手摘一粒含苞黄葛，放一瓣在立辉手里。白色汁液漫出，黏糊糊的。

想必要不了几日，这叶蕾便茁壮成一树绿叶。

停顿片刻，周老师又大声朗诵道："黄葛树生命力旺盛，不择时间，不择土壤，无须关照，无须优待，自生自长。或在粉尘漫天的闹市，或在无人问津的角落，或在泥土里，或在石壁上，皆蓬勃生长，不张扬，不夸饰。树根扎在石缝里，盘结牵绊，根茎相连，根裸露在外。"

我们四人不约而同鼓掌。

周老师转过身，让乐瑶拉一首曲子。她拉了帕格尼尼二十四首练习曲中的第三首，周老师摇头。一曲终了，周老师沉吟片刻，问："你为什么特别想拉小提琴呢？"

乐瑶说："我想成功，想成为帕格尼尼那样出色的小提琴演奏家。"

周老师又问："那你拉琴快乐吗？"

乐瑶回答："我非常快乐。"

周老师说："你现在非常快乐，说明你已经成功了，对不对？你拉小提琴的目的是为了成功，获得快乐，而你现在已经是这样，那又何必非要成为帕格尼尼那样伟大的人？你看，世界上有两种花，一种花能结果，一种花不能结果，可它们同样美丽，比如玫瑰，比如郁金香，它们在阳光下开放，虽没有任何明确的目的，但这也就足够了。这才是成功的境界，一种大智慧！"

随后，周老师从裤兜摸出一张皱巴巴的纸，抚平，并始念上面的词句。

他嘴里津津有味念着被他称作是诗的文字，这是他的原创。他喜欢写诗歌，写出以后像着魔似的，一边比画一边念叨。他独自念几遍，然后读给我听，有时候读给路上不相识的人听。

我常常是他原创诗歌第一听众，在我看来，他的诗歌不能叫诗歌，其实就是类似顺口溜，打油诗，或者说叫白话文排列组合。爸爸读了周老师的诗歌，总是点头说好。对诗歌，我还是有基本鉴赏能力的，我爸爸不是奉承周老师，他真不懂诗歌，他真心觉得周老师诗歌好。周老师的诗歌，要说好，还真是难为情。但是冲着他的热情和兴奋，我不说好却不行。周老师好像不是生活在这个时代的人，或者更确切说，他生活在自我构建的金庸武侠小说中的英雄幻觉里。

周老师站起来，他要举行生日庆典。我们迷糊了，谁的生日呢？周老师的生日不是这天。

在一曲二胡声中，周老师给我们讲述关于黄葛树的故事。

庆典仪式开始，他诵诗一首，完毕拉一曲二胡。这次，二胡声音不悲凉，有江河水那样的刚烈。起初缓缓诉说一段故事，他家老屋周围拆迁，黄葛树要被挖走，后来风格变化，旋音急转，我听到骏马奔腾，江河咆哮，二胡琴弦被折断的声音。

黄葛树下，铺满黄而厚的落叶。他爷爷和他爸爸都是老师，后来他也做了老师。周老师的爷爷初秋退休离开学校的时候，学生来看他，他们栽种了黄葛树。树年满周岁的时候，开始落叶发芽。他爷爷从此认定它是有感情，有记忆的树。每年此时，它的叶儿发黄，飘落下来。随后发出新芽，长出新叶。从此周老师的爷爷就将这一天定为黄葛树纪念日，举行生日庆典，庆祝它在烂漫凋零与回归中燃尽，吐故纳新；庆祝它自我生命之重生。

每年这一天，周老师要举行仪式，纪念黄葛树的生日，这个传统从他爷爷那辈沿袭至今，每年他自己的生日他从来不记得，而黄葛树的生日他从来不会忘记。

周老师的情绪激昂起来，长风撩起他的头发，他的黄茸茸稀疏的头发在风中飘起来。

读书苑背面，有一片低矮的旧平房，周边的房子基本拆迁了，就剩这一带的房屋保留着，据说以后会拆迁，立辉家在这里租住。立辉家附近有几个书摊，我去浏览过，大多是十元一本的盗版书，立辉经常去买，我买本《穷爸爸和富爸爸》，错字太多，有的前后段落不搭，看起来受折磨，看三分之一不到，便丢一边了。

到立辉家需要从读书苑绕过去，我害怕碰到妈妈，于是轻手轻脚放慢脚步。我觉得自己的动作滑稽好笑，有偷摸嫌疑。立辉催促我走快点，我指读书苑，嘘声示意立辉小声，立辉明白我的顾虑。

立辉捂嘴笑，他说："跟你妈妈闹矛盾，智商也下降了，怕你妈妈就赶紧走呀。"

我也捂嘴笑了，有好朋友就是爽，我不是一个人跟妈妈战斗。

立辉说："不会碰到你妈妈的，待会儿等你妈妈消气了，我陪你回去就是。"

立辉家乡在什竹，以前他爸爸在建筑工地干活受伤，脚不能行走。立辉从小读书成绩好，他被招收进市里重点中学，他妈妈梁芬陪他进城读书。他妈妈在读书苑侧面摆烧烤摊卖烧烤，他家的生活依靠他妈妈。他妈妈成了远近有名的烧烤女王，周围的学生喜欢吃她的烧烤，我隔几天就会去吃，立辉妈妈不要我的钱，我不肯，把钱丢在摊位上就跑开了。

从读书苑旁边小路走过，远远便闻到烧烤香味，立辉和我循着烧烤味道走过去，立辉妈妈刚出来摆摊。摊位大约一平方米，架子左边放烧烤架，用一根根铁棒铺成，下面的炭火烧得红红的，微微蹿着火苗。右边摆放各类生菜，有荤菜，包括猪肉、鲫鱼、鱿鱼、毛肚等，其他大多是素菜，有海白菜、豆干、藕、土豆、年糕等。中间摆放一些佐料，很齐全，有香油、辣椒、花椒、胡椒、盐巴、味精等。

见立辉和我来了，立辉妈妈笑得合不拢嘴，赶忙夹些肉和耗儿鱼，用铁钎穿起，涂上香油，放铁棒上烤。

立辉挽起衣袖要帮他妈妈，他妈妈梁芬掀开立辉，不要他碰，她让立辉回去做作业。

立辉问："你一个人忙得过来吗？"

他妈妈乐呵呵说："每天不都这样嘛，怎么忙不过来呢？"

立辉妈妈烤好食品，左手持一把大剪刀，剪碎肉菜，分成两碗，放上佐料，先端给我一碗，然后把另一碗端给立辉。

真香！我还没吃早饭呢，说着狼吞虎咽吃起来。

立辉妈妈见我吃得香，又烤一碗，我接过碗。立辉妈妈问我还要吗，我摇头说不要了。

这是我吃到的最好吃的早餐，平时妈妈从来不让我到外面吃早餐，我起床以后，她已经弄好早餐了。每天早上老三篇，稀饭、牛奶、馒头、鸡蛋。没有别的花样。有时候不想吃，妈妈不准，我悄悄倒掉牛奶，把鸡蛋揣口袋里带出去扔掉。

"到我家里去吧。"立辉说。

我们一边吃一边走，等走到立辉家门口，碗里的烧烤已经吃光了。

立辉从书包里取出钥匙，开门。进门正墙壁上挂着一幅图片，我瞟一眼，似乎有些眼熟，再仔细看，照片上两人，其中一人是立辉的爸爸祥子，另一位似乎是我爸，我爸爸穿着白大褂，看起来比现在清瘦，但轮廓很熟悉。

这怎么会呢？我仔细端详，的确是我爸。

"这个是我老爸，什么情况？"我问。

立辉也十分惊讶，说："原来这是你爸爸呀，我问我妈妈她从来不愿意告诉我。"

我问立辉究竟是怎么回事呀。

立辉眨眼，耸耸肩，说："我也不清楚。"

立辉告诉我他明天要回老家什竹一趟，我问："你老家有什么好玩的？"

立辉回答："不怎么好玩，就是山路吧，原生态。"

他告诉我每个月底他都回去。

我问："回去干吗？"

立辉说："看我爸爸。"又说："明天正好是周末，没有补习课。"

立辉要我跟他一起去他老家玩。我犹豫，立辉拉住我劝说，让我告诉我爸妈一声。我不愿意，告诉立辉他们根本不在乎我。

立辉说："不会吧，他们现在肯定满世界找你，你真不心疼他们了？"

我说："即便这样就让他们找去吧。"

立辉说："你牛脾气又犯了吧，还是要替大人想想。"

"你说这话我不爱听。"我说，"你什么时候学着大人口吻了，我不需要别人来教化我。"

立辉说："好好，你不去面对你爸妈，我去帮你说说吧。"说着，立辉往屋外走。

我不肯，拉住立辉并警告说："如果你去告诉我爸妈，我就不跟你去你家了。"

立辉无奈，只好坐下来，说："好嘛，不愿意就不说好了。"

沉默一会儿，立辉还是放不下，说："你爸妈会担心呀。"

我说："你怎么跟我妈一样啰嗦呢，优柔寡断。"

"哪有呀。"立辉不服。

"嘴上不承认，心里服了吧。"我说。

平时我跟立辉遇到什么事，立辉总是让我做主。他从来不大声说话，也不明确反对什么，支持什么。他过于小心，唯唯诺诺，有时候我挺讨厌他这种性格。我说他，他不吭声。

立辉沉默。我意识到自己太过生硬了，便缓和说："没事的，等回来后再慢慢跟他们说吧。"

爸爸又打给我电话，没等我说话，就听到爸爸急促的声音："雨泽，怎么不接电话呀？"

"没有呀。"我说。

"你在哪里呀？"爸爸问。

我没有告诉爸爸，我不想让爸爸知道。

好一阵，我和爸爸都不出声。那头，爸爸忍不住说："好吧，不说也罢。"

我告诉爸爸想出去走走，爸爸沉默。

然后问："你要到哪里去呀？"

我不回答。

双方又不出声。

"好吧，你去玩会儿吧，要注意安全咯。"

"嗯。"

二、回不去的叫故乡

立辉收拾行李，他背一个双肩书包，包里装着书本和作业本。他从柜子里翻出一个深蓝色旅行袋，袋子折叠成巴掌大，立辉打开袋子，双手用力牵扯，试图将皱褶扯平。然后往包里塞零食，有五香豆腐干、葵瓜子、奶油饼干。立辉妈妈先前把零食放饭桌上，他爸爸喜欢吃这些食品，每次回家，他妈妈都要叫他带这些东西回去。

立辉妈妈为我和立辉每人烤一碗烧烤，我肚子不饿，不想吃。立辉劝我吃，我实在吃不下。起初两碗烧烤，把肚子吃撑了，现在已经没有食欲了。立辉告诉我坐车需要半天时间才能到达他家乡，怕路途饿。我依了立辉，接过烧烤。

我们乘坐公共大巴到逸风古镇，中途下车歇息。周围群山环抱，依稀看到对面古建筑群落，青砖碧瓦，古韵浓郁。

古建筑群隐匿树林中，立辉问我是否还记得《诗经·小雅·采薇》里面的诗歌，我吟诵：昔我往矣，杨柳依依；今我来思，雨雪霏霏。

这个地方，满眼绿树，建筑错落有致，诗意浓郁。美好的景致，跟我的游戏世界却不太一样。我对游戏很有感觉，这情景并非我理想中玩游戏的境界，不过像我这种缺乏诗意的人，来到这里，也会受到感染，吟诵几句诗词。

过去读过的教科书和课外书里，所描述的山村，跟我眼前看到的山村景象似乎有些不同。我没有看到山清水秀，碧波荡漾的情景。我爸爸和周老师那样的文艺中年，还有我妈妈，他们看到那种情景，会发疯般拍照，然后把照片发到微博上，他们盼望获得朋友圈点赞。他们显得很狂躁，似乎从来没有看见过蓝天白云。

汽车沿嘉陵江行驶，江水碧绿，悠悠流淌。沿途路边正在建设，挖掘机和汽车轰鸣声交织在一起。不知是修路还是修建房屋，城市反复修补，换电缆线、天然气和下水管道、地砖，我习以为常。前面视线被挡住，抬头看，天空灰白，云层夹裹着尘埃，沉闷昏暗，空气中弥散着一股焦煳的味道。

汽车在低洼路上颠簸，泥土与石块高过头顶，与天接壤。

天灰暗，灰尘充满辽阔天空。我胸口发紧，呼吸不畅，不停打喷嚏。

大巴穿过狭窄小路，行驶到山巅。俯瞰大地，灰蒙蒙的天好似罩着巨大的锅盖。挖路机、压路机、吊车火车轰隆作响，眼前尽是翻修过的新鲜泥土，红黄，湿润。还有少许杂草未被除去，被堆积起来的巨大石块压着，虽干枯还顽强活着，与满眼荒芜对峙，风撩拨着它柔软的身躯。

蓝天白云对于我并不稀奇，我比较喜欢这样混沌不开的场景，足够刺激我。我感到自己置身大片拍摄现场，像参与现代战争，工地上那些器具有的像钢铁侠，有的像绿巨人，有的像变形金刚，一个个坑洼埋伏着无数战士，他们用数字打仗，打得天地昏暗。

车停下来，到站下车了。这里是半山腰，古镇尽头。古屋还没来得及拆掉，我用手机拍下菜园，碧瓦，拍下村头上千年的古榕树。小时候爸爸带我到过乡村，我记不得在哪个地方，似乎跟这里的模样差不多。那个季节没有红叶，漫山遍野开满油菜花。

往前走几步，前面矗立着一尊石头，上面镌刻着古建筑群的介绍文字。一位著名诗人童年在这里生活七年，那时这里还没有名气，没有打扰，还很安静。诗人离开家乡以后，写下关于乡愁的诗句，后来被广为传诵。当地开发资源，重新整修诗人的家乡，这里便成了吟诗作赋的地方，成为少小离家人们的念想，这个念想是那些离去人们心中永远改变不了的记忆。

立辉回家要经过他婆的坟，还未回到家里，他都要到他婆坟上祭拜。他从小跟着婆长大，跟婆感情很深。今年清明节，学校考试，他没能回去祭奠，这次他妈妈嘱咐一定要去祭拜。

立辉婆长眠在青山之中，那座山叫椅子山，形状像一把椅子，他婆的坟在椅子中间，当初立辉爸找风水先生看地，说这里风水好，后人发达。

他婆去世十年了。现在，他婆的长相在他的记忆里逐渐模糊，他记得他婆很瘦，每天做农活，除了吃饭睡觉，他从来没有看见过他婆歇息。他记得小时候跟着婆成长的经历，他常常在我面前念叨，立辉和他大伯的几个娃娃都是由立辉婆带大的。他婆最喜欢立辉，总是笑眯眯看着立辉。立辉小的时候乖巧，懂事，读书成绩好，他婆盼望他有出息。

那时，立辉四岁，他婆叫他定期给他爸妈写信，写错字要挨耳光子。立辉大伯教五年级，立辉到他大伯班上读书，每天背着书包，书包袋子拖到脚弯子。

立辉买了两份香烛，一份祭拜他婆，另一份留着去他婆坟头旁边寺庙祭拜。

立辉婆坟头长满青草，一株柏树长出来，高耸入云。立辉抚摸它，自言自语说它长高了。

祭拜完毕，我和立辉坐树林中休息，阳光透过茂盛的树木，斑斑点点洒落到身上。树上蝉儿低鸣，凉风吹得树叶沙沙响。微风吹过，青草芳香。

从立辉婆坟头回来，翻过山头。山上葱绿，遍山刚栽种小树苗。沿途，农家院子有青青的蔬菜，绿绿的果树。我们穿过一个溶洞，洞子里面最高气温只有8℃，有观音和弥勒佛，有人在这儿拜佛，据说很灵验。溶洞后面是石林，生长奇特。树木长在石头里，石头缠绕树，石头和树都是湿漉漉的，看得见水的痕迹。往石林深处走，我看见一棵开花的树，蜜蜂正在酿蜜，蜜汁顺着树叶往下掉。

天边飘过蒙蒙白雾，地上湿漉漉的。山上有大片青草，黄绿若地毯。我感到舒服，若梦幻般在天上游走，与天离得很近。

从立辉婆坟头穿过一条小路便是寺庙，庙门紧锁，门上贴张纸条，告知看门人走亲戚家吃喜酒去了。喜酒这玩意儿，我跟爸妈去过几次，开始两次，感到新鲜，激动，暗自想以后我娶媳妇的时候，也要这样风光，我幻想我从岳父手里接过媳妇的手，那种幸福的滋味，难以言说。我牵着她共同走向未来，向全世界宣布我的喜悦。然而又觉得自己好笑，我跟谁结婚呢？除了乐瑶，我不会对别人有兴趣。但是我跟乐瑶好像不是那回事儿。未来媳妇儿什么样子，我真没有感觉。后来，我厌倦参加婚礼，讨厌那些冗长的形式。大人在台上聒噪，叨叨半个小时，千叮咛万嘱咐，要互相尊重互相爱护，要尊老爱幼，要好好工作。反复说那些话，跟妈妈唠叨要我学习的话一样，没有新意，后来我不愿意跟爸妈去参加婚礼。每次他们要我去，我总是推托自己有事。

门上留有电话，我按照号码拨电话，通了但无人接听。我催托立辉赶路，立辉告诉我，这座寺庙可不一般。我环顾左右，看不出有啥不一般。门那边立了一块石碑，立辉拉我过去看碑上石刻。

原来这座寺庙供奉一尊菩萨，叫文殊菩萨，我知道文殊菩萨的由来。我跟妈妈到过别的寺院，每次去，妈妈都要拉我去文殊菩萨像前跪拜，我不明白为何这么多菩萨，偏偏拜文殊菩萨。妈妈告诉我，文殊菩萨掌管读书，是释迦牟尼佛所有菩萨弟子中的上首，所以又称为文殊师利法王子。我喜欢文殊菩萨形象，仗剑骑狮之像，手持慧剑，代表着其法门的锐利，以右手执金刚宝剑，断一切众生的烦恼，以无畏的狮子吼震醒沉迷众生。

门左侧还有尊石像。宋朝时，有个姓冯的落魄书生途经这里，在寺庙旁边住了几个月，后来进京考取状元，人们给书生塑了像。嘉庆年间修建了这座庙宇，距今有五百年，之前埋在地里，如今翻出来了，整个庙宇还完整，墙上屋顶上雕花斑驳，但还看得出雕工精致。

朱红色的门油漆已脱落，门锁着，锁已生锈。无奈我和立辉转身往回走。

山下房屋密麻分布着，屋外墙刷一层白灰，房梁看起来依然陈旧。我们穿过小镇市场，从头走到底大约需要十分钟时间。

市场旁边有一条小河，流淌着黄褐色的河水，浅而浑浊。

我问："小河水浑浊，哪来的污水？"

立辉说："因为下雨，山上泥沙冲进水里，所以就成了这样子，平时可不是这样，水清冽着呢。"

"我的故乡，回不去了。"立辉忧郁地说。

说起故乡，立辉眼睛红红的，这点令我想不到。既然故乡在心里那么重要，为何那么多人出来以后就不想回去呢？我一直想问立辉，可是又问不出口，所以这个问题一直压在我心里。比如立辉的爸爸，要不是受伤了，他也不想回去。比如，那个诗人，当他远离故乡的时候，才觉得故乡是心头之痛。我心目中的故乡，不应当只是人们用来存放灵魂的地方。

立辉说他的故乡，过去山是黛青色的，水是碧绿的。

他说："将来，这里有高楼，有金属亮光，它们将替代红土和碧草。"

"你们也会住高楼了呀，将来不再是农民了。"我说。

立辉说："是的，但是我爸爸不高兴。"

三个多小时长途汽车，我们昏昏欲睡，在车上不知不觉睡着了。到了镇上，下车以后，便清醒过来。山上的天气，跟川剧变脸似的，瞬间即改变了。股股寒气袭来，天气陡然降温，浓雾四散，眼前什么也看不见。

登上山顶，山上白雾茫茫，雾随风飘荡，有的浓雾被风吹开，荡开的地方露出青山。

立辉家在什竹杉子镇，与爱情天梯遥相对应。

立辉用手指对面山下，说："我的家就在山那边。"

我伸长脖子，什么也看不见。

立辉说："我家隐藏在云雾中，现在看不见。"

"还记得你家的样子么？"我问。

"怎么会不记得呢？家的样子从来没有改变过。"立辉回答。

"什么样子呀？"我问。

"去了就晓得了。现在讲你没有兴趣。"立辉故作神秘。

"去你的吧，啥也看不见。"我笑了。

"是呀，除了白雾，什么也看不见。"立辉若有所思地说。

立辉用手指着山右对面，说我们去过那里。我想起来了，想起乐瑶和她的琴声。那一次，我和立辉、乐瑶、姚劲第一次带社区孩子们到山上采风。

第一次见到乐瑶，是在社区里，我和立辉报名参加学校组织的社区活动，我和立辉、乐瑶、姚劲四个人分为一组，立辉当组长。我们的主要任务是帮助社区低年级同学，跟他们交流学习体会。

姚劲对这类活动不太感兴趣，报名参加纯属因为想跟乐瑶在一起，讨乐瑶喜欢。那天姚劲迟到了，居委会活动室坐满了学生，大多是小学生和幼儿园小朋友，也有个别中学生。

乐瑶扎着小辫，眼睛专注地看着台下的学生，声音不大，听起来声音怯怯的。她讲学习体会，大点的学生听着感兴趣，幼儿园小孩子听不大懂，叽叽喳喳讲话，疯闹，教室不太安静。学生家长比孩子更专心，有爷爷奶奶，还有爸爸妈妈，他们手里拿着笔和笔记本，做着记录。

那一次，乐瑶给我留下很深印象。

有一次上数学课，老师讲三角形，我突发奇想，在书上画了一个女孩，我想象着喜欢的女孩模样。她的眼睛发射出光芒，她看着我，似乎想诉说，我也看着她，有了倾诉的愿望，老师走到我身旁，我没有察觉，老师收缴了我的书本。而梦中女孩的形象一直在脑海里，我以为她只会一直存在我的梦中，直到见到乐瑶，如梦醒了一样。

乐瑶肤色白里透红，五官小巧，头发黑亮，穿白底红杠 T 恤，发白的牛仔裤膝盖前剪几个洞，裤了紧罩修长的大腿，丰满匀称。

听课的小朋友在原地晃动起来，乐瑶转而开始讲故事。

她问小朋友知道帕格尼尼么，孩子们摇头，一个小男孩问帕格尼尼是谁。她说帕格尼尼是意大利小提琴演奏家，作曲家。三岁时他父亲就让他学习小提琴，八岁写小提琴奏鸣曲，十一岁在热亚那举行公开演奏会，获得成功。

小孩子听一会儿，又玩起来。乐瑶又讲贝多芬的故事。她问谁知道贝多芬的音乐作品，一个小女孩举手，乐瑶让她回答，她听过贝多芬的《命运》《田园》《欢乐颂》，乐瑶微笑着竖起大拇指说"真了不起"。她说贝多芬五岁时患中耳炎，后来耳朵失聪，一生从未放弃音乐创作，写下了许多不朽作品。

讲完音乐家的故事，乐瑶拿过来小提琴，给孩子们演奏起来，小孩子们安静下来。

屋外起风了，白色的纱帘飘起。乐瑶的小提琴乐音飘荡在屋子里，立辉还没有来。乐瑶的琴声就是用来回忆的，我的思绪回到那座山上，眼前光影重叠，忽而山忽而水，忽而看见飞瀑。

乐瑶的小提琴声把我带进真实又虚幻的空间，我想象着种种向乐瑶表露心迹的方式，写信，送玫瑰，然后又否定，这些太俗。姚劲公开表示对乐瑶的好感，他说他追求乐瑶，一定给买一个十克拉大钻戒，买一辆跑车，他爸爸开公司，会给他很多钱。我和立辉偷笑，立辉说他俗。

立辉说起乐瑶，眼睛放光，我问他是否喜欢乐瑶，立辉不回答。立辉说他经常失眠，睡不着觉。我问他是否因为暗恋乐瑶而影响睡眠。立辉摇头，说我更俗。我问立辉这话是有根据的，我听了乐瑶演奏会就会睡不着觉。整个晚上，耳畔全是乐瑶的琴声，第二天起不来床。至于立辉是否这个原因，我无法知晓。立辉肯定告诉我，他不是因为乐瑶而失眠。我觉得立辉不够直爽，男子汉敢说敢当，表达对女生的喜欢，这没有什么不好，喜欢一个女生，并不一定确定恋爱关系。我就是不喜欢立辉不敢表露，畏畏缩缩的性格。

在我的追问下，立辉告诉我，他可能是因为做题过度用脑子，导致失眠。他跟我正好相反，听了乐瑶的小提琴声，反而睡得更香。立辉说话很认真，诚恳，后来我相信他说的是真的。

我和立辉、乐瑶、姚劲组成社区服务小组，随着老师带社区孩子们去巴山牧场。

巴山空气清新，生机盎然，牛群尽情玩耍。这个季节草坪不算茂盛，负氧离子为主城的一百零八倍。

我拉着立辉情不自禁舞蹈起来。

巴山山连山，四面环山，天和山相连，山直耸云霄，从上往下看，深不见底，我心里发毛。

我举起双手欢呼起来，立辉惊叫："哇，喀斯特地貌！"

这地形山势险要，异峰突起。山谷有一处驿站，一条蜿蜒之路延伸向远方，仿佛穿越到古代。旁边一处碧水明月刀，石缝倒影如碧潭，宛如明月刀，映在池水中。

有部电影开场打斗场面在这里拍摄，电影拍完以后，那些拍摄场面便留下来了。

许久，我们走到古镇，一条长路延伸到山的尽头，没有看见传说中的天梯。走过青石板路，从古镇老屋里飘出来豆腐和糍粑的香味。

我喜欢这里的味道，一路闻着这裹挟着青草与原始野性气息的芳香，跟立辉一边走一边品尝食品，乐瑶和姚劲领着小同学走在后面。

古镇尽头有一株古树，长出许多新芽。

老师照看孩子们集中在古镇玩耍，立辉劝我们别去看爱情天梯了，这个季节多雨，不如去看瀑布。正好我也不想走山路，于是折道，我们穿越山势陡峭的环山，往大山深处走去，听到远处巨大的哗哗流水声。他们往山背后走，这里没有行人。但见飞瀑从山上倾泻下去，时而如绸缎如蝉纱飘舞，凌空飞落下来；时而如玉石，晶莹剔透，镶嵌在大山怀抱中。

背面飞瀑遮着环山，看出去，如珠帘落下，天宫奇幻。

这种景象，以前只是在金庸的《神雕侠侣》里见过，比《阿几达》中的哈利路亚山更奇幻更实在，我感觉自己成了武侠高人。立辉说哈利路亚山没有水，这里的奇特在于水，如梦如幻。

我和立辉争论起来，突然，立辉静下来，嘘声示意我安静。他的手指向丛林深处。

"啥声音？"我问。

我安静下来，立辉逗我说："哪有什么声音呀。"

我拉住立辉的手，循着声音的方向走过去。

远处，水雾蒙蒙。乐瑶白衣飘飘，背对我们，她拉着小提琴。姚劲在一旁用手机拍照。

我瞪大眼睛，吟诵道："关关雎鸠，在河之洲，窈窕淑女，君子好逑。"

立辉撞我，说："去你的，别冒酸了。"

"没想到你还懂欣赏这个呀，这是高雅艺术。"立辉又说。

"那是。"我得意地说。

"原来以为你只晓得周杰伦的什么《范特西》呀，《东风破》呀，《双节棍》呀，还有《我的地盘我做主》，快得吐词一点都听不清楚。"立辉说。

我撇嘴表示抗议立辉。

"周杰伦也有很古典的慢歌。"我说。

"你说说，是啥？"立辉说。

"《青花瓷》《七里香》不是吗？"我说。

"这个，算是吧。"立辉说。

"看你，out了吧。"我说。

小提琴声停下来了，瀑布的声音越来越大。我和立辉向乐瑶走过去，乐瑶坐石头上，白色纱裙被风轻轻撩起，若美人鱼一般。

"真好听！"立辉笑着说。

"谢谢！"乐瑶转过身，嫣然一笑，眼神露出一丝淡淡的忧郁。然后又转过头去。

"这是个练琴的好地方。"我说。

说完我向立辉扮个鬼脸，没话找话似的。

"就是呀，高山流水，知音难觅。"姚劲附和。

我和立辉、姚劲你一句我一句，乐瑶不看我们，她看着远方，沉思着。

"帕格尼尼的随想曲，能拉这种曲子，那可是未来音乐家的节奏呢。"姚劲看着立辉说。

乐瑶扭头，眼眸噙着泪水，看着我说："不是的，你不会明白。"

"看嘛，人家本来好好的，这下可好了，惹人家生气了吧？"立辉说。

"不会吧？"我摸不着头脑。

歇会儿，我说："嘿，这天梯，故事真是感人。"

"我没看过，你看书多，可是你也不会懂的，你没有这方面的体会。"立辉说。

"你家乡在这一带，不知道这个故事？"我问。

"真不知道。"立辉说。

其实我也不知道，我跟我爸去电影院看了这部电影，后来才晓得故事情节。女的长得好看，丈夫去世了。男的是女家的帮工，比女的小，看上了女的，但家族不接受，男的就带着女的私奔了。

"原来这样呀，那后来呢？"立辉问。

"后来，他们一直住在山上，为了方便女的出行，男的从山顶一步一步凿六千多级梯子，称为爱情天梯。"我解释。

"哇，真了不起哈。"立辉眼里充满好奇。

"男的为了心爱的女人，一生做了一件感天动地的事情。"姚劲羡慕地说。

"是呀，这个男的真的了不起。"立辉说。

"那也是过去的事情，还是在深山老林，现在有吗？"乐瑶接过话说。

"有哦，只不过你没有看到过。"我和姚劲几乎同时回答。

"你们在蜜罐罐里头泡出来的吧，没有尝过人间的辛酸。"乐瑶的口吻像大人。

"好像你经历了好多人间沧桑似的，不会吧？"立辉不相信地看着乐瑶说。

"你们不会懂的，现在的人除了认钱还会认啥？"乐瑶问。

"这么悲观啦，那把你的想法说来听听。"立辉说。

"没时间了，集合时间到了，孩子们等着呢。"乐瑶抬腕看手表，见天色不早了，便起身收拾小提琴，准备离开。

姚劲欲从乐瑶手里接过小提琴，帮乐瑶打，乐瑶不肯，我劝说都是同学，让他帮忙吧。

乐瑶还是不肯。

我说："你这宝物不是二师兄的钉耙，更不是大师兄的金箍棒。"

"你才是二师兄呢。"乐瑶说。

"好，我是二师兄。"我说，"那谁是大师兄呢？"

"我。"姚劲答。

我亏呀，只好认倒霉。

"大师兄降妖除魔，姑娘，让大师兄护送你一程。"姚劲说。

乐瑶乐了，把小提琴递给立辉，姚劲傻眼了，我冲他做个鬼脸。

后来，我才知道，乐瑶在五班，五班招的多是艺术人才，平时我很少看到过乐瑶呢。乐瑶时常到咖啡馆拉小提琴，我和立辉坐角落听乐瑶演奏，成为她的忠实粉丝。

三、风吹麦浪

晚上，立辉叫我住他家，他爸爸一个人在家，没有别人。

立辉家没网络，不能上网，那会觉得无聊，我和立辉尽管有说不完的话，也不可能一直聊下去吧。车开上山的时候，我看到这一带有农家乐，便劝立辉住下来，这样也无须麻烦他爸爸。立辉坚持要回去住，说家里方便。我瞪他一眼，他没有吭声，这态度算是依我了。

我用手机搜寻网上住宿，原来这一带有四家旅馆，我点开离什竹镇最近的旅馆，网上拍的房间图片很漂亮，房间宽大，二十四小时热水。于是我果断订下来。

我们翻过山路，沿着逸风古镇往前走，向预订的旅店出发。

旅店接到我的电话以后，派人在山岔路口接我们。

迎面走来一个中年农妇，看上去敦实，显老态，老去的程度跟我外婆差不多。山里人日晒雨淋，比较显老，估计没有我外婆年龄大，六十多岁吧。农妇家住在寺庙旁边，农妇说她认识立辉，她男人是立辉大伯的学生，立辉却说没有见过她。农妇说她刚去祭拜过立辉婆，他婆坟头的黄菊花是她插上的。

农妇在前面带路，步伐溜快，一会儿拉下我们至少五十米。

山上安静，路边草丛虫声合唱。我让立辉猜农妇年龄，立辉说顶多五十多岁。为了证实我的判断，我加快步伐追上她，问她生意如何，家里种了多少菜地，家里房子什么时候修整过，最后问她的年龄。她告诉我们她快满五十岁了。

我看走眼，不只是一点点看不准。立辉比我好一些，但也没有看准确。

以前猜这样的问题，我的结论八九不离十，这次失手，让我对自己的眼神不自信起来。

前面有一段泥泞路，看得出前段时间刚下过雨，路没有完全干透，还有些湿润。农妇稳稳当当走在前面，我和立辉走路开始摇晃，脚步不听使唤，放慢下来。

途经一片农田，农妇跟田里干活的老农打招呼，我们又开始猜老农的年纪，我猜六十，立辉猜八十，农妇告诉我们，老农九十岁，是她的老公公。

这回我又看走眼，农妇告诉我真相的时候，我差点惊落下巴。这怎么能让人相信，老农脸黝黑，梯田一样的沟壑，一道道爬脸上，这就是传说中的年轮，简直就是《父亲》的现实版。老农赤着脚，踩田地里，裤脚挽到膝盖上面，深一脚浅一脚踩着泥地，九十岁呢，做农活还轻松。

老农脚耕过的田地呈深褐色，比周边颜色更深，四周土地干裂，看起来许久没有耕种过，贫瘠荒凉。

我问："老人家这么大年纪还下地干活？"

立辉说："干农活的都是老人家呢。"又说："青壮年都去城里打工了。"

哦，立辉家也是这样。

山中的秋天比山下凉爽，色彩更丰富，显得壮美而又生机盎然。老树枝发出新芽，深绿色的树，枝头长出嫩绿叶儿。山上满眼树林，满目绿色。绿的树，跟山下不同，山下树叶仅呈一种绿调，绿得发暗发黑，单调而苍老，树叶上面附着灰尘，看起来不清爽。山上的树一尘不染，近看有许多种绿，如墨绿、翠绿、黄绿，层次丰富。除了绿叶，还有红叶。稻田的麦子呈青色，有的开始变黄，黄青相间。蓝天下，它们迎着太阳生长。

梵高的油画，兴许出自这些景物。要是梵高看到这些画面，他不仅画出向日葵，还能画出不一样的油画。除了黄黄的向日葵，还有麦浪，田间劳动的景象。更重要的是画人们在劳动，画他们的幸福感觉，比我读书更幸福。

不一会儿，我否定了这样的画面，这里太过安静，纵然大地散发出勃勃生机，却缺少人气，缺少跟大自然相融合的主人。

农妇告诉我，等到了大热天，这里才开始热闹起来。山那边修建许多避暑小山庄，人们从城市来这里度夏避暑，如大迁徙。夏天结束以后，山上开始降温，这里海拔千米以上，寒气重，度假的人又陆续离开了，山上又恢复冷清。

农妇欲带我们去拜寺庙，她说："你们是读书人吧？据说拜了挺灵验的。"

农妇说完，神秘看我俩，说："我每年都要带女儿来拜。"

"那又怎样？"我问。

"考上了呀。"农妇骄傲地说。

"我们不拜成绩一样好。"我说。

立辉说："我爸妈带我来拜过，他们说我成绩好，可能跟拜了文殊菩萨和状元有关。"

农妇有些得意，说："我没乱说吧。"

走到预订的旅馆，已是傍晚。天上没有月亮，天空黑乎乎的。这种天气，跟山下的冬天差不多。

屋子走出来一个男人，长得牛高马大，自我介绍他是农妇的男人，旅店老板。我看看他，我们通过电话，他比农妇健谈，说话声音大，像山涧飞瀑流下来的响声，他招呼农妇让我们进屋。男人说话的样子醉意沉沉，嘴里散发着一股浓烈的酒气。

他带我们看房间设施，进屋以后，我走近床边，翻看被套和枕套，无污迹，再闻，有股汗味。这个检查方法，是爸爸教给我的。妈妈说爸爸洁癖，有职业病，每次我和爸妈出去旅游，进屋以后，我们放下行李，第一件事就是检查床铺干净与否。

老板说："山上潮湿，可能有些异味。"

我转身找卫生间，老板告诉我卫生间在外面走廊。

我问："没有单独卫生间？"

老板回答："有一个公用卫生间。"

说着老板带我们出去找，循着一股刺鼻味儿，不费力就能判定卫生间的方向。里面没有自来水管，意即没有冲厕所的水管，解大便以后无法像马桶那样马上冲洗，必须擦干净屁股，穿好裤子，再到外面取塑料盆，在外面公用洗手池接水，然后冲洗马桶。

想想不爽，我似乎传染上爸爸那点洁癖的毛病，我跟立辉说不在这里住了。

立辉问："怎么了？"

我跟老板说不住这里。说过后我心里有些害怕。在这深山老林里，我和立辉人生地不熟，虽然立辉在这里土生土长，但我们力量单薄，倘若老板强迫我们住宿，难逃他的手掌心，那就惨了。

老板说："没有关系，我们这里条件不太好。"

老板的话，让我意外惊喜。

老板又说："那边山有一家三星宾馆，你们要住的话我送你们去。"

听了老板的话，我心里舒展开来，别提有多高兴。走出来以后，感到心里过意不去。

老板说："小朋友，没关系。我和女儿都是立辉大伯的学生，你们是读书人，我看到特别亲切，我女儿可能跟你们一般大，她在城里读书。"

原来，老板没有跟我们计较，是因为读书的关系，我第一次享受到读书的特殊待遇，于是对读书产生了敬畏。

我和立辉没有困意，立辉领我摸黑在山里行走。立辉说他家乡这些年变化很大，每次回来都有改变。最让他惊喜的是公路修好了，以前进城需要两天时间，现在修建了高速公路，从他老家到市区只要半天时间。他家到镇上一段，以前是泥石路，遇上下雨天就无法行走，脚杆陷进去到小腿膝盖。后来改建铺成石子路，灰尘虽大，汽车开过时，灰尘扬上天，但是比以前好多少倍。

天色拂晓，不知不觉走到立辉家镇上。穿过一座小桥，前面是镇政府。政府办公楼坐落在两山之间，三面环山，楼被围在中央。办公楼为两层小院楼，呈粉白色。左边设置篮球场，右边一个空置坝子。坝子停放着大小五辆货车和三部小轿车，轿车属巴州当地厂家生产。

立辉伸长脖子张望，我顺着他视线看过去，卡车后面，一辆红色拖拉机刚停下来。

立辉喊："爸爸——"

听到喊声，立辉爸从远处往这边行进，速度很快。远远看去，若凌波微步一般飘过来。

立辉爸爸穿着红色外衣，标示醒目，很远就能辨认出来。他弓着身子，不能直立行走。他双手和双脚同时接触地面，走路的姿势近看如同四肢灵活的硕大兔子。

看到他爸，立辉兴奋起来。他丢下我，边跑边奔过去叫爸。我跟在立辉后面，一同跑到他爸面前，立辉给我们介绍。

立辉爸爸记性好，大声说："你同学，见到过的呀。"

立辉爸爸抬头望着我，说，"欢迎！"

立辉爸爸声音洪亮有力，跟立辉声音相反，他俩一强一弱，对比明显。他们说话的时候，立辉的声音被他爸声音盖住。

上次见到立辉爸时，他爸坐轮椅上，立辉和他妈妈推着，他爸不怒自威，显示出家长的威严和气势，见到人就打招呼，又特别有亲和力。这次不同，他靠自己行走。严格说不能叫走路，跟具有健康双腿的人不同，他走路叫行路，称得上行路难，我没有见到过比他更难的行走。而他动作麻利，身手敏捷，四肢配合协调，这种行走姿势看起来十分可怜，而他爸爸满面笑容，还不觉得谁更可怜呢。我心里只有两个字：佩服。

我不知说什么好，躬身小心说："谢谢叔叔！"

立辉爸爸说："咱们回家吧。"

立辉爸爸走前面，我和立辉跟在后面。爬石坎时，我下意识想抬手扶立辉爸，当我手抬起来挨着他的手臂时，他微笑着推开我的手说："不用的，我能上去。"

路上，碰到镇上熟人，他跟他们打招呼，说笑。他们问立辉爸爸你儿子回来了？立辉爸爸回答很响亮，生怕别人不知道似的。每碰上熟人，他都不厌其烦地介绍立辉和我。

立辉家背面靠着山，前面有一条小河，山势雄伟，河水缓缓流淌。立辉告诉我，他家房子是他婆选地势修建的，风水先生预测，他家后辈有出息，以后有人读书当官，立辉婆思前想后，挨着数他家娃，认为这个希望唯有立辉能实现。

立辉家房子看上去有些年份，瓦房土墙，这种房子冬暖夏凉，我爸爸的医院里以前也有这样的房子，后来拆掉了。

立辉家房梁左边晒挂两排金黄色玉米，色彩抢眼，跟土墙颜色搭配协调，充满生机，让人心动。房屋右边挂几串腊肉，熏得黑黢黢的，根本看不清楚皮子和肥肉瘦肉。

走到门口，立辉爸爸摸出身上的钥匙，准备开门，立辉走上前，欲帮他爸开门，立辉爸爸推开立辉说不用。

他站在木凳上，打开门，让我们先进去。

立辉爸爸没有进门，他对立辉说："你们玩儿吧，我去给猪喂食。"

立辉说："我帮你吧。"

立辉爸爸说："不用，你跟同学玩儿。"

他说"儿"字的时候，带着浓重的鼻音。

我问："你爸一个人生活方便吗？他有帮手吗？"

立辉摇摇头，说："爸爸养猪，还养两千只鸡呢。"

"怎么可能？"我瞪大眼睛问。

"真的。要不你去看看。"

"你爸爸真了不起。"我说。

"我妈妈不放心，要我每个月回来看他。"立辉说。

我扭头看到立辉爸爸瘦小的背影，往公路对面的屋子风一般行进。

立辉带我上楼，楼梯由木材改制钉成，扶手圆滚滚的，扶着粗糙，暖而厚实，富有质感，仿佛感到它的生命和气息。脚踩上木梯，有些摇晃，楼梯发出"吱呀"声音。

我害怕，不敢往上走。

立辉转过身扶住我，说："别怕，结实着呢。"

我跟着立辉上楼，楼上外面房间是他爸妈的卧房，里面一间卧房是立辉和他哥哥的，他哥哥外出打工了，常常是立辉一个人住。

墙上挂着一帧放大的照片，裱上镜框，跟城里租房的照片一样，我看见上面有我爸爸。

我追问照片的事情，立辉说不太清楚，隐约听他爸爸跟他哥哥说起，立辉出生的时候，他妈妈难产。我爸爸为立辉接生，救了立辉和他妈妈的性命，其他事情，立辉就不知道了。

立辉卧室门对面那面大墙，有一扇窗户，周围贴满奖状。我走到窗户边往外看，他家背后是一片竹林，竹林深处有一条小路，小路尽头，是他婆的坟。

这条路，似乎有些熟悉，原来在立辉的画里见到过这条小路，他画家乡的系列故事。

立辉的作文写了从这条小路为他婆送葬的事情。

立辉记得那是一个傍晚，立辉跟在浩浩荡荡的送葬队伍后面，高一脚低一脚行进在山路上，他十分害怕。六个壮汉分三组，抬着他婆的灵柩，形成六个黑影，稳稳走在前面。后面跟着他大伯和他爸。立辉妈挥撒着纸钱，嘴里念念有词。

夜晚月黑风高，到了那座山上，已伸手不见五指。天上挂着几颗星星，稀稀落落，闪烁着微弱的光芒。

立辉仰望着星空，他想，也许他婆已经变成一颗星星，她的灵魂飞向遥远的天际。他婆在世时，他们坐在屋前的院坝看星星，他婆曾经讲过，将来有一天，当她不在人世的时候，她会在天上注视着她的后人，并祝福他们，祝福立辉考取状元。

四周一片漆黑，烧纸钱的火光和蜡烛燃烧的光亮微弱，把周围映照得更加黑暗。立辉跪下来。他控制不住，大声喊婆，他喊不下去了，号啕大哭起来。

哭声划破寂静的夜空，弥漫山野。

立辉小的时候，爸妈忙于生计，把他托付给他婆。那时的生活，不算富裕。他婆跟着他大伯，大伯家生活还算不错。立辉祖上家境殷实，他外公过去是乡里秀才，很早就去世了，他婆一直跟他大伯住在一起。立辉爸妈去城里打工，过年的时候拿些钱回去，比起其他乡亲，他家好过一些。但有时候还是吃不饱，每顿饭用大铁锅盛满清水，加入少许大米，大米煮熟以后看得见却难舀起来，每舀一瓢，全是红薯。

　　他婆从菜园子摘菜回来，表哥表弟一拥而上，哄抢篮子里的西红柿。他婆总是把最大最红的西红柿抓手里，留给立辉。每当他婆生病的时候，他大伯叫他大表哥给他婆煮肉呀鸡蛋之类的营养食品，平时谁也吃不上这些，他婆趁机让大表哥悄悄把立辉叫到房间，分一半给他吃。

　　立辉婆一生从未走出自己生长的故乡，她长眠于那片贫瘠的土地。立辉很小在他婆身边，他的人生最初记忆，童年的温暖是她给予他的，那是他幼小心灵的第一抹阳光。她对他呵护有加，立辉常常叹息，他什么也没有给予她，她没能享受到他的敬奉就离开了。

　　立辉要带我去问他爸。立辉爸爸脑子好使，受伤前身体壮，力气大。中学毕业以后跟师傅学泥瓦工，立辉婆要他爸爸读书，立辉爸爸不肯，被立辉婆用棒子追着打。挨打也不奏效，立辉爸爸不喜欢读书，他无奈只好学做手艺。立辉爸爸学手艺如鱼得水，年轻时候到大城市做活路，见世面。那年他去高原修建房子，电线杆倒下来砸中腰部，受了伤，从此下肢失去知觉，再也站不起来了。

　　后来立辉爸爸回到家乡，养鸡养猪，修建了两层楼房。

　　他家的房子坐落在公路旁边，底楼用作小卖部，靠小本买卖维持生计。

　　立辉的床是楠木做的，扎头，宽大，这是他祖父留下来的。床摆靠窗边，我坐在床头，看到立辉枕边一块老蓝布，折叠整齐。我拿起来，好奇地问："你的手绢吗？"

　　立辉摇头，他告诉我这块老蓝布是他婆给他爸，他爸又给他的。

　　立辉爸爸祥子外出打工，长年累月不在家，立辉妈妈梁芬做田间地里的农活，还要喂猪，喂鸡鸭，婆婆帮忙打下手。

　　祥子拿钱回来，总是叫梁芬收好，说以后给儿子读书娶媳妇。梁芬心里头甜甜的，虽然祥子帮不了家里做农活，拿回家的钱也不多，但梁芬却感到心里踏实，祥子是家里的顶梁柱，他虽然帮不上忙，却是她精神上的支柱。

　　祥子受伤以后，立辉经常半夜听他妈妈哭泣，白天他妈妈从来不在立辉面前哭。她自己得撑起这个家，坚强起来。立辉安慰他妈妈，她妈妈用衣袖擦立辉流出来的眼泪，什么也不说。她男人祥子和儿子立明长年累月在外奔波，家里的粗活重活都是她一人顶着，儿子长大了，才可以帮忙搭搭手。她的嗓门很大，长得高大粗壮，跟她的男人一样结实。

立辉爸爸祥子苏醒过来以后，命算是保住了，却落下高位截瘫。他永远站不起来了，连小便也控制不了，他的下身安装了尿管，一直留在身上。

他常常喊小肚子疼痛，痛得在床上直打滚。医生说，他的病只能医到这个程度了，再怎么也医不出什么花样了。

祥子得到六万元赔偿，他跟梁芬商量，把这笔钱拿给立辉进城读书用，让立辉读初中高中，以后读大学。他家没钱供立明读书，立明很小就出去打工了，立辉爸爸对立辉读书有信心，立辉读书成绩好，他相信立辉将来会有出息，能干大事。立辉婆临终反复交代，告诉立辉爸爸，风水先生说他家要出个读书当官的人。

立辉妈妈梁芬不情愿地接手那笔钱。

梁芬拿着这笔钱，十分为难。立辉读书，初高中用不了多少，以后读大学，每年要花一万多元。这点赔偿，只够交学费，以后还得挣钱。并且，手里没有钱，全家还要生活。梁芬从中拿出一些钱来，让祥子做点什么，祥子不要，说自己知道想办法。

立辉妈妈梁芬心疼立辉爸爸，问："你把钱都给了立辉读书，你治病啷个办？"祥子苦笑说："我这病，还有啥医头？"

那天晚上，立辉爸爸把立辉叫到自己房里，挥挥他那粗大的手，叫他去把妈妈喊来。他妈妈正在外面喂猪，听到立辉叫唤，赶忙放下手中的活计小跑进来。立辉妈妈进来以后，立辉爸爸从床边的箱子底下取出一个深蓝色布包，层层打开扎得严严实实的老蓝布。当最后一层老蓝布被揭开以后，一沓皱巴巴的钱露了出来。立辉爸爸用平和而深沉的眼光看着立辉，告诉他，这是给他读书准备的钱。

说完，立辉爸爸低下头看着手里的钱，用他粗大的手抚摸着。

然后，立辉爸爸又抬起头，看着立辉妈妈说："立辉想读书就让他去吧，就当是完成他婆、我和立明的梦想。"

立辉呜呜地哭，他跪在他爸爸面前。那钱可是他爸的救命钱呀，爸爸的病还没有治好。

"不！"立辉推开爸爸的手，说，"你的病还需要很多钱。"

立辉说他做梦都想读大学，他本来想自己攒钱，攒够了钱再去读书。爸爸给了他一个天大的惊喜，他觉得幸福来得那么突然。他好想拥抱眼前的幸福。然而，看到爸爸那样子，他又退缩了。一阵惊喜过后，立辉很快镇定下来。他意识到，父亲给他的这个礼物太沉重了，他承受不起，他不敢接受。

他爸爸笑笑，说："我一时半会儿还死不了，况且，立辉以后读了医科大学，还怕没有人给老子治病？立辉有了出息，当老汉的将来也好依靠儿子呢！"

他妈妈点头，眼睛里含着泪花，把钱收下。

立辉破涕为笑，依顺了父母的意思。

劝立辉的时候，虽然他爸爸嘴上那么说，其实，他是为了哄立辉，让立辉轻松点，少点压力去读书。立辉爸爸曾经有过很多梦想，这些年，立辉爸爸到一些大城市打工，修建房子，去过一些城市。在立辉爸爸眼里，这些城市每天变个样，城里修建的那些玩意儿，高楼、公路、立交桥、轻轨，乡里头多数人一辈子都没有见过。大城市变得越来越气派，让人眼睛看不过来。城里人住的小区里面，栽种了大片的树和花，这些以前只有山里才有，现在城里也能看到。立辉爸爸感叹，住在城里真好呀。

立辉爸爸做完农活回来了，立辉拉他爸到楼上，蹲下身，握着他爸的手，指着图片要他把图片里的故事讲给我们听。

他爸脸沉下来，转身下楼，说："有啥好说的？"

立辉看了我一眼，说："爸爸，中间那人是雨泽的爸爸，他想听你们的故事呢。"

听了立辉的话，立辉爸爸脸变得更加阴沉，他上下打量我，问："原来你是张义杰的儿子？"

立辉爸爸脸上没有笑容，他变化好快，眼神复杂，奇怪，说不清楚。他像看怪物似的睁大眼睛看我，眼神充满凉意和凄楚，又藏着一丝热度，这目光令我害怕。

禁不住立辉软磨硬缠，立辉爸爸开了口。

七十年代末，我爸张义杰到什竹当知青，后来公社推荐他上医学院学医，毕业后他又回到什竹当赤脚医生。那时，我爸跟社员们一起做农活，修梯田。人们生活贫困，单纯，快乐。农村医疗条件差，我爸爸背着药箱到田间地头为农民看病。

"后来，你爸爸回城里了。"立辉爸爸说。

"他为什么要回去呢？"立辉问。

"他本来就是城里人嘛。"立辉爸爸回答。

"不对，还有，你没讲。"立辉说。

"还有什么好讲的。"立辉爸爸不愿意再讲下去。

"你不讲算了，我找妈妈讲。"立辉说。

立辉爸爸不得不继续讲。

我爸爸回城以后，在巴州医院妇产科当大夫。后来，我爸随医疗队回过什竹，他们医院是什竹对口支援扶贫单位。他到什竹卫生支农，帮他们建起了医疗卫生合作点，每隔几个月，他要回去看他们，给他们讲课，培养人才，帮他们诊治疑难病例。

我爸回到什竹镇扶贫支农，指定帮扶对象是立辉家，因此他住立辉家里。赶上立辉出生。立辉妈妈梁芬生立辉的时候难产，来不及送医院。我爸爸听胎心音已消失，他用刀片为立辉妈妈剖腹产。

在我和立辉的再三恳求下，祥子叔叔挤牙膏似的一段一段讲述他们家的故事。

原来，立辉妈妈梁芬那时看上了我爸爸张义杰，当然那时候立辉爸妈还没有结婚，也没有我和立辉。梁芬的妈，就是立辉的外婆，不同意他们的亲事，说我爸爸虽然是知识青年，腹中也有墨水，但不相信他能在山区安家。他们村里有个女孩跟知青好了，后来知青回城就离开那个女孩了，女孩从此疯掉了。立辉用手指着他家右手边背面的屋子，透过竹影，看到那屋子顶上长满杂草，隐约听得见一个女人的叫声。

那时，立辉外婆把立辉妈妈梁芬关进屋子里，不准出来。后来立辉妈妈从后门逃出去，却遇见立辉爸爸。立辉爸爸从小跟梁芬阿姨一起长大，立辉爸爸向梁芬阿姨求婚，梁芬阿姨犹豫，立辉爸爸二话不说，拖着梁芬阿姨去登记结婚了。

嫁给立辉爸爸以后，立辉妈妈整天忙里忙外。她把家里收拾得干净整洁，她家的庄稼比别人家的长得好，乡里人都说她有旺夫相，夸祥子好福气，娶了一个好媳妇儿。

立辉爸爸讲他有一次出去做工，受到了触动。那是去巴州修建一所小学。他从来没有见到过这么大的小学，教室比他上过学的土屋大几倍，还安装了空调、电脑。他小时候上学，下雨天土屋漏雨，老师用塑料盆接雨，雨水声伴着学生读书声。他发现老师学生宿舍里有卫生间，用来洗澡，解大小便。他上小学的时候，老师学生统一去茅坑拉屎拉尿，有一次他拉屎跌进茅坑，周身臭气熏人，从此得了一个外号，叫什竹粪船。

几十年来，立辉家乡还是那些山，光秃秃的土堆，没有变样。乡里交通不发达，以前到省城要坐两天公共汽车，现在修高速路，时间缩短了。在城里，立辉爸爸听到那首《我的家乡并不美》的歌，鼻子就发酸。最近退耕还林，发小树苗给每家每户种，种了树还要补贴粮食，原来那些光秃秃的山上才长起了青色的树。

以前立辉爸爸的梦想是打工多挣些钱，拿回家修幢漂亮的房子。自从他修建那所小学以后，他不想这个，他想让立辉出来学习。

立辉爸爸伤残以后，生活一下子失去了方向。他说自己是死过去一回的人了，他晓得自己的病，再高明的医生都回天无力，自己算是毁掉了，可立辉得有自己的美好前程呀。他知道自己老实，读书不行。立辉是他的骄傲，聪明、孝顺，又懂事，如果让他一辈子待在乡里，除了跟庄稼呀，田呀，还有土呀什么的打交道，还能看见什么？能有什么出息？

他下决心要让立辉出来读书，读最好的中学、高中，上大学，像我爸那样读了书当医生，光宗耀祖。

四、告别大山

　　爸爸和妈妈来什竹接我，立辉妈妈梁芬陪同他们一起回来。我十分惊讶，不知道他们是怎么找到这里来的。不过，事情可以想象，爸爸以前来这里当知青，这里是他的第二故乡，所以他能轻而易举找到这里，这也是情理之中的事情。

　　跟以前比，爸爸脸上多架了一副眼镜，身材也发胖了，立辉爸爸认不出爸爸了。当立辉爸爸听到张义杰名字的时候，似乎被什么刺激到了，眼神有些游离，看起来没有先前踏实自信。他注视爸爸，似乎在思索什么，或许他从爸爸的眉眼和神情里，想搜索出岁月的改变。

　　立辉爸爸彻底变了，我爸爸完全认不出他了。那时，立辉爸爸在什竹远近闻名，他见多识广，乡里人都没有不认识他的。

　　我爸爸扶一下眼镜，睁大眼睛看祥子，他不敢确认自己看到的真实情况。现在的祥子，怎么也无法跟当年那个祥子相提并论。他又黑又瘦，满脸沧桑。他身上再也找不到当年粗壮结实、挥洒自由的样子了。

　　立辉爸爸的笑容有些僵硬，他已经明白，眼前这个男人就是当年大名鼎鼎的张大医生，他的女人的初恋。当时，什竹没有不晓得张医生的，祥子虽然对爸爸印象不深，但听说过他的名字。

　　妈妈下车以后，我看见她脸色蜡黄，以为她被气成这样子，我心里发虚。原来她晕车，蹲在地上呕吐。吐过以后，立辉端来一碗温开水，妈妈接过立辉端来的土碗，漱了口。我递给妈妈餐巾纸，她不接，还生我气呢。她推开我的手，站起来，从自己包里掏出餐巾纸擦嘴。

休息一会儿，妈妈缓过神来，脸上转而有了血色。这时妈妈又恢复她那威严神圣不可侵犯的神态，好像刚才什么也没有发生似的。她直视我，从她的目光，我能感觉到她的火气逐渐升温旺盛起来。

我心里不高兴起来，想以同样的态度对待她，转而想到妈妈刚才难过的样子，觉得自己做得过火，让爸妈操心。我打算不跟妈妈计较，态度缓和下来。我使劲咧开嘴，笑着，我感觉自己笑起来的样子有点好笑，脸上肌肉僵直，皮笑肉不笑，就像站在舞台上，强光照射，怎么也咧不开嘴，显得虚假。

妈妈劈头盖脸数落，"你长本事了，说你就跑呀。"

我说："不是你叫我走的吗？"

爸爸站在妈妈后面，悄悄拉妈妈，示意她别说了。

妈妈反而提高声音，转过脸盯着爸爸，说："你拉我手干吗？"

这时，爸爸走近我，突然变了脸，很生气的样子，他头朝右边歪一下，停顿片刻，然后"啪"一记耳光打在我脸上，我来不及躲闪。

妈妈看看我，又看看爸爸，爸爸突如其来的动作让妈妈愣住了。

我十分意外，一只手捂着脸，另一只手指爸爸，说："你、你、你竟然打我？"

说过后，我看着爸爸，心里想着爸爸平时那么护着我，他会抽搐着嘴唇内疚说："爸错了，以后再也不会了。"

谁知"啪"又一耳光，爸爸怒道："老子打的就是你。"

我哭了，心想，给这种没看过《哈利波特》，没听过周杰伦歌的爹当儿子，这胎算白投了。

妈妈忍不住说："你真打呀？"

爸爸说："不是你的意思吗？"

妈妈摸我的脸，问："痛吗？"

我退后一步，不让妈妈摸。

梁芬阿姨拉我进她怀里，抚摸我的脸。

爸爸看着我，挤眨眼睛。我被爸爸弄糊涂了，终于明白他为何做小动作。

我哭笑不得，他的样子滑稽又可怜。他演戏给妈妈看，却不知道伤我多深。

爸爸打我耳光，让我清醒过来。开始我很生气，又想跑掉。后来想，我们算是扯平了，他们这么远来接我，只要爸爸打我，能解妈妈的气，算是没有白挨耳光，想着也就不生气了。

妈妈又摸我的脸，问："痛不痛？"

我不想搭理他们，不过看到妈妈的气消了，觉得这耳光值得，我对妈妈的态度温和一些了，点了点头。

晚上在立辉家住，立辉妈妈把楼下里屋收拾出来，我爸妈住。我和立辉住楼上。夜晚，月光透过窗户照进来。我和立辉睡不着，翻看他家的照片，立辉给我讲他爸妈的故事。

半夜，楼下一阵呻吟声，开始很弱，后来变成嚎叫，越来越激烈。我和立辉遂翻身下床，迅速下楼到立辉爸爸房间。

我爸妈也在立辉爸爸房间，爸爸抚摸立辉爸爸的肚子，问他感觉怎么样。

立辉爸爸摇摇头，说："不太好。"

立辉爸爸告诉爸爸，他解不出大便，到城里大医院看过了，查血查尿查大便，该做的检查都做过了，可还是解不出来。

爸爸让立辉爸爸侧卧床沿，脸向里侧，屈起双腿。爸爸从他的随身包里取出医用乳胶手套，戴在手上。爸爸一点一点用手抠出了立辉爸爸体内的大便。

大约过了二十分钟，抠出三大包。屋子里弥漫着一股恶臭，我几乎晕过去，干呕想吐，但忍住了。

爸爸说："你病得这么重，怎么还干活呀？"

祥子叔叔回答："不干活不行呀。"

抠完以后，爸爸收拾粪便和卫生纸，立辉过去帮忙，爸爸不让。立辉爸爸觉得周身轻松，似乎病一下子好了。立辉连连感谢我爸，抠出他爸体内的宿便。

立辉爸爸不好意思起来，问："用手抠？"

立辉点头。

"张医生，脏了你的手。"立辉爸爸握着我爸爸的双手，又说，"真是谢谢你了。"

然后，他又问："还要做什么检查？"

我爸爸告诉他："你的问题已经解决了，不用做检查了。"

立辉爸爸瞪大眼睛，他实在不相信，哪有那么神奇的事情，不做检查，不开药，就把病治好了。那天到门诊折腾一天，花了上千块钱，都没治好病。立辉对他说这是真的，立辉爸爸这才肯相信。

立辉爸爸竖起大拇指说："张医生真是了不起呀！"

我不明白，爸爸是妇科医生，怎么还会这个，后来听爸爸说，他过去当赤脚医生的时候，什么病都看过。

爸爸问立辉爸爸："好些了没？"

立辉爸爸点头，他脸上有了笑容，脸色红润了。

屋子里气氛变得融洽起来，立辉要我爸爸讲他出生的事情，立辉妈妈说："要不是你张叔叔，我们母子恐怕没命了。"

我对立辉出生的事情不感兴趣，我还是想知道我爸爸和梁芬阿姨的故事。我觉得爸爸有某种说不清楚的记忆失落在这里，他打我耳光以后，悄悄跟我说，他心里莫名烦躁，他要我原谅他。

我爸爸跟立辉妈妈梁芬的事情，在我爸爸心里，一直是解不开的结。我爸总觉得自己对不起梁芬。当立辉爸爸娶了梁芬阿姨以后，立辉爸爸给了梁芬阿姨幸福，我爸心里才感到好受一些。然而，天有不测风云，他们的幸福生活短暂而脆弱，经不住岁月磨折。

立辉是我爸爸接生出来的，我爸爸把立辉的出生看作他医学事业的杰作。立辉爸爸一直对爸爸耿耿于怀，爸爸救了立辉母子以后，立辉爸爸才肯给爸爸好脸色。爸爸不只想要立辉爸爸的好脸色，他有更大的梦想，他想让立辉将来学医，他斗胆给立辉爸妈说起这事。

立辉爸妈没吭声，立辉妈妈没有意见，什么事都听她男人的。立辉爸爸心里愿意，嘴上不好答应。后来我爸爸又觉得自己出面说这事，的确不太合适，自己不算是立辉什么人，立辉有他爸爸妈妈做主。

我爸爸就是这样的性格，做事不干脆，总是思前顾后，做过了又回过头后悔。爸爸的心思我明白，他跟梁芬阿姨毕竟相好过，他当年抛弃梁芬阿姨，不管是什么理由，他都很难面对，他不能够原谅自己。

我在爸爸的相册看到过爸爸和梁芬阿姨过去的照片。

爸爸无法从记忆里抹去自己跟过去那个梁芬姑娘的初恋，单纯而甜蜜。在什竹山弯，梁芬是有名的美女，爸爸说她的美跟城里女孩不一样，她的美丽散发着泥土的气息，她皮肤光滑，结实健康，她的周身放射出青春的气息和亮光。

我看到过一张照片，大热天，爸爸在为村民看病，梁芬在一旁为他擦汗水，爸爸说他闻到她那充满芳草气息的青春味道。

有一天，爸爸回城了，他跟梁芬告别，爸爸说她水灵灵的大眼睛流下两行清泪，她安静，顺从，眸子跳动着，她对爱情向往，也对命运臣服，她对于自己的未来，没有更多期许。

爸爸曾经断断续续跟我讲起他跟梁芬的故事，那时我无论如何不具有这样的想象力，把梁芬跟立辉的妈妈等同起来。现在这个答案出来了，我惊叹命运比我的想象力出彩多少倍。

我爸无法忘记梁芬的眼睛，在以后的岁月里，他被梁芬那双不说话但包含着千言万语的眼睛弄得神思不定，痛苦不堪。他想起那双眼睛的时候很痛苦，难以忍受。他回味那短暂的甜蜜，犹如周身血液不通畅的时候，银针扎准穴位的感觉，畅快淋漓。这样的思念，甜蜜美好，爸爸突然有了感到麻痹的快感，那颗受伤的灵魂得到医治。

梁芬阿姨很平静，她已经不是当年那个扎着粗辫，说话就脸红的姑娘。生活把她打磨成粗壮的中年妇女，她的眼睛失去了说话的灵动，看起来有些呆滞。她齐耳短发，裤脚挽到膝盖，说话还是那么洪亮，掷地有声。

立辉懂得他妈妈，他妈妈的平静和不惊讶是表面的，三十年前的事情，在她心里永远也无法消失，立辉爸爸早就给她讲过关于我爸爸的事情。她男人给她讲的那天晚上，她失眠了。她去了她家门前的小河旁，她有心事的时候，都要去看她家门前那条小河水。立辉陪着他妈妈。

三十多年来，什竹镇河水从来没有变过，一如既往悠闲又漫不经心地流淌。随着岁月的流逝，梁芬以为，过去的记忆也会随之消失，跟流水那样不会留下痕迹。

我爸爸张义杰的名字出现，人也鲜活地冉次站在她面前时，她笑了。她的笑容跟见到我和立辉时的笑容完全不同，她见到我和立辉的时候，笑容是甜的，尽管甜蜜掩饰不住劳累和疲乏，但她的脸像孩子似的单纯。她见到我爸爸时的笑容是苦涩的，她眼神慌乱，掩饰不住她心里的起伏和波澜，她似乎手脚没地方放，不知说什么好。

那时，他们相爱，爱得干脆，热烈。在山野，小溪，有他们的欢笑和身影。后米，爸爸要回城了，他舍不得梁芬。我爸爸进了省城人医院，医院院长的女儿跟他结了婚。这大约是个老掉牙的故事，没想到我爸爸成为故事主角。

梁芬相信命，她的命只能跟祥子联系在一起。今生今世，她生是祥子的人，死是祥子的鬼，她应该为祥子生儿育女，为祥子遵守女人的妇道。

祥子骂她，她不还嘴。在我爸爸面前，梁芬极力把她内心深处那一丝悸动隐藏起来，装作以前什么也没有发生。

祥子起初是抵触的，他心里有说不出来的滋味，这源于三十几年前就有的自卑感。在与梁芬共同生活的岁月里，他把自己全部的真爱都给了梁芬，他自信梁芬是爱他的。

那时，梁芬跟我爸爸的恋爱轰动整个什竹，后来梁芬成了祥子的女人。说起我爸和梁芬的恋爱，无人不晓得。祥子心里难免不酸楚，不产生一点醋意。有时候，他不高兴，他听到别人讲我爸爸，他拿我爸爸张义杰说事，他拿张义杰噎他的女人，噎得女人泪水涟涟。

嫌我！你当初唧个不嫁给张义杰？祥子常这样说。

祥子叔叔让他的女人伤心，他明明知道这话是往他女人伤口上撒盐，可是，他就要说，说了才觉得心里舒服，觉得男子汉的面子有放处。

我爸爸跟梁芬的事情，让祥子难以释怀。爸爸再回来，让他感到难为情。当初你说走就走了，现在回来，算怎么一回事呀！说是因为你儿子的事情，可你在城里那么风光，我的儿子立辉在城里，我要他好好读书，将来做城里人，要他的女人不要被城里人抢走。

我爸爸治好祥子的病以后，祥子平静许多。他从心底里感谢我爸爸，他甚至感谢老天爷的安排。当初，他生病的时候，心里并不情愿我爸爸给自己治病，甚至他愿意痛死。我爸爸治好了祥子的病，他很感激，对于过去爸爸跟梁芬的事，祥子也没那么耿耿于怀。

我爸爸劝说立辉爸妈，将来让立辉学医，回到乡里来办医。在我爸爸面前，祥子把老面子已经看得不那么重要了。

说起以前的事情，我爸爸兴奋起来。那是二十世纪七十年代，爸爸到什竹插队当知青，当地推荐工农兵大学生，到省城医学院学医，学成以后又回到什竹当赤脚医生。

那个时候的生活，跟他想象的共产主义生活没有两样，纯朴的乡间气息，朴实的民风，简单的劳动，充满了快乐。

他每天背着药箱，在田间地头为社员治病。农村医疗条件简陋，什么病都要找他，小到伤风感冒，大到生小孩，阑尾炎，胃切除手术，他都做。做那些大手术的时候，就在卫生所的小屋子里，烧一锅开水用来消毒，拉一张帘子当手术间。在这样的条件下，他完成了很多外科手术。

爸爸说起那时的情景，脸上洋溢着幸福感。他受到社员的追捧，跟现在的电影明星、超级女声一样，有很多粉丝。社员送给他粮食、蔬菜、鸡鸭肉蛋，屋子里堆不下。社员家里有什么喜事，都要请他吃饭，坐上席。

我问爸爸："你心里有没有驻着小芳？"

爸爸不语，看他不置可否的样子，我想一定有。村里姑娘找对象，以爸爸为标准。有的姑娘为了接近他，常常找他看病，称自己这不舒服，那不舒服。

后来，他认识梁芬。梁芬内向，不喜欢跟别人套近乎。我爸爸去梁芬家里给梁芬的妈妈治病，梁芬在她妈妈床头端饭喂水，倒屎倒尿，细心体贴，她的红扑扑的脸就像开满山间的野花那样鲜艳娇美。

爸爸忍不住打开埋在心底里的思念，抹抹湿润的眼睛。

多年来，他还是思念着村里那个梁芬，这种思念常常就像银针尖扎在皮肤上，悄悄刺激他的心。只要说到什竹，映入爸爸脑子的就是梁芬，那挥之不去、留在心灵深处的记忆。

爸爸看见立辉第一眼时，就觉得熟悉，有意无意说起他当赤脚医生的事情。对过去难舍的追忆，让他的心情久久不能平静。

天亮了，我们准备回去。走的时候，我爸爸握住立辉的手，反复翻看。

我问："爸你看人家手干啥？"

我爸说："这手，又大又厚，是做外科医生的料呀。"

爸爸不死心，起初想让我学医，我不肯，他又盯上立辉。

祥子叔叔对他们的事情只讲述了一半，有些事件是我从爸爸口中听来的。爸妈来之前，我们缠着祥子叔叔，想听他们的事情，他不想再说了，不管我们怎么纠缠不休，他就是不愿意再说了，只好作罢。

回去的路上妈妈问我："立辉的家乡怎样？"

我回答："好极了！"

回答妈妈这话的时候，我心里有一种抗拒。城里人那些臭毛病，自以为是，妈妈也有，她还不知道，现在农村征地以后，一个户口值好多钱，农村人不愿意轻易把户口往城里转。

"这回你应该知道不读书是什么样了吧？"妈妈的口气有些得意，以为她的教育在我身上起了作用。

我回答："是的，我知道了。"

"你说说读书和不读书的区别。"妈妈说。

我想了想，说我们家里只有一条狗，可是立辉大伯家里却有四条狗，立辉家还有百条猪，两千只鸡。咱家仅有一个水池通向花坛中央，可他们竟有一条望不到边的小河。夜里我们的家园外只有密密麻麻的房子，亮着灯，可他们的家园上面却有千万颗星星。还有，我们院子里只能停几辆小汽车，可他们院子里却能容得下几百头牛羊。

说完这些区别，我看着妈妈，眼神充满恶作剧般的得意。妈妈看着我，眼神迷茫，云里雾里。

其实，我说的那些话是用来跟妈妈斗气的。立辉爸妈是富裕的，但又是贫困的，他们渴望知识，所以，送立辉出来读书。而我也是贫困的，只是跟立辉不一样。

第三章　梦想的声音

一、学区房

初中毕业以后，又向高考迈进一步。掐指算，还有三年，觉得时间充裕，但在妈妈的催促声中似乎时间缩水了。离高考越近，也意味着我长大了，过去的日子再也回不去了。假期量身高，个子长高十公分。心里装的事情多起来，除了学习，还要培养一种心态，去迎接高考，以前我无论如何想不到这些。

回想过去这些年，除了学习还是学习，只是形式在不断变化。学习情况不算好也不算糟，脑子有时稀里糊涂，不知所云。有时清晰，灵感闪现。读小学四年级的时候，我对汽车感兴趣，用压岁钱买了几十辆玩具车，然后拆开它们，重新组装，装备战车组合。

汽车激发我对未来的梦想，我想当工程师，对未来的想象既有轮廓又模糊不清。遗憾的是这梦想只是闪电一样，在心灵划过，瞬间照亮过我纯粹的心灵。后来，成天埋头做作业，参加考试，参加奥数班、语言班，还有素质教育之类的学习，从此梦想就像流星一样，消失在茫茫夜空里。我曾经尝试过找回梦想，试图跟网络联系起来，却总是处处碰壁，不被现实接受。

老师和家长告诉我，所有读书学习，都是为将来的高考做准备。而只有考上大学，才能谈得上改变人生，才具备资格去拼搏。

从高一踏入校门开始，一股火药味扑面而来，校园内那些标语亮瞎双眼，如：拼一分高一分，一分成就终生；做一题会一题，一题决定命运；读书改变命运，刻苦成就一切，态度改变命运。这些话语，散发着一种气味，这股味儿，跟魔咒一样，闻着神经自然跟着紧张起来。尽管高考节奏还处于初始阶段，波段没有到达高峰，而我已感受到它的强大力量。

我还不太适应这种冲击波，又不得不逼迫自己适应。

读高一到远郊锦科住读，过去读初一的时候，曾经在那里读了一年。那时，巴州中学刚刚搬到这里，四周全是泥土和杂草，荒无人烟。三年时间，巴州中学周围修建许多住宅楼盘，有行知苑、明志楼，还有致远小区。

锦科紫苑小区楼盘最大，离巴州中学最近，最热门，在这个小区投资买房的家长最多。有的学生家长具有远见卓识，包里又有钱，早筹划等候着来这里买房，用来给孩子读书居住。学生毕业以后，将房了转租出去，一年就可以收回成本。倘若想卖出去，房价翻倍。物管挂出消息，两天内便有人找上门来。不过，这里的房子是香饽饽，买到房的人，谁都不愿意将房子转卖出去，倘若卖出去就亏大了，房子紧俏，不愁没有房客。

大部分家长采取租房方式，这样做一次性不用投入太多钱，可节省大笔开销，同时又省事，读完书走人，干脆利落。

我读高中的时候，巴州中学锦科紫苑跟以往大不一样了，周围荒地上又另外建起高楼、洋房和别墅，紧邻学校修建了几幢十多层高楼，大多三十到八十平方米。有几家楼外窗户上贴着招租广告，上面写着电话号码，字比初号还大，很远就能看清楚。

从我开始读小学，妈妈就关注读书租房信息，她消息灵通。爸妈早已做好准备，提前一年到锦科物业询问租房信息，物管拿出记录本，上面记载着出租房主联系电话。爸妈挨着打电话联系，综合考虑地理优势、面积及价格，最终意向性选择两家房主。其中一家房精装修，月租金两千元。

周六到这家看房，五十多平方米，装修时尚，房子成色比较新。

爸爸觉得这家好，只是租金太高。看房以后，爸妈没有表态。他们走出房间大约十分钟，房主打来电话说可以少价，双方谈到一千八百元，叫先交三千元订金。妈妈犹豫，说再比较一下吧。爸爸担心不尽快决定恐怕失去机会。妈妈觉得爸爸的担心有道理，妈妈听她学校的老师说这里租房紧俏，开学根本无法租到房子。于是他们决定租下，不料电话打过去时，那边回应房子已经租出去了。

爸妈后悔又失落，我们走到花园，妈妈找一处木椅子坐下来，她检讨自已不果断，我劝他们别责怪自己，安慰他们好的房子还在后面。

我们继续在小区寻找。走到物管门口，见到乐瑶，她背着小提琴，准备去练琴。乐瑶问我们安顿下来没有，我让爸妈先到物管打探，我跟乐瑶坐下来说话。乐瑶时间安排紧，用小时和分钟来计算每天练琴和学习，她只能陪我小坐一会儿。乐瑶每天练习三个小时小提琴，我不明白乐瑶小提琴拉那么好，为何还坚持练习。她说每天练习雷都打不动，起初她也感到不习惯，靠她爸爸督促，后来逐渐养成习惯，现在不练习还不习惯了。

乐瑶告诉我，她住在物管对面那栋房子里。她问我们住哪里，我指着先前看上的那家屋子，告诉她房主已经租给别人了。

听我说过情况，乐瑶让我等等。她从包里取出电话，离开我走向花园一角，在电话里叽里咕噜跟对方说了一阵，然后朝我走过来，说："陈婧婧有一套房子，在我住的房子对面，我让她租给你们，租金别收太高。"

"陈婧婧，谁？"我不明白。

"我妈。"

乐瑶直呼她妈的名字，我有些奇怪。有了房源，这突如其来的好事让我兴奋起来。我惊异，又高兴又觉得有失颜面，读书住房要靠女生帮助，而这个女生又是我喜爱的，我放不下这个面子，便岔开话题问："你没跟你妈妈住一起吗？"

乐瑶似乎看出我心思，说："你别问那么多了，赶快去办手续吧。"

我没有动身，说："还是算了吧，再找找。"

乐瑶笑起来，说："你平时挺男子汉的，怎么婆婆妈妈的？"

我见不得谁说我没有男子气，说："哪有呀？"

"难道不是吗？那你怎么不吭声呢？"乐瑶追问，"知道你自尊心强，又不是不收你的租金，你拿钱住房，有啥伤自尊呢？"

乐瑶这样说，我终于释然，心安稳了。

我说："好，谢谢你。"

乐瑶去物管找我爸妈出来，她带我们到她妈妈楼房下面，她要赶去练琴，遂与我分别。

上楼原来才知道就是先前租房那家。

女主人开门迎接我们，我想这就是乐瑶妈妈，她说："还是我们有缘分，我女儿跟我说了以后，我辞了那家。"

妈妈说："真是不好意思。"

乐瑶妈妈叫陈婧婧，乐瑶不叫妈妈，叫她妈妈的名字。

陈婧婧让我们再仔细看看房子，妈妈生怕房子再次滑脱，迫不及待地说："房子看过了，可以不看了，先把订金交了吧。"

"不急不急，既然是我女儿的同学，还是再看看，一定要你们满意。"陈婧婧说。

陈婧婧带我们看她家房子，房子不算大，几分钟便走通两间屋，房子结构不错，只是有一个地方有缺陷，卧室窗户对着高速公路，汽车噪声大。

陈婧婧看出妈妈有顾虑，解释说窗户关上就没有声音了。

看房结束，陈婧婧送我们出来说："你们不用着急，我等你们回话。"

爸妈交换眼色，刹那间妈妈又犹豫，唯一让她迟疑不决的，是汽车噪声，她怕影响我学习。但她又不敢拖延，虽说有乐瑶帮忙说话，妈妈也不敢大意。经过短暂思考，妈妈说："行吧。"

妈妈从包里取出钱，数给陈婧婧。房主接过钱，数完以后，接到一个电话。打完电话，陈婧婧告诉我们她朋友责备她不守信用，对方叫她留住房子，她歉意笑着说，谁先交钱就先租给谁。

爸妈过意不去，陈婧婧说："你们交钱在先，况且是我女儿的同学，当然应该租给你们。"

数完钱，陈婧婧把钱放进钱夹，跟爸妈热情攀谈起来。陈婧婧三句不离女儿，她告诉我们她女儿乐瑶也在这里读书，就住在这房对面。这话她说了几遍。

她庆幸自己有先见之明，想到女儿读书，早瞄准这里。那时这里荒芜寂静，她来看过几趟。她不知乐瑶最后定在哪个中学读书，于是撒大网，在几个重点中学落脚的地区买房子，既准备女儿读书，又可用来出租。

说到这里，陈婧婧有些得意，她说这个地方办学校，适合买来出租。她买了两套，准备自己住一套，另一套出租。她女儿不想来这个区读书，本来她想卖掉两套房子，后来她女儿决定要来这里读书，她都用来出租了。她说用不了几年，就可以找回买房子的本金了。

与陈婧婧分手后，妈妈说："哎，看人家多会计算，多有经济头脑呀。"

爸爸说："是呀，可是我们不是那块料，也没有那么多时间和精力挣钱呀。"

妈妈说："也是，我们没有时间，但是也没有经济头脑。"

妈妈跟爸爸唠叨完，转过头叫我跟上他们的步伐。妈妈叫我的时候眼睛看我那一瞬间，我下意识做好准备，听她痛说我的读书史，从幼儿园到小学，到初中，她没有停止跟我说学习的事情。

"你一个人住在这里，我们不能天天看着你，没有人管，你要自觉，不要去游戏厅。"妈妈说。

果然又是老话，我点头。妈妈的话让我厌烦，而我心里还是涌起一丝快意，妈妈不说我不觉得，她的话里透露出信息，我一个人居住，可以自由支配时间，意味着可以享有自由。

"你要注意营养，记得吃早饭。"妈妈说。

"不吃早饭容易得胆结石。"爸爸补充说。

"我会的，你们放心嘛。"

"有空我们会过来，帮你做饭。"妈妈说。

"不用吧，我晓得。"我说。

刚释放好心情，还没有呼吸到自由阳光，妈妈说她要来，真没劲。我极力阻止，捍卫好不容易还没有到来的自由。

"你晓得啥呀。"妈妈说。

妈妈说话变成否定的时候，我心里立马产生抵触，于是不吭声了。原以为换个环境，妈妈会改变态度，说话会有新意，原来还是老掉牙敲打我学习，否定我。

这时，爸爸说："看那边有网球场，有空多去锻炼。"

妈妈看爸爸，说："你就晓得岔话。"

妈妈唠叨，因爸爸岔话打住。在对付妈妈的唠叨上，我不得不佩服爸爸的智慧与默契。每当这时，爸爸就像救星，把我解救出来。

二、栀子花开

开学报到的时候，老师交给学生一个任务，学校校庆，让学生家长想办法找场地，要求收费不要太贵。我真心希望能够帮助学校，我的想法很简单，觉得要是这件事做成了，我很有面子，尤其可以在乐瑶面前显摆。我不会把荣誉感、热爱学校之类的高大上词汇与这件事联系起来，那样显得生硬、别扭。热爱学校是必须的，而我有可能做不成这事，那也不能说明我不热爱学校。

我让妈妈帮忙想办法，妈妈说她是小学教师，不认识可以租用场地的人。我让妈妈找她的学生家长，妈妈说不好麻烦别人。我准备跟爸爸说这事，妈妈说爸爸跟她一样，不擅长人际交往。

妈妈反问："你们学校是市里名校，不是有场地吗，怎么还在外面找呀？"

我心里窝火，说："你不帮忙算了，学校总有自己的难处。"

妈妈问："有什么难处呀？"

"学校场地整修，不能用。"我说。

"还有其他家长呢，也许他们能行。"妈妈说。

"老师让学生家长都去想办法。"我说。

妈妈改口说："我帮忙问问。"

妈妈虽这样说，我还是不抱太大希望。他们平时除了学习工作，少有交际，估计这事搞不定。我跟姚劲聊天时，说起自己爸妈，姚劲说混得太不怎么样了，他爸妈没有办不到的事情。有一次他约乐瑶出去吃饭，乐瑶叫我和立辉一起去。姚劲家司机开车送我们，下车以后，司机把车停在路边，标识"禁止停车"，我提醒姚劲，他说没事，搞得定。

妈妈叫我去找爸爸，说可以试试，我突然胆小起来。平时爸爸似乎总是顺着我，但觉得他不太好说话。妈妈虽然爱唠叨，什么事都反对我，可是觉得她好说话一些，我提出要求，她总是想方设法满足。所以我还是不愿意去找爸爸。

　　巴州往常立秋以后，雨水逐渐多起来，秋雨绵绵，下一场秋雨天转凉一次。夏天暑热难耐，离不得开空调。屋子里闷，以致头昏脑涨，学习效率不高。学校选在秋天开学，这样的天气，温润潮湿，不冷不热，正适合读书。

　　今年立秋以后，以为天跟往常一样，不会再热，谁知开学前夕，秋老虎裹着暑热卷土重来，气温又升起来了，跟三伏天一样，热得受不了。

　　爸爸说这种天气反常，多少年不曾有过。

　　开学前夕，学校军训，妈妈提出送我去，爸爸说："儿子长这么大了，让他自己去吧。"

　　爸爸跟我心意总是合拍，我说："是呀。"

　　妈妈不肯，执意跟在我身后。妈妈习惯帮我拿包，我不让。上幼儿园和小学的时候，妈妈总是帮我背书包，看到别的同学由爸妈或者婆婆爷爷帮忙背书包，觉得这是理所当然的事情。读初中以后意味着我长大了，我不让妈妈背书包，我是个男子汉，空着手跟后面，脸上没有光彩。

　　妈妈又拿过我的书包，欲往自己肩上挎。我从妈妈手里夺过包，背自己肩上，说："你以为我还在读小学，什么事都得你来做吗？"

　　妈妈笑笑，不吭声。

　　大客车排长队接送学生，有的学生家长像我妈妈那样，跟在孩子后面。有的家长自己背着包，孩子空着手。我让妈妈回去，告诉她自己能行。

　　妈妈说："你还不让我来，你看看，别的家长都来送了。"

　　"别的来送不等于我也要你送。"我说。

　　说完我转身上大巴。上车以后，我往车后面走，找中间靠窗空位坐下来。外面，爸妈跟着我的步伐移动，仰头找我。他们终于找准我的位置，走到我对应的窗下。我拉开窗玻璃，向爸妈挥手。

下面人头攒动，爸妈又被人群淹没，他们身影模糊，我无法跟他们交流。费好大劲才看见爸妈，人海纷乱，不过那两个身影太熟悉，闭着眼睛也能辨别他们的方向。爸妈东张西望往车上瞧，伸长脖子看我，我朝他们挥手，起初他们没有看见，我大声喊妈妈，爸爸听见我的声音，拉着妈妈朝我这个方向靠过来。

妈妈眼睛红红的，说："你要注意身体呀。"

相隔太远，妈妈的话隐约能听见，这次她没有说学习的事情。

我说："晓得，你们回去吧。"

说完，我突然感到鼻子发酸，不敢再看妈妈的眼睛。刚才那一刻我还烦她唠叨，想尽快离开她，挣脱他们的羁绊，此时觉得在我生命里，我与他们之间的联系无法舍弃和分割，无论我走到哪里，跟他们的血缘亲情和精神联系，都没有办法分开。

上次我离家归来以后，自觉看书，不再玩游戏。好长一段时间，妈妈没有再念叨我学习。近段时间，妈妈如同抽大烟一般，念叨瘾似乎又犯了。我学习更自觉努力，倒不是因为怕妈妈，这趟立辉家乡之行，我看到那些事儿，以前从来没有看见过，觉得比起立辉，自己算是幸福的。自己应该知恩，爸妈从来不说要求我报答他们，他们越是这样，我心里越是过意不去。

说来也怪，我不喜欢妈妈念叨，而妈妈沉默以后，我便觉得失去什么，觉得重心和依靠偏离。爸妈守在身边的时候，我从来不觉得爸妈对于我生命的重要，一旦离开他们，哪怕置身人海，也觉得自己孤单无助。于是，内心陡然产生奇妙的感觉，觉得妈妈的念叨，成为我生活中不可缺少的一部分。

后排有人喊我，转过身，看见立辉和乐瑶，他们并排坐着，姚劲坐乐瑶后面。我高兴极了，看到他们，觉得没那么孤单了，我朝他们笑。立辉考了七百多分，顺利进入实验班。乐瑶没有达到分数线，因为她是艺尖，没有交赞助费。

路上堵车，一个小时以后大巴车才到达军训目的地。下车以后，我打开手机QQ，跳出来妈妈发的信息，第一条信息问我到没有，第二条信息问我有没有坐车不舒服。

军训生活节奏快速，下车以后便进入紧张状态，整理背包、集合、教官训话，这些都按程序进行。我平时做事散漫，不太适应军事化的快节奏。一天之中即便早上赶着去上课，节奏比平常快，对我也形不成压力，因为妈妈早上起很早，我起床的时候，她已经弄好早餐，我只负责穿好自己的衣服，刷牙，洗脸，坐桌上吃饭。饭后，妈妈收拾碗筷，然后跟我一起出门。

我来不及回妈妈的信息，回到寝室安顿下来，已是两个多小时。空闲下来，我给妈妈回信：到了，忙！妈妈看到我的信息，回信：你若安好，便是晴天。

看到妈妈的回信，我忍不住笑起来，妈妈跟周老师一样，自称传统文化坚守者。他们喜欢玩文艺青年把式，学旧式文人墨客，嘴里有时候"之乎者也"，还整些文绉绉的词汇。妈妈说他们像我这般大的时候，没有学习到中国传统古诗词，中国传统文化被丢了，她连一些丢剩下的都没有捡到。这比我更不幸，虽说互联网快餐文化多，但我从互联网学到一些零碎传统文化知识。我看到一个传统文化网站介绍《梦溪笔谈》和《世说新语》，给妈妈买了两本，妈妈拿到书很高兴，她说以前跟我一起读过。

妈妈发来这个信息的意思，让我翻译过来，我会这样说：你好我也好。这个比妈妈说的更直接更简单。我安全到达，妈妈心里踏实了。以前我单独去哪里，妈妈总是发信息追踪，问到了没有，到哪里了。爸妈给我配置手机，主要是出于安全考虑，以便他们随时知道我的行踪。后来我把手机功能扩大了，下载软件，可以上网，打游戏，还可以开发一些别的功能。妈妈不赞成这个，但是她控制不了，她拿我没办法。

军训结束回家以后，妈妈弄了一大桌菜为我接风。

妈妈一边给我夹菜，一边念叨："晒黑了！辛苦吗？"

我说："不辛苦。"

妈妈说："休息时间你有没有看书呀？"

我答："看了。"

妈妈笑了，说："真乖。"

又问："看的啥子书呀？"

我答："《哈利·波特》"

妈妈脸变了，说："又看这些跟课本无关的书。"

爸爸在一边偷笑，不敢出声。

开学前，爸妈和我把生活日用品搬到锦科紫苑小区。我收拾书籍，找出一堆小说，有《哈利·波特》、卢梭的《忏悔录》、勃朗特的《呼啸山庄》、拉伯雷的《巨人传》、金庸的《倚天屠龙记》，我用大布包装上，准备搬过去抽时间阅读。

妈妈看见了，过来翻看我的书，我用手挡着不让妈妈看。

她掀开我，问："你哪有时间看小说呢？"

我回答："时间都是挤出来的，忙里偷闲吧。"

妈妈翻看这些书，问："四集《哈利·波特》都带去吗？你读小学就看完了，现在搬去干吗？"

我回答："还想再看。"

妈妈说："没事你多看看课本，演算习题，这些对你没有多大帮助。"

我灵机一动，说："你周末过来，没事也看看吧，《哈利·波特》不只是写给小孩子看的，好多大人都喜欢。"

妈妈不为所动，说："要以学习为主，不要因为看小说影响学习。"

我回答："不会的。你放心吧。"

我们搬到锦科紫苑小区，这里环境适合读书，相对封闭，安静。进小区大门，心自然就安静下来，随之涌出读书欲望。这真是个好地方，我不得不佩服学校真能找地方。

租住房里设置有必备家具：两张床，一张书桌，一个书柜，一台电视，一台冰箱，生活阳台外面有一台涡轮洗衣机。卫生间和洗澡间融合一体，我这样的个子容身里面有些显小，转身不能过猛，需要兼顾淋浴器、台盆之类的物件，否则就会打翻它们，碰伤自己。厨房设在进门处，开敞式，大约有五个平方米，只容得下一个人做事。

学校有食堂，供上千人享用。食堂大厅就餐桌椅排列整齐，特别有气场，就像学生站在操场开会一样。一日三餐都可以到学校食堂吃饭，因此，爸妈不来这里时，我不打算使用厨房。

搬进小区时，正是栀子花开时节，到处弥漫栀子花香。妈妈在小区门口买回来一束栀子花，插进白色雕花玻璃瓶里。花瓶身子呈 S 形状，上面雕有花瓣。花瓶是我出生那年妈妈得到的"优秀教师"奖励。这个花瓶是妈妈的宝贝，她不让我碰，怕碎了。妈妈总是用它来鼓励我好好学习，因此，它又变成妈妈的励志品。

妈妈坐窗前，注视着洁白的栀子花，说："好香！"

此时，我觉得妈妈特别温柔。妈妈看栀子花的样子跟看我完全不同，平时妈妈看我的时候，眼光总是威严不可亲近，唯有看着栀子花，她眼中泛着柔光，温柔婉转，充满喜悦，我不自觉哼唱起歌曲《女人花》中的旋律。我甚至心里想，妈妈喜欢栀子花胜过喜欢我。

"香什么呀？快要谢了。"我说。

"那不是还开着吗？还有好多花蕾。"妈妈说。

看到妈妈开心的样子，我恨不得让自己变成一朵栀子花，天天看见妈妈的笑容。

爸爸从外面回来，说："好香！"

爸爸坐凳子上，看着栀子花，朗诵：

蜀国花已尽，越桃今已开。色疑琼树倚，香似玉京来。

且赏同心处，那忧别叶催。佳人如拟咏，何必待寒梅。

妈妈说这是唐朝诗人刘禹锡的《和令狐相公咏栀子花》，爸爸那点雅兴是跟周老师学的。爸爸承认自己受周老师影响，不过他当知青的时候就有文艺青年风范，村里表演节目，唱《红灯记》《沙家浜》《智取威虎山》，他演主角，演过的角色有李玉和、参谋长和杨子荣，爸爸高兴了还哼两段样板戏，自得其乐。对京剧，我没有多大兴趣，我喜欢听周杰伦和杰克·琼斯的歌，还有摇滚乐。妈妈喜欢听爸爸唱京剧，每当爸爸哼唱的时候，妈妈听不过瘾。爸爸唱一半，故意打住，妈妈央求爸爸接着唱，爸爸看我一眼，样子很得意。

"栀子花开，满屋香气，花期太短，谁解忧伤。"爸爸说。

"又多情了不是？"妈妈笑着说。

爸爸有时候跟妈妈一样，冒点酸气。唯有这点，他们是一致的。爸妈相识在栀子花开的时候，那时，妈妈在花园手握栀子花，听爸爸朗诵刘禹锡的《和令狐相公咏栀子花》。爸爸形容妈妈像栀子花一样洁白芬芳。

想起这个我觉得好笑，男人喜欢把女人比作花，我爸爸把立辉妈妈比作格桑花，迎着太阳开放。我把乐瑶既不比作栀子花，也不比作格桑花，那样土气，我会比喻她为黑玫瑰、白牡丹，或者蓝色妖姬，或者赋予抽象概念，比如女神、宝贝。

乐瑶听说我妈妈的花瓶，要我拿给她看。趁妈妈不在，我偷着把花瓶放书包里拿出来，我们一起到咖啡吧。乐瑶看后很喜欢，她拉了一曲《栀子花开》，听着我心醉了，屋子里顿时有了浪漫气氛，弥漫花的芬芳。然而，快乐总是短暂，我每天学习，与乐瑶拉琴，感受是一样的。她反复练习同一个音符，同一首曲子，如同我反复做题那样枯燥。唯有演奏《栀子花开》的时候，她变成一个花仙子，快乐芬芳。

爸妈爱好有共同语言，在对待我的问题上，经常持不同意见，只是爸爸不跟妈妈争罢了。趁着兴头，我问妈妈找场地的事儿，妈妈告诉我还没有着落。

我对妈妈已经不抱希望，有一天，妈妈却给我电话，告诉我她托人找到了场地，租金三千元。我兴冲冲把这个消息告诉老师，老师说姚劲的爸爸已经解决这个问题了，他爸爸不要学校出钱。

为这事，我很郁闷。

三、养猪计划

周末，爸爸值班，妈妈来锦科陪我。

妈妈双肩背个大布袋，这是她平时买菜用的袋子。妈妈进屋子以后，卸下布袋，拉开拉链，从中取出食物。她如数家珍念叨菜品的名称，有我喜欢吃的羊肉、三文鱼和西兰花。我食欲极好，每顿总是海吃，直到肚子胀痛才肯停止进食。小时候邻居叫我小胖墩，妈妈从来不认为我长得胖，相反她说我瘦，怕我营养不良，每顿总是催着我吃。我吃得越多，妈妈越高兴，我每天吃撑，体重不停往上长，妈妈说还再长点不要紧。

跟妈妈一周没见面，甚觉亲切。妈妈对我的态度比天天见面更温和、亲切。她问我学校伙食如何，是不是吃得惯，那关切的口气似乎认定我来这里忍饥挨饿，吃苦受累。

我答应："很好呀。"

"怎么会好呢？"妈妈不信。

"真的好，食堂菜挺好吃，比家里的好吃。"我说。

妈妈说："食堂味重，对身体不好。"

"我觉得挺好。"我说。

妈妈不说话了。

下午没事，妈妈坐下来，看架势又要跟我聊学习。妈妈来之前，我在屋子里发呆坐一小时，望着外面的花园，细雨飘落在树叶上，我心驰神往，漫无目的胡思乱想。记得读小学的时候，也时常出现类似情况。下午放学回家，路上一直盼望着推开家门，见着爸妈，有许多话想痛快地说给他们听。可是，爸妈常常还没下班，不在家守候我回来，饭桌上，以致整个下午，我的话没有人听，我变得沉默，话不知从何说起。

读书压力越来越大，抵触也越大。妈妈硬要我每天跟她说话，我问她需要听什么，妈妈说关于学习的事情，生活的事情。我被迫说话心情轻松不起来，连简单的思维也变得凌乱。

妈妈睁大双眼看我，恨不能把我所有的思想都掏出来。看到她的情形，我越发紧张，刚说出"我"这个字，就见妈妈紧迫的眼神，示意我有话快说。心头一急，压力顿生，舌头胀大，在口腔不能自如翻转，变得不听使唤，不知讲什么才好。

我说："我是茶壶装汤圆，肚子有货倒不出来。"

妈妈听了，笑出声来，顿时屋子里气氛变得轻松起来。

妈妈上月劝我读培优班，我没有答应。她不甘心，又想说这事。我先一步拿出《哈利·波特》第一部《哈利·波特与魔法石》，递给妈妈，让她读。

妈妈推开，说："这是小孩子读的书。"

我告诉妈妈："错，这书不只小孩读，很多家长也读。"

妈妈疑惑地看着我，说："你别哄我。"

我说："真的好看，你看过就晓得我说的是真的。"

妈妈还是不想看，她起身准备去做饭。我按住妈妈，眼光祈求。妈妈转身瞬间，与我目光相碰。妈妈停顿片刻，无言注视我。

我问："难道你真愿意伤害一颗真诚的心？"

妈妈停下脚步，说："去你的，少学着油嘴滑舌的。"

我说："你又错了，我是真心跟你寻找共同语言，你别拒人于千里之外呢。"我唱起周杰伦的歌《千里之外》：我送你离开，千里之外——

"《千里之外》这歌好是好听，但是歌词空泛，没有具体内容，不知所云，你也喜欢？"妈妈说。

"这歌你听了？"我喜出望外，好似找到知音。

过去我听歌的时候，硬把耳塞塞进妈妈耳朵。她取出来，拒绝听。

"没有。"妈妈嘴硬，不承认她听过。

"那你怎么晓得歌词空泛呢？露馅了吧。"我问。

我说："这歌词美妙就在于此，这叫空灵、诗意。"

"没有具体内容的东西叫空灵、诗意？"妈妈说。

"还有美感呢。"我急了，又说，"妈妈你缺乏想象力。"

妈妈笑而不答。

我做鬼脸，说："哈，你偷听。"

妈妈终于被我说服，她不好意思拒绝我，只得接过书。

我说："这就对了，有进步。"

妈妈说："好吧，我只读一本。"

我连连答应。好不容易说服妈妈，至于下一步的事情再说吧。对于《哈利·波特》，我一直充满信心，我相信妈妈会喜欢。

我点头说："行。"

妈妈接过我的书，我由衷高兴，比我考试得了高分还要高兴。这书是我的最爱，我有好多感悟，没有找到人分享。立辉不看这些书，我说他只是听，只是赞同，不会跟我讨论，我憋在心里很不爽。乐瑶除了对小提琴练习曲子感兴趣，其他都不感兴趣，也不会看这些书。有时候我讲哈利·波特故事给她听，她喜欢，但不跟我讨论。

我喜欢跟妈妈讨论，妈妈爱读书，平时她跟我讲的那些关于书的故事，我喜欢听。读小学的时候，我写的作文，经过妈妈修改，经常得到老师赞扬。后来妈妈不管我了，说不能依赖她，要我独立思考。离开妈妈的视线，我写出来的作文从来没有得到老师夸奖。在我心里，一直觉得妈妈写作文还是挺厉害的。

我感到从未有过的愉快，一边唱着周杰伦的歌《千里之外》，一边笑着坐在书桌前写作业，这是妈妈最愿意看到的情景。我偷看妈妈，此时妈妈也很愉快。我从妈妈的表情能看出她内心是否愉快，她不愉快的时候，脸拉老长。我希望经常有这样的时光，我们能够感受到愉快，做让对方感到高兴的事情。

我的目光一直没有离开妈妈手上的书，我用余光偷偷瞟妈妈，关注她看书到什么地方。妈妈看书很快，晚上她看完《哈利·波特》。

我问："感觉如何呀？"

妈妈沉默，没有马上回答。我心里焦急，充满期待，看着妈妈。

妈妈转移话题，不失时机让我练习写钢笔字。妈妈看见我写的钢笔字，总是唠叨着要我练习写字。妈妈说她不忍看我写的字，她拿出她上小学的时候写的钢笔字，让我这个高中生跟她当小学生的字比较。字写不好真是冤枉我，我没少练习写字，可是写出来的字总是横不是横，竖不是竖，笔画合在一起，它们鼻子不是鼻子，眼睛不是眼睛。所以我写的字尽量不拿给爸妈看，以免刺激引起他们的不适。他们不舒服，我就不好过。

歇一会儿，妈妈说："挺好。"

"真的？"我不相信。我不敢确定妈妈究竟是肯定还是否定。妈妈很少肯定我，我已经习惯她的否定。即便这样，我还是期待得到她的肯定，我很在意妈妈对这本书的评价，在我眼里，妈妈对书本的选择是有品位的，如果她能肯定这本书，至少说明我读的书是比较上档次的。

妈妈又说："不知道是原著本身问题，还是翻译问题，语言比较平淡，不够优美，不够耐人寻味。"

"那是，我也有这个疑问。"我说。

我弄不清楚自己真是这么认为还是为了迎合妈妈，我希望妈妈谈更多的看法。

我又说："应该是翻译的问题。"

妈妈看着我，打住话，我要妈妈继续说下去。

"故事平铺直叙，不够精彩，缺乏细节。主要人物刻画个性不够鲜明。"妈妈又说。

听了妈妈的分析，我有些失望，有些沮丧。除了周杰伦的歌，我的最爱就是《哈利·波特》，我喜欢的东西，它在我心里的位置无可替代，我喜欢它完美无缺，哪怕这样的完美是被读者赋予的。这本书被妈妈说出这么多弱点，跟我被妈妈批评一样，心里不好受，像泄了气的皮球，无精打采。

我试着问："难道就没有好的地方吗？"

妈妈回答："当然不是。"

听妈妈这么说，我眼前亮起来，陡然来了精神。我等不及，让妈妈尽快说来听听。

妈妈说："还是有看点，比如魔法，写法很新奇。"

我急于跟妈妈交流下去，不等妈妈说，便接过妈妈的话说："就是，第一集不怎么精彩，但是后来一集比一集更精彩。"

妈妈眼神充满疑问，看着我，说："想哄我看后面几集？"

我怕妈妈不相信，摇着妈妈的手说："真的，你继续看嘛。"

妈妈问："你为什么喜欢《哈利·波特》？"

我回答："喜欢魔法，有时候自己常常也这样想象，那些魔杖呀，飞天杖呀，魔帽呀，真是太神奇了。还有哈利·波特真实，正义，肯帮助人，跟他的三个同学的友情，就像我跟立辉和乐瑶，所以我很喜欢。"

妈妈点点头，笑了。

跟妈妈这场讨论真是令我愉快，这种愉悦足够抵销妈妈强迫我学习的不快乐。我们毫无拘束地表达自己的观点，我喜欢那种互相不强加观点的风气和平等自由的氛围。

可是这样的快乐时光并不多见，除了吃饭睡觉，我的全部时光都用来上课、做习题，脑子感到疲劳，失去弹性，失去乐趣。平时这样的压力够受了，妈妈雪上加霜，跟我说话很少谈别的内容，见到我首先问学习状况怎样，然后唠叨注意要点。妈妈离开的时候，又跟我说上培优班的事情，我还是不肯，她让我好好思考。

第一学期期末考试成绩刚出来，我语文考得不错，九十五分，其他科目较期中有些退步，主要还是数学英语科的问题。我心里不好受，自我鼓励希望能在下一次考试之前好好复习退步的科目，解决这个问题。我觉得这些不算是大问题，好比汽车出了故障，修理零部件并不是复杂的事情。

原来以为，在我面前，妈妈很权威，从来不会改变自己。而说服妈妈看《哈利·波特》这件事，我总结经验，说明妈妈是可以改造的。改造妈妈这活儿，需要足够的耐心和方式方法，有时候跟她对待我一样。

我试着用同样方法，让妈妈放松看管我学习，但是不奏效。后来，妈妈跟我谈论《哈利·波特》的短暂时光，在很长一段时间成为我那段紧张学习生活中最温暖幸福的回忆。

妈妈恢复常态，我也变得跟以前一样不喜欢她。我不喜欢老师和家长把一种模式强加给我，也不喜欢妈妈没完没了问个不停，并把最高的要求和期望赋予我。面对妈妈的拷问，我总是沉默，问急了直接说不知道。

妈妈不跟我商量，直接为我报了培优班试评。我数学成绩差，不想去，我不想陷入没完没了的题海战术中。妈妈反复劝说，跟我劝她看《哈利·波特》那样，说不动我的时候，她快要崩溃。突然我看到她眼中的真诚和期待，没有熄灭，经不住妈妈近乎哀求的目光，只好去参加。

去了才知道，培优班的规模跟学校相似，一对四十或者更多。这个班采取手握手的形式，一对一辅导。我想这个干吗不叫家教。妈妈说她事先了解，这里全是一线老师，是不可能上门服务的。妈妈嘱咐我要珍惜，其他地方遇不到这些顶尖的老师。

新装修的楼房，空气沉闷，四面不透气，加上他们故意渲染考试气氛，老师一字一顿说话，回答家长的问话看似专业，其实只说半截，故弄玄虚，搞得气氛凝重。试评需要单独安排时间进行，赶在正式上课之前测试，为学生挑合适老师提供依据。

在等候的过程中，我越来越焦虑，不耐烦。

妈妈挑起话头，问："雨泽，你弄懂刚才老师讲的一席话了吗？"

我不愿搭理妈妈，假装没有听到她说的话。

妈妈摸我头，问："不舒服吗？"

我答："没什么。"

妈妈变得不耐烦，这里的空气似乎有一种魔法，使人变得焦虑。对门好几个学生低着头，家长毫无顾忌在一旁训斥。其中一个家长瞪着眼说她孩子一天到晚只晓得贪玩儿，学习起来就无精打采。另外一个家长凑热闹教训他儿子说不好好学习，这辈子就这样混下去当棒棒。

妈妈心里窝火，终于忍不住，她说："这难道是为我学习？你要搞清楚你为谁学习呀。"

我还是不应声。自认为上这么多年学，各种班见过不少，觉得自己算是阅历丰富，听到关于学费的问题，瞬间还是胆寒了一下，肯定得要不少钱吧。

　　妈妈回答说："一小时 100 元，管理费另算。"

　　我说："这实在太贵。"

　　据我所知，两年前请大学生家教费用大概是三十元两小时。而培优班，好点的也就是这个价钱。也就是说，现在的价格翻了七倍左右。培优班口碑，教学水平和服务态度都很好，但我觉得这钱花在我身上确实冤枉，这笔钱可以用来做别的很多事情，比如买名著，再比如家里可以换个配置比较高级的电脑，以便我可以制作软件。

　　家里为我交了几万元赞助费，那是爸妈辛辛苦苦挣来的，为了我读重点中学，那笔钱像流水一样哗哗出去了，我真过意不去。至今我脑子里还活生生转动着百元大钞翻动的情景，以致后来看到百元人民币，我就产生恐惧和负罪感。以前看见中学老师上课，以及我妈妈当小学老师，赚那么点工资，总觉得挺心酸。现在看来，我更加心酸像我妈妈那样的家长。

　　妈妈似乎不了解我的心情，说："你这孩子，我都没说什么，你嫌贵？真不知道你怎么想的。"

　　我说："这叫什么收费呀，如果我每上一小时课，就可以为立辉他们山区那些读不起书的孩子捐十元，我觉得还是挺好挺有意义的。可是现在这样，即便我读出来，一直读下去，也不知道意义在哪里。"

　　当然这只是设想，实际情况是不可能的。培优班没有要求再交些别的费用，对于读书人来说这已经不错了。社会上那些各种名目的收费，比如咨询可以收的费叫咨询费，电话联系要收长途话费，还有停车费、税费、保险费、过路费、年审费、垃圾处理费等。如此收费，教育算是仁慈了。

　　"你这孩子，说些什么乱七八糟的？"妈妈说。

　　我若有所思，说："所以我得好好学习，以后当中学老师，找一个这样的培优班合作，赚点外快。"

　　妈妈不解，戳一下我的头，说："你就这点出息？"

　　人们说再苦不能苦孩子，再穷不能穷教育，我似乎有点理解妈妈为何这样做。

从培优班出来，妈妈叮嘱我说："别看那些课外读物，有空好好看看课本。"我告诉妈妈："课本里的文章没有营养，就是垃圾。"

妈妈说："胡说。"

为了证明我在胡说，妈妈引经据典，批驳我的谬论。全国所有学生全都学习这个教材，出了那么多状元，尖子生。

妈妈说的话经不起推敲，我问："是状元多还是普通学生多呢，显然后者居多。"

我又说："这些文章读起来真没劲，有人说那些花草树木有关的文章，作者不是欣赏鲜花自身的美丽，而是在鲜花这个符号上寻找道德寓意。"

听我这样说，妈妈不语。

我告诉妈妈，我在语文课上喜欢发言，就是有时候没有办法说到老师的那个点子上，妈妈让我照自己的想法说。妈妈太简单，她自己都是老师，能不清楚老师的要求？我告诉妈妈这样不行呀，必须按照老师的思路讲。再说有时候上公开课，学校重视，老师重视，可是反映的不是平时的状态。公开课事先已经演练好，一旦有提问机会，班里大多数同学都要举手，看起来学习热情高涨，而老师只找事先演练好的人回答。

妈妈问："为啥？"

我耸耸肩，说："你是老师，你都不知道，难道我知道？"

妈妈摸摸我的头发，转移话题说："你头发长了，该修剪了哦。"

我不肯，坚持说要留着。

妈妈皱眉，劝说道："这样不妥吧。"

我说："有什么不妥的，好多人都比我头发长呢。"

妈妈问："谁的头发比你的长呀？"

我无可奉告。的确，现实中除了女生的头发长，我没有找到其他参照物。

妈妈说："要么是艺术家，要么是乞讨者，可你两者都不是呀。"

我不耐烦，不假思索，脱口而出："哎呀你不懂，爱因斯坦的头发很长。"

妈妈扑哧笑了。

爸爸接过话说："对，爱因斯坦是留长发，可是你不觉得他的长发很有味道吗？"

"有什么味道？"我问。

爸爸说："你看他的眼睛，跟常人不一样。"

我不解，问："有啥不一样的？"

爸爸说："他的眼睛透着智慧之光。"

我说："他的头发很乱。"

爸爸说："对，他的头发很乱，可是你不觉得他的每一根头发都是智慧的枝丫吗？"

我沉默一会儿，说："算了，说不过你们，我还是剪了吧，免得几不像。"

期末考试成绩下来，数学和英语上去了，语文成绩又下降了。妈妈叫我检查自己，为什么学习不稳定。

这学期，读了《哈利·波特与魔法石》，还有三分之一就读完了。拿起语文课本，觉得很痛苦。开始讲战争故事，本来我很喜欢。老师讲到课文中有人牺牲时，姚劲说那个人"挂了"，其他人跟着起哄。我觉得，他像玩电子游戏一样，别人死了都无所谓，他对什么都无所谓。

语文考试没考好，立辉说你看了这么多书有什么用，还不是才考八十多分。

我有些伤心，爸爸告诉我，读书是一辈子的事情，不是为了期中考试。

后来看到我的卷子，我的读后感里写了"去你奶奶的"几个字，老师当然不能容忍。

妈妈很生气，如临大敌，说："你怎么写这几个字？"

"因为我不喜欢那种作文，让我们像傻子一样写读后感。"我说。

妈妈余怒未消，说："不喜欢也不能说这么粗俗的话。"

这次爸爸站在妈妈那一边，说："妈妈说的对。"

"那我怎么说？"我问。

"你写检查，交给老师。"妈妈态度坚决。

妈妈的话说出来，跟弹簧一样，让我跳起来，我说："我不写。任何人都有做任何事情的权利，这是不应被干涉和阻拦的。"

"你不喜欢，偏要说那么没有教养的话，难道不会顺从吗？"妈妈说。

妈妈的话让我觉得好笑，我说："我为什么要顺从？我们所有的人，都有表达观点和评定事物好坏的权利。"

"算了，孩子有勇气和决心表达，是可贵的，只是说话不对。"爸爸拉过妈妈，小声说。

然后，爸爸转身，神情严肃地对我说："以后不准说这种话。"

四、信任危机

　　高中读完一个学期，我的成绩不太稳定，时好时差。期末开家长会，班主任伍老师给家长通报学习情况，我等在外面。通报完情况以后，部分家长陆续走出教室，我没有看到妈妈出来。于是我走进教室，看到妈妈站在讲台外侧，欲往前挪动身子，往伍老师跟前靠。

　　伍老师靠在讲台旁边，有十几个家长围住她。妈妈个子瘦小，被堵在外围，挤不进去。家长七嘴八舌，问老师的问题大致差不多，比如我家孩子表现怎么样？学习怎么样？有哪些缺点需要克服？需要给孩子买哪些参考书？做什么习题？

　　从小听惯这些问题，觉得很无趣，妈妈跟其他家长嗜好一样，具有强烈愿望参与到我学习中来，她无怨无悔。跟属于她自己的事情相比较，她更愿意做跟我有关的事情。在我的学习面前，她的事不算事。我往外拉妈妈，妈妈不肯动。我不明白究竟是我读书还是她读书，妈妈美其名曰想帮我，而我觉得这种帮助是无益的，她把我和老师应该做的事情做了，挤占了，她找不到自己的位置。

　　我拉妈妈的手，返身迈向门口，欲劝妈妈回家。妈妈拉住我的手往反方向使劲，不让我离开。妈妈跟那些家长一样，同样会陷入一种固定思维模式中。在老师面前似乎她比我更像听话的学生，比我更加虔诚，热爱学习，讨老师喜欢。

　　我挣脱妈妈的手，站在角落，妈妈让我等会儿。看到家长争先恐后往老师面前拥挤的场面，我就像弃儿，眼前爱如潮涌，又觉得与自己无关。总结会上，老师拿分数说事，我的考试成绩分数不高，排在班上靠后，觉得自己没底气，也没给妈妈带来喜悦，让妈妈在老师和别的家长面前骄傲不起来。那些骄傲地仰着头站着的家长，底气来源于他家孩子的高分数。

立辉的分数总是前一二名，有时排第三名，他对自己不满意，他会总结自己为啥成绩下滑。所以立辉妈妈不用往老师面前挤，反而老师会主动走到他妈妈面前，笑逐颜开地夸赞立辉。

我使劲甩开妈妈的手，独自走出教室。

自上期末妈妈参加家长会以后，她对我越来越不放心，每天晚上她打电话给我，从以前问吃什么转向问做什么，问老师布置的作业做了没有，错题纠正了没有。

后来形成条件反射，每当接到妈妈的电话，没等妈妈开口，我便抢先回答："做了，纠正了。"

妈妈在电话里问："你知道我要问什么吗？"

我说："当然！"

然后我重复一遍妈妈的每天例行问询。

持续一周，我逐渐习惯了，觉得挺好。电话里妈妈不便多说，我很享受这样的日子。但是有一次，我发现一个情况，似乎觉得有个影子随时跟随我，但我不能确定，我心里发毛。

平时周一到周五，我一个人住在锦科紫苑，每天三顿在食堂吃饭，白天上课，晚饭以后休息会儿上晚自习，下晚自习后去踢会儿足球或者打篮球。日子过得有节奏有规律，算不上紧张。周末爸妈过来，有时候爸爸不能来，要么值班，或者抢救病人，或者外出开会，此时妈妈一个人过来。

爸妈过来唯一一点可以让我兴奋，他们买很多我喜欢吃的美食，周末吃不完，他们离开以后，我还可以接着吃，有时候够吃一周。

这点小满足，还是大不过我内心希望他们不来，尤其希望妈妈一个人最好不来，而妈妈顽强，刮风下刀子都要来，

有一次突然刮大风，乌云满天，天空飞沙飘絮。风如怪兽一般嚎叫，听了瘆人。小区大树被吹折几株。那些没关好的窗户玻璃被风吹得哐当作响。

我坐在书桌前做作业，听窗玻璃碎落满地的声音。玻璃落地发出的惊裂之声摄人心魄，小区死一般寂静。刚镇定，又听到"啪嗒"声，似乎花钵从空中坠落。这样的情形很惊悚，刚看过大片《后天》，有些特技制作不如这个场景逼格真实。

风渐渐小下来，好似轻声呜咽。

我以为妈妈不会来了，没想到她奇迹一般出现。我惊呆了，突然觉得妈妈好伟大，如降妖伏魔的女神。她的头发被风吹散，刘海凌乱地飘散在额前，遮住眼睛，裸露外面的眼睛放射着光芒。

看见妈妈，我情不自禁张开双手拥抱她。我很兴奋，如劫后余生，到达避风的安全港湾。我帮妈妈卸下手里的东西，扶妈妈坐下来，准备听妈妈类似大难兴邦一样的豪言嘱咐。

后来，总是感觉到妈妈的影子从来没有离开我。

有一天语文课本忘了带到学校，晚饭后我回宿舍拿课本。记得头天晚上睡觉的时候从书包里拿出课本，坐床上翻开，核对一个答案，顺手把课本放在枕头旁边，早上走的时候忘了放进书包里。

课本怎么跑到书桌上了？难道我记错了？难道课本长腿了？想想有些诡异。

仔细想应该没有记错，书里夹着周杰伦歌名的书签掉书桌上。这个细节让我迷糊，对于我来说，一般不会发生这样的事情。

我有些惧怕，难道有盗贼进屋子？我看看床下和卫生间及衣柜，没有发现异样。我很快否定这个想法，屋子里没有钱，也没有值钱的东西，除了家具及日常生活用品，算得上值钱的东西就是一台二十一寸彩色电视和一个单门冰箱，没有人会要这玩意儿，送给别人还要考虑对象。

这屋子难道有人来过，我不敢确定谁来过。除了爸妈能进来，其他人不可能进来。房东也不可能进来？我们住进来的时候换了锁芯。还是算了吧，想破脑子未必有答案，名侦探柯南也未必查得出来。

我取了课本，关上门。我不放心，又推开门，下意识看看屋子，锁好门。

下电梯时，我吹着《千里之外》口哨，一路穿过花园，往学校走去。天色暗淡下来，平常这个时间我都在灯火通明的教室学习，难得在花园溜达。

傍晚的花园寂静美丽，倦鸟归巢，树林里鸟儿叽叽喳喳鸣叫。我听不懂它们的语言，但相信它们之间能懂，跟我和立辉一样，在一起诉说与分享，只是它们更加热烈奔放，似乎跟它们白天外出奇遇，跟天空，跟丛林以及其他物种有关。而我的生活如水般平静，只是说到游戏和足球时，才会像它们那样热烈。

一只硕大的鸟儿，站在树上呼唤，不知是它的伴侣还是它的孩子还没有归巢。

前面有一个女孩，身影像乐瑶。我喊，她转过身，走近我，脸上还有泪痕，似乎刚哭过。

我抬手欲帮她擦拭泪痕，她不让。我问："怎么了？"

她说："没啥。"

"没啥你哭什么呀？"我问。

"没哭，刚才眼睛进了一粒沙子。"她说。

我环顾周围，说："起风了吗？哪来沙子呀？"

"讨厌。"乐瑶笑了，脸上还有哭过的痕迹。

"好吧，不说就算了。走吧，上自习了。"我用手臂挽着她的臂膀，乐瑶温顺地靠近我。

我搂过乐瑶，转过头看后面。突然闪现两个身影，一前一后，似乎有些熟悉。我迅速转过身，仔细看黑影。当我眼睛看向影子移动方向时，他们闪电般躲开。影子模糊，我无法看清楚。

我不能确信那两人是我爸妈，但也无法否定自己的判断。之前下楼的时候，我无意回过头，似乎也有闪电般的身影划过，而我没在意。

我心怀疑虑，不时侧过头，眼神飘向后面。那模糊的身影若隐若现，一会儿并排，一会儿重叠成一人，随着我和乐瑶的步伐时而快时而慢，就像月光下我的影子，跳着桑巴舞，舞姿优美。我吹起了口哨。

见我频频回头，乐瑶感到奇怪，问："看啥呢？"

我回答："看柯南。"

后面的影子虽然模糊，但我十分熟悉那形态。一男一女，男的中等身材，敦实微胖；女的个子不高，身材呈 S 形。我确信那是我爸妈。

爸妈跟我玩侦探，的确水平差，好比要我跟妈妈讲大道理，不是一个重量级。妈妈讲大堆道理，我基本没感觉，我也讲不出自己的见解。我读《名侦探柯南》，还有《达·芬奇密码》，那些破案的逻辑严密，要是我反过来跟踪他们，不至于这么快就被识破。

我想回过头去与他们相认，正好让乐瑶在他们面前亮相。犹豫片刻，又止住。在没有征得乐瑶的同意之前，我不能确定乐瑶是否乐意与我以亲密方式见我爸妈，我倒是希望乐瑶带我去见她爸妈。

当确信自己的判断以后，我不再往后看，遂大步流星吹着口哨挽着乐瑶向学校走去。

周末爸妈过来的时候，我盯着妈妈看，妈妈跟往常不同，她目光躲闪，回避我的目光，不与我正面接触，跟我分数考得低，不与她目光交接一样。

妈妈目光有些不自然，忽然我有些怜惜她。想起我因为分数低，躲避她的盘问，觉得十分可怜，那时，我恨不得有一个缝隙能钻进去。我放过妈妈，没有挑起这事。

中午吃饭的时候，我们聊起朋友圈，妈妈问："傅以渐、毕沅是谁？"

我问妈妈："你看过我的微博？"

原来我在微博转载了同学圈一则信息，内容是两份名单。第一份名单是傅以渐、毕沅、林召堂、王云锦、刘子壮。第二份名单是李渔、金圣叹、吴敬梓、蒲松龄、洪秀全、袁世凯。

妈妈承认看过我的微博，我表扬妈妈有进步，敢于承认自己的行为。

我问妈妈："知道第一份名单吗？"

妈妈摇头。

我又问妈妈："知道第二份名单吗？"

妈妈说："当然。这还用问？"

我告诉妈妈，在当时，第一份名单中的人物是多么辉煌与显赫，而第二份名单中的人物曾经门庭冷落，默默无闻。因为，第一份名单里的人，全是科举状元，第二份里的，全是科场失意者。

妈妈恍然大悟，说："我还不明白你那点小心思？为你读书偷懒找借口呗。"

"话可不能这么说。"我学着爸爸的口气说。

"再说，第二份名单里面的人，你知道人家就没有努力么？"妈妈说。

"你这样说就对了，我就是那种努力了，考不了高分的人。"我说。

妈妈转移话题，问我："你喜欢周杰伦？"

"嗯。"我回答。

我说："你也要喜欢周杰伦。"

我从来没有这样要求过妈妈，我希望我的最爱能够得到妈妈的认可，好比我爱《哈利·波特》，妈妈能够抽时间读它，哪怕只花一点点时间，我也满足。好比将来我有了结婚对象，希望能够得到妈妈的祝福。

"我为什么要喜欢他？"妈妈问。

"因为我喜欢他，爱屋及乌嘛。"我说。

妈妈没有马上接我的话，沉默一会儿，她说："周杰伦没什么特别的嘛。"

"不，他特别。"我急了。说其他什么都可以，但是不可以说周杰伦。

"他哪里特别？"妈妈问。

"周杰伦青涩小卷发好酷，发帘遮眼，随性，酷拽。"我故意逗妈妈说。

"这有什么？这个你也可以做到的。"妈妈笑了。

"周杰伦有才。"见妈妈不上我的当，于是我正面回答。

"有什么才？双节棍哼哼哈哼，听不懂他唱些什么。"妈妈说。

我就知道大人只晓得周杰伦的双节棍，他们贬周杰伦就说听不懂他唱些什么。

"你out了吧，他还有很多音乐抒情又听得懂，把怀旧、爱情、家庭暴力、武术等各种创作意念放进音乐，听了让人耳目一新。"我说。

"哪些？"妈妈问。

"比如《千里之外》《简单爱》。"

"就这些？"妈妈问。

听她口气，显然她还没有接受周杰伦。

"多呢，还有后期的《叶惠美》，越来越显华丽高端，他眼中传递出的意思不再是害羞，而是自信。《七里香》有威严感，开始吐词清新，使用中国民乐，融入大量古典音乐。"我得意地说。

我补充说："空了我找给你听听。"

妈妈不吭声。她不吭声的时候，表示服了。周杰伦能进驻我妈妈心里，这是我小时候的愿望，那时对周杰伦了解不多，只是喜欢他的音乐，所以没有办法说服妈妈。这次能让妈妈接受，我有成就感心里高兴。

妈妈主动找我要《哈利·波特》，她说上周过来的时候没有看完。

我从柜子里找出《哈利·波特》，欲递给妈妈，突然又把手缩回来。我打开书本，给妈妈讲我看过的部分。妈妈说知道，遂掀开我的手，我"哎哟"叫唤。妈妈赶忙问怎么了。我摆手说没什么，心里很紧张，下意识把手藏在身后。妈妈探身抓到我的手，我只好依了妈妈，把手伸出来。

我手心有一道伤痕，手红肿胀很大。

妈妈问："你跟同学打架了？"

我摇头。

"那是怎么回事？"妈妈皱眉头。

我支吾说："是——老师打的。"

妈妈问："老师为什么打你？"

我不得不告诉妈妈，上课的时候，我跟同学讲话，讨论《哈利·波特》和周杰伦，老师说我是挑起讲话的人，她用教鞭打我的手。

妈妈沉默，我抬眼看妈妈，她的眼泪在眼眶打转。她转过身，歇一会儿，没有让眼泪流出来。

妈妈说："你做的不对，老师才打你的。"

我自认倒霉。以前他们说我叛逆，这次我没有叛逆，也没有跟妈妈争执。我不知道到底是自己做错了，还是被老师的鞭子吓怕了。

我说："妈妈，我知道自己错了，以后会改的。"

我看着妈妈，眼角流出了眼泪。

当时要不是想到爸妈经常唠叨要尊敬老师，我甚至想出手跟伍老师对打。凭我的身躯和力量，相信我不用太大力气就能打得过她。好在伍老师后来赔礼道歉，恳求，我心里的火才熄灭，这并不意味着我喜欢亲近她。

有时候我妈妈对我不满，她气急了，手还没有伸出来，我一旦发现她这个暴力苗头，便伸出肌肉结实的臂膀挡住，把妈妈的怒气和无礼挡在我的功力之外。人们说好男不和女斗，这件事足以证明我是一个好男，像爸爸一样的好男。

妈妈什么也没有说，只是点头，说："妈妈懂你。"

妈妈说这话的时候，我觉得她特别温柔。

后来，立辉告诉我，他看见妈妈去学校找老师。没等妈妈开口，伍老师便说，雨泽是聪明孩子，但是不遵守规矩，她相信黄荆棍下出好人。妈妈表明态度说你教育孩子我不反对，但不可以施暴。如果伤及他的身体，或者他反抗，做出过激的行动，后果很难预料。

伍老师不吭声，脸色很不好看。妈妈说，教育孩子，还应该有别的办法的。如果再发生这样的事情，她会到校长那里去评理。伍老师说自己做得过激了，希望妈妈不要捅到校长那里去。妈妈答应了，前提是不可以再发生这样的事情。妈妈告诉老师，说我这么大个子，若是打我动了坏脾气，我反过来还手，老师会尴尬的。

听立辉这么说，我心里暗喜，妈妈还算了解我。

老师跟妈妈坦言她不喜欢我。老师的赏罚手段对我不奏效，夸奖我没用，惩罚我也没用，我不会轻易偏离自己的轨道，我的内心自然会指引我走在自己所渴望的道路上。

从那以后，妈妈对我看得更紧，每周过来两趟。

高二学期，大考小考次数多起来。每次考试前，妈妈就会坐在我身边，问你准备好了没，做题要仔细哟，不要大意，要先做容易的后做难题——

每当妈妈唠叨我学习的时候，我觉得妈妈不可爱了。我站起来，扶起妈妈，把妈妈推到外面房间，笑着说："我知道了。"

妈妈还是不信任地看着我。

考完试回家妈妈问这问那，我岔开话题说别的。爸爸懂我，说考咋样就咋样，考砸了也没关系。有一次期末考，我年级总分第二，爸爸说考个三四十名就可以了。我知道爸爸不看重考分，喜欢跟爸爸讲我的事情，爸爸总是叫我自己做主。

第四章　乐瑶和她的家事

一、夜半哭声

　　锦科是巴州有名楼盘，巴州每个区都有锦科楼盘，仅巴州中学小区的锦科楼盘就有几百住户。锦科楼盘建有高楼、洋房和别墅，锦科小区环境优雅，房屋建筑风格以传统中式为主。

　　有一天半夜，对门房间传出来一阵尖叫声，我被惊醒。

　　高楼近半属租赁户，租住用来学生读书。每天早上上学，走出楼道，就会碰到年级同学。哪来哭声，这么奇怪？乐瑶家住对面，我不知道她住哪间房。有一次，我跟她一起放学回家，本以为可以看看她住哪里，可走出校门以后，她说要练琴，让我先回家。

　　仔细听，声音有些熟悉，声音变调厉害。奇怪，想不出是谁。几天以后，又发出尖声嚎叫。听到这奇异的叫声，我的心紧跟着震颤。

　　从那以后，经常听到这声音，有时候像疯女人唱歌，有时候像动物临刑惨叫，每次发声花样不同。有一点可以确认，这声音有时候听起来有些好听，那是年轻女人的声音，年纪大的女人声音干瘪，没有这样饱满。

　　昨天半夜，对门那家屋子里又传出年轻女人的叫喊，近乎歇斯底里。一会儿，"咣——当"巨响，听到杯子摔碎的声音。

　　屋子里安静下来，寂静无声。

　　第二天，我跟乐瑶说起这事，乐瑶转过身哭起来。

　　我觉得莫名其妙，不解地问："你哭啥呀？"

　　她哭着讲述她爸妈的事情。

　　原来乐瑶爸妈离婚了，那尖声嚎叫的女人，是她爸爸的女人。昨晚女人的声音跟以往不同，一直在高音区回荡，嘶鸣，还夹着略有降调的颤音，整个发生过程显示一个频率，一个声调，在静静的高楼里发出撕人心肺的尖叫。

乐瑶妈妈跟她爸爸离婚以后，她爸爸颜冰和女人在网上认识，网聊一段时间，后来见面。见到人以后，女人有些失望。颜冰脸黑红，粗糙，头顶部头发微微有些脱落，显得苍老。

我也同情那女人，见不得秃顶男人，庆幸我爸爸头顶上的头发长得跟青草那样茂盛，看起来很养眼。

我的厌恶不能跟乐瑶讲，因为那是她爸爸，是她的血肉骨亲。谁要在我面前说不喜欢我爸妈，尽管是他们不好的地方，我也不答应。乐瑶把我当成亲近的人，才告诉我她家里的事。所以对她爸妈，我必须抱着尊重的态度。

乐瑶叫她爸爸的女人"那女人"，她说我认识，我问她是谁，她不告诉我。我问不出来，只好作罢。

乐瑶爸爸颜冰跟那女人见面时，乐瑶陪她爸爸一起去看。她真心希望她爸爸重新找到幸福。颜冰健谈，女人耐着性子坐了一个多小时，后来他们再没有联系。

女人上研究生课，颜冰竟然是她的老师。女人喜欢文学，把自己创作的童话故事拿给颜冰看。颜冰读过以后，约她到咖啡厅谈作品。颜冰认为她写的童话立意好，而技巧手法不够新颖，写法太传统，想象力不丰富。

后来顺理成章，女人逐渐由好感到崇拜颜冰。乐瑶听说她爸感情有进展，比自己拉小提琴获奖还高兴。

女人准备出国考试，英语不好，颜冰帮助她学习英语。

女人的家在贫困乡什竹，跟立辉的家乡在一个地方。女人学习成绩好，中学毕业以后没有继续读高中，在当地读师范学校。毕业以后，考进城里巴州学校。女人找到一个机会，报名参加援助非洲教育，需要补习英语，颜冰在电话里教女人学习英语，电话打得发烫，直到没有电了，才作罢。

说到这里，乐瑶打住话。

我说："你爸爸英雄救美呀。"

乐瑶说："我和我哥小的时候，妈妈离开我们，我们从小跟爸爸长大。

没有女人，爸爸怪可怜的。"

乐瑶爸爸比她妈妈付出更多，我没那么讨厌她爸爸了。我习惯了听那叫声，就像习惯我妈妈的唠叨一样。乐瑶家的事情跟我家发生的事情一样，都在情理之中。

有一天，又听到那女人的叫声。我出去倒垃圾，看到一个男人，大约就是乐瑶的爸爸颜冰，他伸出头来偷偷看楼层巷道及对门，然后关上所有门窗。

他家窗帘安装有两层，随时关闭着。有时，从两片窗帘接头处可以看到里面那层帘子。所以，关不关窗户都看不到他家发生的情况。有时，我很好奇，欲亲眼看看发出怪异声音的女人究竟是什么样子，但没能看见她的尊容。

颜冰关上门窗，尽量把女人使出浑身力气从高音区发出来的声音关在屋子里面。他那样谨慎，智者千虑，必有一失，他终究忘记关厨房门。这道门正对我家客厅，刚好呈一条直线看过去。

他挥手打了女人。他身躯高大，站在女人面前，好似一座铁塔，一双有力的大手如铁钳一般捉住女人。女人手无缚鸡之力，与颜冰抓扯。她抬起小脚使劲瞪颜冰大腿，男的巍然不动。

男的打女人耳光，女人叫得更厉害。男的卡住女的脖子，不准她叫唤。

女人没有力气闹了，颜冰放开她的手，一屁股坐在沙发上，双手抱住头。女人稍稍歇一会儿，缓过气来，接着又开始吼叫。

他们常常在半夜打闹，不知道发生多少次了。打闹的时候，他们家的小狗吓得哇哇叫。厨房门角，有一个身影缩成一团，似乎有些像乐瑶，我睁大眼睛仔细看，依然看不清楚。

他们家铁门关死以后，门对面的邻居却听不见声响，只有站在我家厨房位置，隐约听得见吵闹。女的声音，如夜晚独唱，偶尔听见男的吼叫。

楼上更是听不见他们的声音，高速路上汽车轰鸣声跟他们的打闹声此起彼伏，楼下外面街道偶尔传来猜拳行令吼叫声音，与打闹声交织在一起，这些混合声音压住了他们的惊叫。

女人的声音又开始在高音区回荡。

颜冰从沙发上伸起来，他又想出手，却忍住了。女人抓住他的衣领，使劲耸，他一动不动。随后他摔开女人的手，拉开门，重重摔门出去。

午夜，楼下一片寂静。我好奇跟着颜冰下楼，走到小区外面。彩灯五颜六色，我眼花缭乱。这条街大约就是传说中的好吃街，摆满露天夜吃，年轻男女居多，他们或谈笑风生，或猜拳行令。有的桌上坐着一对男女，很安静，互相望着对方，悄悄说着情话。

颜冰走到一家夜宵店，大约就是乐瑶说过的他爸经常跟那女人去吃东西的地方，他找一个空位子坐卜来，我躲在背后树下看他。

老板看见他，一边用围裙擦拭沾满油污的手，一边走过来招呼他。老板从包里拿出一支烟递给颜冰，他接过烟，老板递过打火机。点燃烟以后，颜冰猛吸一口，香烟和油锅炒菜的油烟吸进鼻腔，再顺着鼻腔一同进了气管，他一阵猛咳。

老板拍他背。

咳过以后，老板问："今天怎么一个人来呢？"

他不作声，老板没有再问。

老板问他需要吃点什么。

他木无表情，轻声说："来瓶啤酒吧。"

"来点啥下酒菜呢？"老板弯下腰问。

"先来啤酒。"他不耐烦，摆摆手。

"好的！"老板点头。

颜冰静静地喝酒，没有要下酒菜。

他的背微驼，在他面前，满身油腻的厨师，站在轰轰作响的液化炉旁边，哧哧翻炒着锅里的东西，红红的火苗往上蹿，一股股油烟味飘满街市上空。

颜冰转换位置，与我正对。他的眼睛发红，不知是被冲天的火苗映红了，还是喝了啤酒红的。他看着蹿着大火的灶发呆，他移动视线，看着火苗飘到黄葛树上。那棵粗大的黄葛树被油烟熏得发黑，树身上流着油。

我打电话给乐瑶，告诉她爸爸的情况。

乐瑶在电话里哭，她说："不管他，你回去吧，明天还要上学呢。"

我回家了，对门女人还在哭。

对门屋子充满悲凉，那悲凉发泄着青春式的宣泄和酣畅，猛烈而又震荡心扉。她只顾哇哇地哭，丝毫没有感觉其他一切存在。她大约会带着对颜冰千万般的怨恨，试图努力从脑子里赶走颜冰。我想，就在夜深，她浅浅地睡着的那一瞬间，颜冰还是会固执地来到她梦中吗？她会忆起他们共有的斑斓色彩的过去吗？

听到她撕裂心肺的哭声，我有些同情她。乐瑶说以前女人跟她爸感情不错，他们成双入对上楼下楼，挺恩爱的。他们经常到小区外面的餐馆吃饭，女人挽着颜冰撒着娇小鸟依人，让乐瑶都有些嫉妒。

他们家不爱做饭，晚上几乎下馆子吃饭。这跟我们家不同，我妈妈自己做饭，她不允许到外面吃饭，她说外面吃饭不营养不卫生，我不喜欢妈妈这个毛病，羡慕他们，认为他们懂生活。

后来，乐瑶给我看他们的照片，那是他们的幸福时光。看到照片，我惊呆了，那女人竟是——我心里存一个大问号，我不敢问。难怪有几次在楼道碰到，她无精打采，我不敢多想。

女人读研究生的时候，颜冰给他们上专业课。

女人内心对颜冰的改变始于给他们上课以后。颜冰长得不帅，他身躯壮实，举止洒脱。鼻梁上架一副半框近视眼镜，显得儒雅而风度翩翩。他知识丰富，讲课风趣，弥补了他长相缺陷。乐瑶她爸属于青春少女杀手，能迷住女人的心。女人怎么看他都很喜欢，不觉得他的秃顶难看了。不知不觉地，颜冰走进她心中，占据她全部内心，成为她的白马王子。

颜冰讲课的时候，他那快慢有度、富有磁性的声音回荡在课堂，女人的脑子里、眼里全都是颜冰。

当颜冰讲课时无意中以平常眼光看着女人的时候，她的心就会怦然一跳，然后血流加快。他们眉目传情，她和颜冰的眼光交流有了更多含义。一来二去，在课堂上，他们相互传递目光，比课本知识更丰富。

乐瑶和她哥哥不喜欢那女人，她爸陷入热恋不能自拔，顾不了他们的感受。

女人感到无比幸福，她找到感情依托，把颜冰看成自己的全部。每天，他们要通无数次电话，她一会儿看不见颜冰，就跟丢了魂一样。有一天，他们通了一个晚上的电话。乐瑶早上醒来的时候，看见他们还在通电话。他们被幸福包围，缠绵得几乎晕死过去。

他们同居了，女人提出结婚，颜冰不同意，他不想结婚，或许是为了乐瑶兄妹俩。颜冰为了证明自己的爱情，愿意跟她同居。他们以共同的名义，购买了这套住房。当然，颜冰还有一个想法，在这里买房，方便乐瑶上学。

乐瑶爸爸跟她妈妈想法不谋而合，乐瑶妈妈要出钱，她爸爸颜冰不肯。

当他们办理购房手续的时候，女人才知道，颜冰原来离过婚，还有一个女儿和一个儿子，女儿叫乐瑶，儿子叫乐涛。

女人觉得很突然，内心烦躁，她感觉从梦中惊醒，从天上摔下来，一个美妙的梦被这突如其来的信息破坏了，摔得粉碎，她无论如何想不通自己的婚姻会跟一个结过婚的男人联系起来。

颜冰波澜不惊，平静地告诉她实情。说他忙事业，前妻跟老外走了。原本要告诉她这些，但是一直没有机会。

女人反复问，她不敢再轻易相信。颜冰比什么时候都冷静，说过一遍以后，他不再回答女人的反复提问，只是静静地让女人考虑，他给了女人足够时间。女人喷涌的火山遇到颜冰深沉平静的内心，一下子没有了火力，她安静下来，决定不再理颜冰。

一连几天，颜冰没有回来。后来，女人开始拗不住了。她的心底，开始念叨颜冰的好，涌起对颜冰的丝丝期盼。她开始找自己的错误，责备自己。她觉得颜冰可怜，过去那一块难忘的伤疤，还让她这样揭开。她想颜冰的心一定很痛，他走的时候眼神迷茫。她想，也许自己真的错了，也许颜冰是无辜的，过去是她对不起他。

她重新审视自己以后，决定不再计较颜冰的过去。她更加爱颜冰，而这种爱因为同情和理解，让女人的意志更加坚定。

她给颜冰去了电话。那个久违的电话打给颜冰的时候，他终于盼来了料定的必然结果，颜冰在焦灼而又冷静的期待中，心里有了一丝轻松。

颜冰终于答应结婚，女人盼望跟颜冰举办一个西式婚礼。

颜冰坚持办中式婚礼，他对西式的东西切齿痛恨，它夺走了他的家庭女主人。他坚持要备些酒席，请亲朋好友热闹、庆贺一番。女人不喜欢中式婚礼，她说太吵了，老人讲不完的话，说不完的教诲。吃完饭还要安排打麻将，太累了。

她说简单为好。颜冰拗不过女人。

他们在得勒撒天主教堂举办婚礼。乐瑶、乐涛参加了父亲的婚礼。

冬日，难得见到太阳，金黄色的阳光洒满大地。女人感动，开心极了。

乳白色教堂，耶稣像挂正中。女人挽着颜冰的手缓缓步入教堂。主持人说，你们尽管不信天主，但天作之合，行善博爱是一致的。神父祝辞，大家聆听，新人宣誓。

他们彼此对视，承诺，在以后的漫漫岁月里，用生命兑现誓言。

女人毕业以后，有一段时间没有去找工作，在家当起了全职太太，过起了家庭主妇的生活。她羡慕全职太太生活，没有想到，自己的幸福会来得那么突然。

每天早上起来，吃过早饭，她披散着头发，穿着睡裙，靸着拖鞋，泡一杯热茶，看看书报，听音乐，做美容。颜冰不回来吃午饭，她随便吃些东西对付，睡个午觉，下午逛街，购物。后来，她觉得无聊，买了一个小狗养着，取名熊熊。

二、获奖

乐瑶因为参加小提琴比赛，耽误了学习，周末，她约我和立辉去她家帮忙补习功课，我不太喜欢乐瑶爸爸，有些怕他，跟女人计较的男人，算不上好男人。我提出让立辉去，乐瑶坚持要我去，为了乐瑶，我只好委曲求全。

那个女人就是伍老师，在乐瑶家终于得到证实。

立辉惊叫．"伍老师！"

我拉立辉的手，说："你大呼小叫啥呀？"

立辉叫声大，引起大家看他。立辉意识到自己失态，赶忙捂着嘴。

我故作镇静说："没见过世面。"

其实，像立辉这般惊讶的举动我也有过，估计比他更夸张，只是当时旁边没人。

那天在宿舍楼道看到伍老师，当她走进乐瑶家门，我便明白对门屋子里发生的一切。我无法把她的声音和本人联系起来，更不敢跟那个"巴杨"联想。我差点像立辉那样惊叫，嘴巴大张却没发出声来。

乐瑶爸爸主动跟我和立辉说话，告诉我们他是教师，其实乐瑶早跟我说了。他问我爸爸是做什么的，得知我爸爸是医生时，他说做医生好，救人一命胜造七级浮屠。文教卫生一家，他和我爸爸是一个系统的。他跟我们说话的时候，比较和蔼，我们之间交流平和，没有障碍，比我想象好。

伍老师留我们吃午饭。吃过饭，我和立辉争着洗碗，乐瑶不肯，让我们休息，她收拾碗碟。伍老师招呼我们坐下，跟我们聊天。

伍老师小声对我说："上次体罚你，对不起。"

我没吭声，尽管心里气消了许多，提起这事，心里还是不舒服。

伍老师又说："我出手过重，伤害了你，请原谅。"

不过这话让我有些心动，倘若她早这么对我说，我也不会跟她计较。当初她说黄荆棍下出好人，我恨不得一脚踢她到十五世纪的欧洲，或者踢到叙利亚，让她好好享用她津津乐道的黄荆棍。

我说："没什么。"

伍老师说："雨泽，我教育方式不对，但出发点是为你好。你不要记恨我。"

伍老师的道歉，如雨后阳光，我的心一下子敞亮许多。气沉积容易，消得也快，我说："不会。"

"我跟乐瑶爸爸的事情，你看到了？"伍老师问。

"嗯。"我点头。

"真是不好意思。"伍老师轻声说。又说，"乐瑶爸爸什么都好，就是对儿女太溺爱。"

"谁不心疼自己的孩子呢？"我说。

"我一直认为黄荆棍下出好人。"伍老师说。

听这话我又不乐意了，本来基本不厌恶她了，这话又让我不舒服，无感，我讨厌大人利用权威说些棍棒之类的话，这次连跟她争辩的兴趣都没有了。

乐瑶收拾碗筷，进厨房涮洗。走到厨房门口时，手机响了，慌忙中乐瑶加快脚步放置碗碟，未放置稳当，全掉在地上，碗碟摔得粉碎，破碎声十分刺耳。

伍老师从沙发站起来，问："怎么了？"

乐瑶慌乱起来，我和立辉赶过去帮忙收拾。乐瑶一边接电话，一边蹲下收拾碗碟碎片。伍老师走进厨房，叮嘱乐瑶小心别划破手，她蹲下帮忙捡碎片。乐瑶爸爸解下乐瑶身上的围裙，捆自己身上，涮洗碗碟。

伍老师说："这碗用很久了，打烂就算了。"

接完电话，乐瑶语气颤抖，表情平静地说："我小提琴比赛得全国金奖了。"

"是吗？真棒！"伍老师说着拥抱乐瑶。

我和立辉跳起来，然后抱住乐瑶，把她抬起来，欲往空中抛。屋子窄，头顶有灯，作罢。于是三人团团拥抱。

乐瑶爸爸放下碗碟，用围裙一边擦手，一边宣布一个决定，他要为乐瑶举办 party，伍老师说这是个好主意。乐瑶爸爸叫乐瑶跟他一起去订餐，我和立辉准备离开，伍老师招呼我们留下，她要跟立辉说家乡支教的事情。

立辉急着问，伍老师告诉立辉，她在网上为家乡什竹募捐了一些学习用具，立辉听了很高兴。

伍老师又跟我们说她家里的事情，说乐瑶的哥哥乐涛，说几句又打住，不知她想表述什么，我听得似懂非懂。

她说："哎，说给你们听，也不懂。"

立辉说："老师，你说吧，说出来可能心里舒服一些。"

伍老师眼泪流出来了。

原来乐瑶妈妈回来了，乐瑶爸爸怕失去乐瑶，让乐瑶搬过来跟他们一起住，乐瑶跟她哥感情好，坚持要她哥哥一起搬过来。否则就不肯，颜冰答应了她的要求。

乐瑶和她哥哥乐涛搬来跟她爸爸住一起，她爸爸颜冰跟伍老师两人世界被打破。

伍老师的平静生活打乱了，她向往并拥有的新生活，随着乐瑶乐涛的到来，好似蹿进屋子的水雾那样，顷刻化为乌有，伍老师变得越来越烦躁。他们住一起以后，关系变得糟糕起来。

这件事情颜冰事先没有跟伍老师商量。伍老师以前没有上班，读完研究生以后，考进巴州中学，什么事都听乐瑶爸爸的，家里的事情她不太过问，每个月颜冰给她生活费和零花钱。家里由颜冰做主，她什么都不用管，所以颜冰也养成了不跟她商量的习惯。

伍老师嘴上虽同意，心里却不乐意。她使小脸色，不理颜冰。当乐瑶的面，她不好做得过火，更不好多说什么。只是看到他们兄妹的时候，就会闷闷不乐。

家里突然多了两个人，她越来越感到不方便。过去随意、任性，穿着睡衣随意走动，这是她的幸福生活，一旦美好时光被打破，恍若自己跌进万丈深渊。

颜冰不在家的时候，她感觉到特别不自在。房子并不宽敞，两室一厅。每天多做两个人的饭，不可能像过去那样自由。过去常常饱一顿饿一顿，随便吃点什么对付，想下馆子就去，自由生活失去了。她越来越烦躁。

乐涛回来了，伍老师拉下脸来，数落乐涛不冲洗卫生间。

早上伍老师出门的时候，乐涛还睡在客厅没有起来。她中午回家时，乐涛还四仰八叉睡在那里。乐瑶说乐涛并不好逸恶劳，他以这种恶作剧方式对抗，向伍老师表示不满。

伍老师心里涌起一股无名火，她使劲压住，不让它发出来。

进到卫生间，闻到一股刺鼻的尿臊臭味。伍老师再也忍不住了，一股怒火直往上冒，她恨不得冲过去把乐涛拉起来。然而，她压住火，走到卫生间门口，停住了脚步。

她转过身按下抽水马桶按扭，哗哗地冲洗厕所。随后，她走过去用脚踢卫生间的门。门震得通通响，乐涛仍然一动不动睡在那里。

乐涛总这样，屙尿从来不冲洗。这事她不好直接说乐涛，他不是她的儿子，况且他们年龄差不多。她跟颜冰说过很多回，希望颜冰教育他。每次跟颜冰说的时候，他总是不吭声，然后自己去冲洗厕所。

伍老师喜欢乐瑶懂事，勤快，有才气，可是乐瑶不喜欢她，原因很简单，因为伍老师不喜欢自己的亲哥哥。

在颜冰面前，伍老师常念叨乐涛，她说乐涛二十出头的人，还没个正式工作，颜冰不管他，自己也不着急。伍老师叹气，担忧，说难道还要养他一辈子。不知道乐涛的耳朵是不是常常发烫，要是有人这样念叨我的不是，耳朵肯定发烫。

那段时间，乐涛颓废，他们越是这样看待他，他越逆反。这点跟我相似，我要是乐涛，也会这样。

伍老师没有心思做饭，她到楼下炒了两个菜，叫伙计给乐涛送上楼，她不愿意看见乐涛。她点了饭菜，坐在那里吃起来。

伍老师越发爱抱怨颜冰，他总是不作声，好像自己做了天大的错事。

乐瑶爸爸颜冰越来越不爱说话，整天沉默寡言，不理伍老师，也不理乐涛，有时候跟乐瑶说说话。

乐瑶哥哥乐涛大专毕业以后，找不到合适的工作，他爸让他继续读本科，他选择自主创业，开过酒吧，咖啡吧，后来咖啡吧房屋拆迁，他没有事情可干。

伍老师的弟弟在锦科小区外面开发廊，发廊名字叫"满庭芳飞"。伍老师的弟弟要乐涛去做工，乐瑶爸爸颜冰自然十分高兴，之前他跟伍老师讲过好一阵，伍老师一直不同意。

乐瑶爸爸颜冰好说歹说，终于说通，伍老师勉强答应乐涛去理发店打工。当乐涛第二天准备去报到的时候，伍老师突然反悔，她还是不情愿，她宁愿要乐瑶而不愿要乐涛。颜冰认为伍老师找理由拒绝，生气不理她。

我也觉得伍老师的理由别扭，明明乐瑶学习成绩好，拉琴也好，她怎么可能去做这个？

这事搁下来。后来店里走了一个伙计，缺人手，一时半会儿找不到人，伍老师勉强答应。她规定，必须好好做工，不能偷懒。颜冰把乐涛叫到花园，严肃教育他要争气，乐涛保证会好好干。

颜冰把乐涛交给伍老师，乐涛憨笑。他笑起来的样子好看，圆圆的脸奶气未脱，脸上白净，显得血色不足。乐涛五官精致，轮廓分明。乐瑶却相反，长得眉眼英气，有花木兰的豪爽，看起来阳光。这要是在男人身上，那很完美，可惜女孩子具有这种气质，却缺少妩媚细腻。因为这个缺点，乐瑶更显得真实可爱，我喜欢乐瑶这样的气质。

兄妹两个相比较，乐涛看起来比乐瑶更需要保护。

乐涛动手能力强，进步快，很快成为一号理发师傅，浪板腕，意即最棒的，我为乐涛高兴。

乐瑶和她爸爸回来了，他们没有找到满意的地方。

乐瑶爸爸喜欢中餐，稍微上档次又优雅的地方，屋子装修严实，密不透气。乐瑶爸爸常咳嗽，她心疼爸爸，不愿选这些地方。档次稍稍次点的大排档，乐瑶爸爸不肯。乐瑶心里清楚，从小爸爸把她当公主一样养着，培养她的高雅情趣，她爸爸认为那些地方不浪漫不雅致。

父女俩把简单的事情，弄这么复杂。我推荐滨江露天广场，父女俩经过比较，采纳我的意见，这事终于定下来。

滨江路沿江一带人工种植热带植物，巴州气候潮湿阴凉，不太适合热带植物生长，这些热带树种看起来树干虽大，但干瘪。尤其树叶，黄而焦，似乎随时会因为营养不良而掉进泥土。海角椰岛风情，具有异域感觉，常年生活在巴州这个地方的人，觉得别样新鲜。

我和立辉去得早，乐瑶在椰树下演奏舒伯特《月光小夜曲》，乐瑶爸爸跟伍老师翩翩起舞。

乐瑶爸爸颜冰跳舞步伐生硬，好几次踩到伍老师的脚。一曲完毕，他垂下那抬起来的僵硬的手臂，丢开伍老师，屁股往草地上落。伍老师拉他起来，他弓腰找座椅。

乐瑶爸爸找到椅子坐定，伍老师转身径直朝我走过来，她微笑着喊我，声音温柔如水。我答应着，像看怪物似的看她。我脸上肌肉僵硬抽搐，仿佛觉得自己也成了怪物，被展览观看。

我脑子里总是回荡起夜晚变调的奇怪声音。那嚎叫撕人心肺，我无法相信，那声音竟然出自面前这位美丽人儿，她的喉咙装备有一个神秘音响，夜晚不接受她的控制。

伍老师没事儿似的，跟我谈学校的事情，又提起上次对我的体罚。很长时间我不跟伍老师说话，课堂提问不愿意举手。有时候她提问时眼睛看我，示意我举手，见我不举手她自然把目光转向别处。她心里明白我对她有意见，我希望是这样。

三、少女的苦恼

乐瑶妈妈在锦科小区买房，让兄妹俩与她同住，他们不愿意。乐瑶一直记恨她妈妈，不原谅妈妈丢下兄妹俩不管。她不愿意说家里的事，要不是她爸的事被我发现，她也不会对我说。关于她的家事，我尽量保持沉默，有时候无意提起，便见她的脸色随之阴沉下来，随即我识趣打住话头。

我起身站起来向乐瑶走过去，我们沿着江边漫步。

"她和我爸爸的事情，你都晓得。"乐瑶打破沉默说。

"不全晓得。"我说。

"好吧，以后我慢慢告诉你。"乐瑶说。

乐瑶陪我去理发，发廊里有三个师傅，每个师傅有编号，顾客对哪个师傅满意，可以任意选择。我不知道除了乐涛，还有哪个师傅手艺好。乐涛说当然是自己最好，他一直这样自信。

乐涛从茶几抽屉取出几本发型书，翻开让我看，问："你喜欢哪种发型？"

我想换个发型，理我爸那种板寸头，我指着图片告诉乐涛。

乐涛看起来年纪比我显小，举止挺成熟。他说："你不适合这样的发型，看起来老气。"

我说："好吧，你帮我拿主意，看我适合什么发型。"

乐涛理出的发型跟我原先的差不多，但有改良。这个更有型，头两边和后面修很短，顶部中间头发理好以后往上吹，看起来挺精神，镜子里看，我帅气多了。

乐瑶称赞我的头发好看，她说我以往的头发从来没有这个发型好看。

我扮鬼脸，说："当然，那是乐涛亲自理的。"

这周末，爸妈有事没有过来，食堂伙食吃腻了，我出去吃饭。碰到乐瑶爸爸和伍老师出来吃饭，他们跟我坐一桌，我觉得别扭，想离开。伍老师招呼我坐下来。

我没话找话，问："乐瑶去哪里了？"

乐瑶爸爸告诉我，乐瑶外婆过生日，乐涛和乐瑶去外婆家里了，晚上不回来。伍老师表情轻松，看起来很高兴，我想是因为乐涛和乐瑶不在家的缘故。她尤其烦乐涛，影子在她面前晃动，她郁闷。乐涛不在家时，心情才好起来。

颜冰问："你没在学校食堂吃饭？"

"嗯。"

这不是明知故问？我去食堂吃饭，干吗还来这里？

伍老师说："我们也没有做饭，来这里消夜。"又问，"你跟乐瑶要好哈？"

"嗯。"我答。

伍老师说："青年男女，互相吸引是正常的事情，不过，你们现在是非常时期，要高考了，应把心思放在学习上。"

我明白伍老师话里的意思，答："好的，我晓得。"

伍老师又说："乐瑶是她爸的掌上明珠，她爸把她当音乐家培养，她将来有大出息的。"

"嗯。"我说。

伍老师这话有深层含义，暗示我跟乐瑶是有差距的，她的话让我感到自卑。

老板过来张罗，跟他们寒暄，说前些日子他们俩单独一个人来吃饭，许久没有看见两人一起来过了。

乐瑶爸爸说："是呀，很忙呢。"

伍老师点了一份回锅肉，一份炝炒空心菜，一份土豆丝，还有一份番茄鸡蛋汤和两瓶啤酒。

伍老师依偎在颜冰肩上，炉火映照着她的脸，她娇弱瘦削，看起来比平时温柔，可爱。她主动跟颜冰说话，温存地问这问那。

伍老师的温情，让颜冰感动。在伍老师温柔的目光和话语中，颜冰也有了说话的兴趣。他一边喝啤酒，一边滔滔不绝地说着他自己的事情。他业余时间兼职搞设计，前段时间接的项目还没有完成。

颜冰异常兴奋，脸上放射出异样红光，自信满满，可以跟面前那汽化炉燃烧的火焰相比较。他告诉伍老师，项目快完成了，他已经得到了第一笔酬金。

"那学校呢？你的岗位确定了吗？"伍老师转过话题。

颜冰正在兴头上，听了伍老师的问话，脸上的笑容一下子消失了，他苦笑着摇头。看着喷涌的炉火，眼睛里一片模糊。

"怎么啦？"伍老师不知道发生了什么事情。

"没什么。"颜冰不想说。

老半天，他自言自语说，以前他没有跟别人说起过，他们学校定员定岗，要裁掉两个老师。学校组织教职工投票，他居末位。按照规则，他要被淘汰。他不服气，找院长论理，说自己讲课学生反映最好。院长也承认这点，然而还是表示遗憾。院长说规则就要遵守，大家投票就是这样一个结果，规则面前人人平等。

颜冰不服气，什么破规则？那不是人定的吗？他跟院长吵架。

伍老师张大眼睛，颜冰讲的这一切，看似她不知道。

喝完酒以后，伍老师温柔地摸着颜冰的手，试着轻声说："把儿子送走吧，好吗？"

开始，颜冰被伍老师的温存感动。一杯酒下肚以后，他的僵硬的心变得柔软起来。听了这话，就像被针刺一下，脸上马上变了颜色，不冷不热地摔出一句话："你要他到哪里去？"

没等伍老师开口，他又说："他走我也走，你满意了吧？"

"那我们就分开。"伍老师推开颜冰，站起来。

颜冰沉默。他们默默走一段路，他说太晚了，回家去吧。

我很紧张，感觉他们之间又有一场战争即将爆发，我尾随在他们后面。

他们进屋以后，我进了自己家门。

这回，他家没有拉上帘子，我可以看见他们的举动。颜冰反锁铁门，他拉过伍老师，紧紧抱住她，他看起来很冲动，无法控制。乐涛和乐瑶在家的时候，他没有机会跟她做那种事情，他压抑着自己。今天好不容易有了机会，他不会轻易放过。

颜冰激情似火，忙着脱衣裤。伍老师却很冷，像木头人。此时她的脑子里大约晃动着另外两个人的影子，他们中间有一道不可逾越的鸿沟，她无法迈过去。

颜冰穿好衣裤，摔门出去了。他的内心被侮辱，有种说不出来的尴尬，猜想他定不知道自己是个什么样的人，无法给自己一个恰当的定位，他一定觉得眼前的女人十分陌生。

伍老师发出声嘶力竭的哭声，这次比以往更凄厉。随着颜冰摔门的声音，我想象着伍老师的泪水断线般流下来，泪水跟她的跳动的心脏一样，被揉得粉碎，无所依托。

乐瑶约我到花园，她告诉我，她爸要与伍老师分开。

伍老师提出要得到他们现在共有的这套住房，颜冰不同意，说怎么也得一人一半。伍老师语气变得有些哀怜，她哭着说自己没有住处，颜冰不为所动，坚硬地回答自己管不了那么多。伍老师很生气，骂他没有良心，还骂了很难听的话。

颜冰出手，这次打得很重。

颜冰好多天没有回来了，乐涛和乐瑶两兄妹也没见回家。家里的钱已经用光了。

好几个月了，颜冰还是没有回来，伍老师发疯似的找他，他单位的人说他已经很久没有上班了。她去了颜冰的一个好朋友家里，他好朋友支支吾吾，说自己不知道他的去处。好朋友眼睛躲闪，伍老师不相信他的话。

在伍老师再三追问下，好朋友不得不说出实情，告诉她颜冰去南方工作了。伍老师问他在南方什么地方，好朋友回答不晓得。好朋友又劝她别找颜冰了，谁也不知道他在哪里，他不愿意任何人找到他，就是找他，他也不会见她的。

夜很深了，伍老师哭干了眼泪，她给我打电话，她想去天堂找她的老妈。

我敲开她家门，看见她用削水果的小刀对着手腕。我拿掉她手里的小刀，给乐瑶打电话，不通。

小狗熊熊汪汪地从床下钻出来，舔着她的脚，直往她身上蹿。先前，他们打架的时候，熊熊躲起来了。

看到熊熊，她的泪水又出来了。她抱住它，把它搂在怀里。熊熊特别懂事，它依偎着主人，两只眼睛跟主人一样迷茫，不时可怜地叫唤两声。

伍老师让我回去，她抱着熊熊，在夜色里游荡，我跟在她身后。

她习惯性地走到她跟颜冰常常消夜的地方，独自坐下来。老板笑着走过来，问她要什么。老板没有问她为什么又是一个人，精明的老板好像看出什么。

伍老师告诉老板随便来点菜和啤酒。

她抱着熊熊，眼睛里一片茫然。看着眼前熟悉的炉灶，熟悉的火光，还有那熟悉的油烟，她的悲伤一下子涌上心头。她又看见那株被火熏烤，淌着油的干枯的黄葛树，泪水涌了出来。

伙计把炒好的菜端上来，她看见对面的空位子，没有动筷子。过去跟颜冰一起来消夜的时候，面对红红的炉火和直往上蹿的油烟，她闻着香喷喷的，心儿也跟着快乐起来，胃口好起来。今天她怎么吃得下去？那油烟味扑进她的鼻子里，弥漫进她的心里，烧灼她的心。

她没有吃东西，这个允满了油烟味的世界似乎不属于她。她站起身，抱着熊熊，消失在茫茫夜色中。

四、音乐梦想

乐瑶爸爸跟伍老师分开了，乐瑶和乐涛搬出来另外租房子住。

乐瑶搬走的时候，把我送给她的花也搬走了。两个月前，我妈收拾家里的花草，其中有一盆干枯的吊兰，看起来基本不能存活。妈妈拿到了楼下背角空地。有一天，乐瑶放学以后去后面练习小提琴，意外发现花盆的干土中冒出嫩白的东西，乐瑶打电话告诉我，并叫我去看。我刚跟姚劲打完篮球。接到乐瑶的电话，遂与姚劲分手，跑步去见乐瑶。我蹲下细看，原来是一丝嫩芽。我惊呆了，把它搬到楼上，我慢慢浇水，放在阳台。后来嫩芽由白变绿，从一叶到三叶四叶。这盆吊兰的生命是乐瑶给的，我把吊兰送给乐瑶，她欢喜得很。

乐瑶妈妈找伍老师给乐瑶乐涛兄妹带话，让他们搬到她那里去住，乐涛不愿意去。乐瑶妈妈不甘心，她想让乐瑶搬过去。

乐瑶妈妈陈婧婧住名流别墅，她跟乐瑶爸爸商量，让兄妹俩过去跟她一起住，乐瑶爸爸不答应。乐瑶跟她妈妈隔着心，加上她爸爸不乐意，因此他们一直没有过去住。我劝乐瑶住过去，这样练习小提琴的环境更好。乐瑶无所谓，她拉小提琴，对音乐的热爱不受环境影响，即便在闹市，同样可以练习并演奏出田园音乐。

乐瑶妈妈去学校找乐瑶，乐瑶躲着不见她。

陈婧婧找伍老师，伍老师叫我把乐瑶找来，伍老师劝说乐瑶见她妈妈，乐瑶还是不肯。陈婧婧打听到乐瑶教室，等乐瑶放学以后，她跟随到乐瑶住处，乐瑶不得不让她妈妈进屋。

乐瑶打电话叫我来应付，看到乐瑶妈妈，我有些不自在。

陈婧婧问："这是你同学呀？租我家房子那个？"

"嗯。"我说，"谢谢阿姨。"

"不用谢。"陈婧婧说，"同学的成绩还好吧？"

"你问这个有意思吗？"乐瑶没好气。

"好好，不问。"陈婧婧说。

"我同学成绩好着呢。"乐瑶说。

"哪里，一般吧。"我说。

陈婧婧笑了，说："那要在学习上多帮助乐瑶。"

"相互帮助吧。"我说。

"就是。我们互相帮助，不像某些人，连自己家人都不顾，只顾自己。"乐瑶愤愤地说。

"是呀，妈妈对不起你们。"陈婧婧说。

陈婧婧说话低声下气，我觉得难为情，说："是呀，大人有难处。"

听了我的话，陈婧婧很高兴，正要接话，乐瑶抢先说："你晓得啥呀，没你什么事。"

乐瑶不正眼看陈婧婧，她对着我说话。即便问她妈妈事情，也不正眼看她妈妈。陈婧婧赔着笑，脸上僵硬，嘴角往上翘，翘上去便放不下来，生怕放下来会伤到她女儿。

我手脚无措，极不自在。我跟乐瑶使脸色，乐瑶假装没看见。在我的促动下，乐瑶坐沙发上，好歹正脸对着陈婧婧，她问陈婧婧有啥事。陈婧婧小心翼翼起身走过去挨着乐瑶坐下，她让乐瑶和乐涛搬过去住。

乐瑶说："算了，我住不起。"

陈婧婧不吭声，沉默，然后跟乐瑶谈出国学习的事情。

乐瑶问："出去学啥？"

陈婧婧回答："什么都可以，最好学金融。"

乐瑶冷笑，气不打一处来，说："你总是喜欢把自己的意志强加给别人，为了钱家都可以不要，难道要我也成为那样的人吗？"

我说："阿姨，乐瑶喜欢音乐，她的理想是当小提琴家。"

陈婧婧转过脸看我，不吭声。

"连外人都懂的道理，你不懂，还好意思跟我谈这些。"乐瑶说。

乐瑶跟我说过，她要学习音乐，我羡慕她有自己的梦想。她觉得小提琴是她的爱好，但不确定是不是自己终身追求的梦想，我让她跟着感觉走，鼓励她坚持自己的梦想。股神巴菲特有一个儿子叫彼得，他没有按父亲初愿干投资，而是自学音乐和作曲，最后成功拿到奥斯卡音乐奖，完成了自己的梦想。

陈婧婧说："过去我也有梦想。"

乐瑶打断她妈妈的话，态度生硬地说："你的梦想就是赚钱吧？"

"你误会了，我也曾经有过艺术追求。"乐瑶妈妈说。

"难怪，你的梦想没有坚持下去，因为你太势利。"乐瑶说。

"我不跟你争，找个时间，带上你同学，到我住的地方看看好吗？"陈婧婧站起来说。

"好呀，我倒要看看你是怎么放弃梦想的。"乐瑶说。

乐瑶约我周末见她妈妈，陈婧婧去看她的钢琴启蒙老师。老师住奥特莱斯附近，我们约好在奥特莱斯广场咖啡吧见面，她妈妈家离那里近，开车几分钟就到了。

秋日阳光透过云层，广场洒满金辉，微风吹拂，一抹金晖倾泻到广场。

跟着乐瑶见她妈妈，我觉得别扭，跟与她爸见面那样别扭，我不想去。乐瑶不肯，威胁说要是我不去，她就不理我了。这招管用，她这样说，我只好屁颠屁颠跟在她后面，我怕她不理我。

跟她们娘儿俩在一起，乐瑶倒是图口舌之快，总拿话刺她妈妈。她妈看起来洒脱，像个女侠似的，乐瑶说什么都给笑脸。我最不轻松，生怕她们烧起战火。

母女说话，乐瑶夹枪带棒，拣最能刺激她妈妈的话说，陈婧婧还比较克制温和，不跟乐瑶计较。有时候见乐瑶火气大了，没有熄灭的趋势，我便站出来说话，岔开，就像我爸爸给我和妈妈解围那样。有时候不用我从中调和，陈婧婧自动告饶。因此，尽管她们说话不协调，但不会发生殴打辱骂抗拒之类的尖锐冲突，她们总归还是可以交流下去，双方把心里的话说出来。

我们坐在大阳伞下面，乐瑶妈妈要了三杯咖啡。周围人来人往，并不吵闹。烟灰色伞下，摆放着木质桌椅，显得安宁祥和。

乐瑶妈妈说这个地方挺不错，她常来，她喜欢坐在这里，晒晒太阳，吹吹风。她说坐下来的时候，感觉自己就像怀旧时光中的主角，怀念旧日之情油然而生。

轻音乐弥漫，浸润进我的脑子，润泽了这里的物件，灵动有生机，我轻轻哼周杰伦的《青花瓷》。

乐瑶跟她妈妈打嘴仗累了，对她妈妈的态度稍有缓和，神态庹温和了，这样我也感到轻松一些。她介绍我和她妈妈认识，告诉她妈妈，我是她要好的同学，我们之间有说不完的知心话。

她妈妈冲我微笑，说："我看得出来。"

我还给陈婧婧一个微笑，这微笑是礼节式的，不具有友好含义。在乐瑶眼里，她妈妈是无情的，凶恶的，我必须跟乐瑶站在同一战线上，所以我对她妈妈也没有好感。以前我不愿意正眼看她，我们面对面坐下来，不得不正眼面对。我发现她看起来没有那么邪恶，我看不出一个抛夫弃子女人的凶狠，相反，她眼里放射着迷人的光芒。

陈婧婧转过头看她的女儿，她的眼神丰富，眼眶湿润。她没有陪伴乐瑶长大，在乐瑶的成长岁月里，她缺席了应有课程，难以弥补。她不知道乐瑶关于成长的每一个故事和细节，甚至她比我更不了解乐瑶的心事。陈婧婧离开乐瑶多长时间，她就给乐瑶的生命留下多大缺憾，她要以百倍千倍的忍耐和努力来弥补，她能否弥补上，还是个未知数。

她主动跟乐瑶聊音乐，算是找对话题。乐瑶对其他话题没有兴趣，但说起音乐，她滔滔不绝。

陈婧婧说："瑶瑶，看到你在音乐上的成绩，我也很高兴，你爸爸培养你这么优秀，这点我很感谢他。"

乐瑶点头。

陈婧婧问乐瑶："你还记得教我弹钢琴的老师么？"

乐瑶说："怎么不记得？前些天我去看了他。"

乐瑶说完，转过头对我说："就是周老师，他说认得你。前些天看他的时候，他家门前的黄葛树刚长满新叶。"

说起钢琴老师，乐瑶跟她妈妈又没有好脸色。乐瑶告诉我，钢琴老师是她妈妈的初恋情人，她妈妈早忘记他了。在她眼里，她妈妈就是无情无义的人。乐瑶语气又变得生硬起来。

陈婧婧沉默一会儿，不吭声。然后开始念叨，说老师裤子破了个洞，没有人给他缝补。他家里没有地方可以坐，沙发满是灰尘。她给他整理房间，带他出去吃饭。

乐瑶问："那我爸爸呢？"

陈婧婧不吭声，我看得出她脸上的愧疚。

"你关心过我爸爸吗？"乐瑶追问。我伸手拉乐瑶，示意她别说下去。

"让她说。"陈婧婧说。

我注视着陈婧婧，她脸色暗淡。她说："他教我学习钢琴，叫我独立、优雅生活。"陈婧婧又说，"我永远记得他说的那句话，一个人生活环境可以不优雅，但是内心一定要优雅。"

后来，陈婧婧没有坚持学钢琴，她不敢去老师那里了。再后来，乐瑶接着去学琴。

陈婧婧沉浸在回忆中，想起她的初恋情人，引她学习艺术，那时她如痴如醉，钢琴曾经是她的最爱，是一个美丽的梦，可是后来她的梦破灭了。

喝完茶，乐瑶妈妈带我们去"海棠明月"用餐。

乐瑶喜欢吃西餐，这个爱好跟我一样。小时候我们都是西餐馆的常客，环顾西餐馆，里面大都是小孩子。孩子喜欢吃西餐，大约是喜欢那些刀叉道具，能跟游戏联系起来，参与感与游戏气氛较浓。

乐瑶妈妈没有问我们喜欢吃啥，她点了一大桌菜，有生鱼、烤鱼、海鲜、糕点、甲鱼汤、鲜贝粥，这些菜我和乐瑶都喜欢吃。

吧台边，一个女子拉起小提琴，琴声悠扬。

我示意乐瑶端起酒杯，向她妈妈表示祝福。她妈妈开车，不敢喝酒，以果汁代替。

她妈妈说那拉琴的女孩很美丽，乐瑶点头。

我说："比起乐瑶差远了。"

"嗯。"陈婧婧说，"乐瑶是最美的女孩。你不喜欢金融，出国去学习艺术怎样？"

乐瑶独自品尝红酒，没有回答妈妈。酒有些涩口，她妈妈说国产的红酒，都这样。

桌上点着红烛，虽然酒不够助兴，但红烛烘托了喝酒气氛。酒过大半，服务生端来烤鹅，烤鱼，想起那些全身长满几十个翅膀的鸡，我有些倒胃口，不敢吃鸡。

吃完饭，我们去泡温泉。清冷夜里，天上月亮明亮，灯影朦胧。她们母女关系有些修复，气氛变得融洽起来。

后来，乐瑶搬回到她妈妈家。她每天练琴两个小时，她有专门琴房练习，再也不用担心在花园里练琴吵闹到别人。

我帮乐瑶背小提琴，第一次到她妈妈家。

她妈妈要开车接她，她不肯，我们自己坐公车过去。从锦科到华夏，上经济开发区大道，沿途经过许多别墅洋房，建筑风格大部分属于西洋风情，房屋名字洋气，比如斐莱明格、艾嘉丽都、town别墅。

我看得眼花缭乱，好奇又费力记这些名字，汽车开过以后又忘记了。

陈婧婧在大门口迎接乐瑶和我，她住名流八栋。这个数字讨权贵喜欢。乐瑶告诉我，选房的时候花了大价钱，选择这个可以大发的数字。

乐瑶跟我说这件事的时候，嘴撇得老高，她说："俗。还装优雅。"

我们跟着陈婧婧进去，经过门口，门岗身穿制服，站得笔直，敬礼迎接我们，这礼遇，感觉检阅皇家卫队似的。

门口有一个喷水池，水哗哗流动，据说风水学里讲门口设置水池，可以聚财。进入别墅区，路很宽，两边浓荫覆盖。陈婧婧拉住乐瑶手往右边走，我跟在后面。进去以后，里面有一条很长的路，看不到尽头。大约走了十多分钟，到了八号独栋别墅前面，大约这就是陈婧婧的家。

门口跑出来一条金毛犬，爬到陈婧婧腿上，使劲摇尾巴。

陈婧婧将狗抱起来，叫幺儿，说："这是姐姐。"

金毛犬冲乐瑶摇尾巴，要乐瑶抱。

陈婧婧递给乐瑶，说："去，姐姐抱抱。"

乐瑶接过去，抱在怀里，狗狗依偎着她。

陈婧婧带我们参观她的别墅。

乐瑶问："你为什么要离开我们呢？"

陈婧婧说："我最害怕回答这个问题，像刀一样捅自己的心。"

乐瑶说："但我想知道真相。"

陈婧婧说："我真不想说，将来自己会用行动来证明。"

说完，陈婧婧让我们自己玩会儿，她上楼取东西。乐瑶坐沙发上，打开音响听音乐。我穿过客厅，厅后门通后花园，园子大约有四百多平方米。花园里树木茂盛，香樟树散发的气味扑鼻而来。

我招呼乐瑶过来，我们走到后花园，从门口长廊缓步到园子的亭子里。亭子下面是鱼池，池水清幽，天空灰色云团倒映在池子里，池边的植物和樱桃树倒映在水里，红黄色的鱼儿成群结队在水里游荡。

乐瑶见状打开亭子的音响，花园里响起《梁山伯与祝英台》小提琴声。乐瑶跟我说过她不喜欢这曲子，她喜欢《射雕英雄传》。这点爱好跟我一样，她说要把《射雕英雄传》故事写成小提琴曲，我很期待。

陈婧婧从楼上下来，喊我们进去。她手里抱着一个木箱子，见我们走进屋，遂打开箱子。

箱子共有两层，陈婧婧取出上层物件，有布娃娃和女孩子的衣服，粉色，镶蕾丝花边。陈婧婧说这些是过去寄给乐瑶的礼物，但是都被退回来了。陈婧婧说着眼圈红了，乐瑶表情木然。她看看衣服和玩具，很快将视线移开。

陈婧婧又取出第二层物件，里面是几本相册。陈婧婧双手递给乐瑶，乐瑶不肯接手。我站起来，接住相册。我打开相册，里面是乐瑶小时候学习小提琴的照片，照片按时间归类，此外，还有比赛获奖和音乐会演出的照片。

我递给乐瑶，她不经意翻看。翻着，她停住了，我伸头过去，乐瑶的视线停在一张她跟她爸爸的合照上，那张照片是她参加意大利音乐会邀请赛，她爸爸捧一束鲜花跟她的合影。

当时她妈妈答应到场，可没有来。乐瑶问她妈妈为何不来。

陈婧婧把我和乐瑶带到书房，从柜子里取出一把小提琴，送给乐瑶。乐瑶认出来，这把琴是意大利有百年历史的古老店的经典制作，乐瑶的脸上荡起笑容。乐瑶妈妈说一个好的小提琴家，需要一把好的小提琴，十七世纪小提琴制作家如阿马蒂所制小提琴的面板和背板弧度较大，音质好，用来演奏室内乐，有如明亮的女高音。十八世纪后期，G.B. 维奥蒂赞扬斯特拉迪瓦里琴，维奥蒂的老师 G. 普尼亚尼与 N. 帕格尼尼喜爱瓜尔内里琴之后，这两位制琴人师的作品才被人们所欣赏，并取得了巨大名望。斯特拉迪瓦里和瓜尔内里琴具有在大厅中演奏协奏曲时所需的音响传送力。

我从来没有见到过这么精致的小提琴，经常看乐瑶拉小提琴，我学习了不少关于小提琴的知识，比如什么是运弓、音准、揉弦、把位等。

乐瑶告诉我，她第一次拉琴时，老师说她运弓只使用弓子中间的三分之一部位，右手拇指是抠进去的，弓子也是朝外翻着的，左手则死死地抓住琴颈。她爸爸不懂，从小练琴时没有养成好的习惯。好在刚开始学琴，坏习惯还没有根深蒂固。她爸爸也非常上心，几乎每天都陪着乐瑶练琴，陪着学习教材内容，教材里有非常详细的说明，训练的重点难点、左右手的动作要点、音阶手指排列的顺序，无论手指动作还是运弓动作、背景节奏都有清晰的视觉演示。后来，我写作业总是喜欢打开电脑，放着小提琴曲子，哼哼着曲调。妈妈发现以后，关掉电脑，说你这样要影响做作业。其实我哼哼着，并不把这当音乐，我是用脑子思考。

"送给你的。"乐瑶妈妈说。

乐瑶妈妈说乐瑶的小提琴声具有悦耳宏亮的滋润音色，有斯特拉迪瓦里的温暖，委婉流利的音色，有时似管乐器般清纯亮丽，有时又恍若天鹅绒般温馨柔媚，如内秀的窈窕淑女，她的琴声跟人合一。

乐瑶悄悄跟我说："看到这些，知道自己从小在妈妈心里的位置了。"

第二次去乐瑶家，乐瑶妈妈陈婧婧刚从加拿大回来。

这次陈婧婧变化很大，她比以前老了许多，她发胖了，脸上长了斑点，脸色变暗淡了，腰也变粗了。

陈婧婧要接乐瑶到意大利读书，乐瑶问我怎么办，我心里又高兴又难过。

乐瑶摸着妈妈的脸说："你怎么了？你过得很辛苦吗？"

陈婧婧回答："不辛苦，就是想念你们兄妹俩。"

乐瑶妈妈的声音温和，细柔。

陈婧婧带我们到后院去看桂花树，去年离开的时候她栽了满院子的桂花树，今年它们长高了。

乐瑶又问妈妈："为何要离开我们呢？"

陈婧婧摇摇头，欲言又止。乐瑶一直追问，看来不说过不了乐瑶那关。无论她的过去伤口多么巨大，多么不堪，若不扒开在女儿面前，过不去。她不知道怎么跟女儿说起那段骄傲又凄惶的过去，她眼眶有些湿润。

她以前是总工程师，派出到国外学习进修，帮对方企业新建一个项目，那边劝她留下来，起初她不肯。但是项目需要她，她答应多留两个月帮助测试，培养人才。后来，她没有再回来。

乐瑶问过多次妈妈为什么要抛下他们，妈妈总是躲闪不回答，她说不喜欢整天跟朋友打麻将消磨时光。在家里，总有朋友每天晚上约她打牌。她的同学，好几个当了老总，他们在牌桌和饭桌上谈成生意。她出走的时候发过誓，要改变现状。

乐瑶半信半疑，她不太相信如此聪明强大的人，可以抛下亲人一走了之。事实的确如此，在事业与家庭之间，她妈妈选择了前者。

陈婧婧不语，她无法回答女儿的问题，她自己都不明白为什么，一下子冲动就出去了。

有一次，陈婧婧带乐瑶和乐涛去一个海底电缆工程工地，作为总工程师检查。施工人员说女人不能进去。问为什么，施工人员说工程没有竣工，女人看了不吉利。陈婧婧说扯淡，迷信，她坚持进去。后来她离开以后，工地放火炮说是驱邪。

乐瑶说："真是荒唐！"

乐瑶替她妈妈抱不平，她说："历史也是这样，男人雄霸天下，把女人当玩物，当朝走向灭亡，还怪女人红颜祸水。"

乐瑶问她妈妈："现在，你改变了吗？"

陈婧婧摇头。

那时，乐瑶爸爸不肯跟着她出去，夫妻分居，儿女分居，亲情越发淡漠。那边，她没有亲人和朋友，很长一段时间不适应，她感到很孤独，精神压力大，曾经找过心理医生。乐瑶说记得那年，她跟她爸爸从妈妈家出来的时候，门前的紫罗兰在园中开放，记忆中她妈妈很漂亮，妈妈的笑容如紫罗兰花，星星点点开放。

陈婧婧从卧室取出一件礼物，用蓝色布袋包裹着。陈婧婧打开布袋，取出礼物，将礼物戴在乐瑶颈脖上。

乐瑶用手握住这个椭圆形的琉璃样的蓝色物件，低头看。

她问："这是什么？"

陈婧婧告诉乐瑶，这个叫天眼，又叫上帝的眼睛，她从国外带回来的。

乐瑶取下来，仔细端详，问这个东西为什么叫天眼。天眼外圈呈深蓝色，犹如星夜的天空。中圈为白色，内圈为天蓝色，犹如晴朗的天空。正中间为一粒黑色珠仁。乐瑶若有所思，望着她妈妈，她的眼眸闪烁，流动着关于天地的旋律。

乐瑶妈妈问："喜欢吗？"

乐瑶点头，问："这个有什么说法吗？"

"是的，这是一个加拿大女歌唱家送给我的。"乐瑶妈妈说。

"她为什么要送你这个呀？"乐瑶问。

她妈妈讲述了一段故事。女歌唱家跟乐瑶妈妈在一次音乐会上认识，歌唱家离婚了，她有个女儿，跟爸爸一起生活。歌唱家女儿有音乐天赋，以前学习小提琴，歌唱家离开她丈夫和女儿后，她女儿抵触她，放弃学习小提琴。歌唱家从家乡带回两颗天眼，一枚赠给她女儿，另一枚送给乐瑶妈妈。歌唱家的女儿非常喜欢天眼，又重新学习小提琴，并参加比赛获奖。

　　乐瑶妈妈说："这是上帝赐予的礼物，送给美丽的人儿。得到这个，意味着你会得到上帝的祝福，实现自己的梦想。"

第五章　高考前夕

一、沉默的故乡

　　我和立辉一起玩的次数越来越少，平时上完课，我照常可以抽时间打球，而立辉则不能，他的全部时间都用来学习。

　　以前我和立辉都在星光网站邮箱注册账号，使用星光网站收发邮件，读初三的时候，网站扩大功能，可以登录写博客。我先发现这个功能，并告诉立辉。放暑假的时候，立辉登录博客，开始写侠客文章，他写家乡的变化，写家乡的山水、农田、牛羊和他的父母。

　　通过文字交流，立辉认识一些博友，包括伍老师。立辉成了博客人气王，立辉的文章受到大家喜爱，我循着立辉的博客进到他的博友空间，看到他们转载立辉的博文，评论立辉的文章朴实清新，如读《桃花源》。立辉比博友年轻，他们叫立辉小弟，立辉跟他们聊得开心。通过立辉的博客他们寻找到立辉家乡，认识立辉的爸爸，觉得立辉的爸爸很了不起。

　　伍老师组织博客网友募捐钱、书和衣物，给立辉家送去。

　　立辉爸爸把衣物捐给乡亲，把书和钱捐给小学校，学校买了电脑和书桌。立辉邀请我跟他一起回去参加捐赠仪式，我们搭乘捐赠者的车，坐到镇政府门口下车。镇长领我们到会议室，立辉爸爸跟在镇长身后。

　　会议室里，主席台摆放一张桌子，桌子旁边有两根长条凳子。捐赠仪式开始，镇长主持会议，请立辉爸爸到台上就座，立辉爸爸脸上溢满笑容。台下二十多名捐赠者坐在木质长条椅上，会场气氛温暖祥和。镇长发言感谢捐赠者和立辉爸爸，捐赠人派代表发言。

　　说完话以后，镇长叫工作人员请外面候着的受捐者进来。此时，村民领着小孩拥进来。镇长手里拿着一份名单，照着名单一对一点名核对，每个孩子跟捐赠叔叔阿姨见面，捐赠人就像领养孩子那样，认领以后，他们在一旁单独聊。

立辉为家乡做好事，感到很高兴，他对写博客越来越有兴趣，有空就去博客空间交流，跟博友讲学校和山区的事情。我受立辉影响，开始关注他们，试着在博客上写一些东西。

后来，星光网关闭侠客功能，再后米群组也关闭了，我们和星光网的博友失去联系。

立辉告别他的朋友，他哭了。我劝他有什么好哭的，星光网关闭了，还有其他网站，此处不留爷，自有留爷处。我刚去的时候觉得挺好，对星光大加赞赏，现在变得迷糊了。星光要生存，不能免俗，这些博客，如小花小草，在这片世界里，绚烂而美丽，又像空气和阳光一样，滋养万物，但毕竟不能跟通天高楼相比较。那些高楼，还有现代节奏下关于妖魔神怪的故事，似了更能吸引人。我和立辉不在这个行列，我们属于另类。

立辉舍不得博友，他盼望着通过星光网还能为家乡做些事情。我劝立辉说算了吧，立辉自语道："两年了，星光了解我们的感受吗？"

我笑立辉迂腐，区区两年，与地球四十六亿年光景相比，算得上什么呢？太短暂，太匆匆。

立辉说："是呀，煤和石油都是自然植物和动物经过几亿年变迁，留给人类赖以生存的宝物，我们要以感恩之心，怀想这两年时光留给的念想。"

"嗯，将来有一天。我们思想的煤和石油燃烧的时候，会念想星光的光荣献身。"我说。

经我劝说以后，立辉心里好过一些。

遇到什么事，立辉经常想不开。他不仅想不开，还无端将自己当作救世英雄，更加想不开。所以，他常常不快乐，怎么劝说也无济于事。他感到最快乐的事情是得到老师表扬，这点跟我截然不同，老师说我叛逆，油盐不进，不管说什么也影响不了我。

立辉内向，很少说话，他宁愿与网上的陌生人交流，也不喜欢跟同学交往，他平时只跟我来往。他的特长是画画，说来奇怪，他爸爸并没有送他去特长班学习画画，而他画画跟吃头痛粉一样，具有药效，就是出彩。他睡眠不好，长期吃头痛粉帮助睡眠，他画画的时候，感到很愉快，睡眠也好多了，可以不吃头痛粉。不站在专业角度看，他画得不错，他在画画上算有天赋。

他能轻而易举把山水或者动物画成自己想要表达的东西，他想怎么画就怎么画，完全不把画画技法当一回事，这个跟他对待读书的态度完全不同。

我以为他有画画天赋，我跟爸爸说起这事，爸爸说这跟立辉的生活有关，他的家乡很美，从小就深刻印在心里了。立辉的脑子里只有他的家乡，所以家乡的图景脱手而出是自然的事情。爸爸的说法比较令人信服。

立辉画画已经有一定水平和年月了，但要想画成梵·高什么的还是很难，尽管他家乡的麦田经常有着金黄色的风景，家乡给予他的灵感，别的艺术特长生永远无法得到。

有一次立辉生日，我送给他一本画册，后来我们去喝咖啡时，他给我看他临摹画的圣斗士星矢、变形金刚。

他的漫画，明显带有立辉式的田园牧歌风格，我说："我知道，你是临摹的，你画圣斗士星矢，画出来像你家乡田里的耕牛。"

乐瑶成为艺术生，是因为小提琴。在特色班级，艺术生是很多见的，而立辉不需要学习艺术，他的画比学习过许多年画出来的学生的画还棒，这个是大家公认的。

立辉觉得自己成绩好，画好，是班里最出彩的。唯有学习成绩和画画，让他有自信心，而其他事情，他常常不自信。

虽然立辉嘴上没有说出来，但我看得出来。我问过他，他没有否认。

立辉有这样的想法，并不张扬不显露，他把这令他骄傲的感觉藏在心里。他自己也没想到过他的特长会引起老师和同学的注意，他一直少说话埋头学习，是不可能被注意的。

同学们喜欢拿他当作比拟或比喻的对象，以致引起课堂上的动荡。伍老师在教学方面遇到问题的时候，总下意识将立辉套用到一个比喻句中去，以此转移大家的注意力。

立辉对此总是一笑而过，不以为然，默默露出独立寒秋的样子。

立辉很少说话，要说也是在关键时刻用精辟的语言说，有时候词不达意，事与愿违。有时候讲到画画的时候，他的话特别多，跟他平时的个性成反差。所以他讲话时，大家跟着起哄，往往讲出一些笑话来，效果让人意外。

立辉倒觉得这些没什么，他以自己的方式把大家逗笑，寻找乐趣。他说话带有什竹口音，比如说"我们"，后面的"们"字发音变成 en，变成轻声，与我组在一起发音，有一种旋律感，如唱山歌一样好听。后来同学跟着发这个音，故意把音调拉老长，说完以后开心大笑，立辉露出腼腆而自豪的笑容。

我有时看不惯，说姚劲老是欺负人家，真坏，立辉总是劝住我，说让他们开心吧。

上学期，老师在课堂上读了立辉的一篇作文，是当范文读的，老师没有特意说明。老师布置写"我的家乡"，大家多半都像记流水账一样写。而立辉不一样，他能在见闻的结尾里面感悟出怀念自己的家乡，让老师很感动。

同学给立辉取过不少外号，最著名的叫"沉默的故乡"。外号的由来是地理老师讲到某个著名的小国家，说到这个小国家在国际事务中很少发言，故被世界称为沉默的小伙伴。大家骚动一阵又对比，觉得立辉的故乡作文和画画出彩，不出所料把这个雅号封给立辉，因此他成了"沉默的故乡"。立辉喜欢这个外号，从此他把网名改为"沉默的故乡"。

还有一个著名的外号是"乡野小男孩"。这名字是语文课本里面出来的名词。这次显得比较牛逼了，其中一颗是氢弹的名字，另一颗一起偷袭珍珠港的叫"莽墩"。当时立辉一脸迷惑，可能他心里想着，我不是那个岛国吗？我怎么把自己给炸了？

立辉成绩一直稳定，考试成绩一直很好。他有一套自己的办法，他从来不买"练习"，尤其语文练习，学校发的练习。他把答案抄下来，用红笔画线，画答题套路。周末他跑大书店，看有名气的书牌子练习，他先看题目，后看答案。

立辉岂止学霸，简直就是学神，我像崇拜钢铁侠、战神金刚那样崇拜他。

数学老师说立辉数学好是有道理的，大家讲话的时候，他在投入看书。姚劲对数学老师说，这是肯定的。立辉说过，他不是天才，他只是把别人上网的时间都用来做数学题了。这话被伍老师听到了，为了教育大家努力学习，伍老师举立辉的例子。

立辉听后突然脸色苍白，激动地看着姚劲说："我什么时候说过这句话了？你跟伍老师说的？"

"我没有呀。"姚劲说。

"那伍老师怎么知道的？"立辉问。

"我怎么知道？"姚劲说。

大家用了三分钟明白后面这句话的意思，然后又是一阵骚动。

立辉没有什么野心，对于他来说现在生活就是满足的。爸爸妈妈挣钱辛苦，他的野心也不过是以后赚钱养活他们，让他们过上好日子。

无论学习多忙，立辉每个月都会回老家看望他爸，从不改变。他爸怕影响立辉学习，不让他回去。他爸告诉立辉，虽然自己行动不方便，但能做农活，思维灵活，不需要照顾。

立辉回去以后，他爸怨立辉回老家耽误学习，立辉说不会的，他在学校做完作业了，并告诉他爸自己考试每次名列前茅。

立辉爸听了高兴，拉立辉坐院坝里，跟立辉聊天，忍不住问学校的情况，还问立辉同学和老师的事情。

说起学习成绩，立辉在我面前故作镇定，而在他爸面前，掩饰不住喜悦。他爸听了很开心，总是哈哈大笑，笑声爽朗。立辉爸竖大拇指，嘴巴合不拢，夸立辉争气，立辉婆没有白疼立辉，在九泉之下也瞑目。

立辉跟他爸讲，经常有同学找他补课，找他帮忙做作业。立辉爸过去肯帮助乡里乡亲，大娘大伯家里劳动力在外，他经常帮助他们挑水、插秧、种地。他受伤回家以后，乡亲时常帮助立辉家。

立辉爸问立辉是否帮助同学了，立辉回答帮助他们了。他爸竖起大拇指，说对了，这才是他祥子的儿子。

立辉从老家回学校的时候，带来一块黑板。我纳闷，用黑板干啥呢，他告诉我，这是他爸制作的，说他给同学补习功课的时候用得着。以前立辉爷爷给家乡孩子们上课，自己制作黑板，立辉爷爷把制作黑板的方法传给了立辉爸爸。

立辉爸从卧房老柜子里翻出木板，选一块长方形小木板，用推子把木板推光滑平整，然后涂上墨汁。立辉爸递给他黑板的时候，墨汁还没完全干，他爸又从老柜子里找出一块布，包裹起来，反复叮嘱立辉别弄坏了。

立辉从他爸制作黑板获得灵感，于是他自制讲义，自己出题，一学期课程一周讲完。他画的重点八九不离十，期末考啥一般不会错。

二、与往事和解

学霸也有软肋，有一段时间，立辉上语文课总是找不到感觉，他对自己很不满意，他为此高兴不起来，心情沉重，立辉跟我说过几次。

这样弄得我的情绪也不好，我的语文成绩还不如他，照理更应该难过才是。我的心情由此受到影响，比妈妈批评我分数考得低还要难过。

立辉叫我一起去找伍老师请教作文，我不想去。

立辉有一股不服输的劲头，遇到困难总要想方设法去解决，而这点我不及立辉，我遇到困难总是想躲避。还有一个不想见伍老师的原因，想起上次体罚，心里就有阴影，以至后来见到伍老师，我面前就浮现出被伍老师称作黄荆棍的鞭子，被高高举起来，随时可能落在身上，我心里隐隐作痛。

后来伍老师主动找我说话，问这问那，有时候显得过分关心我，我的心里稍好受一些。她一直强调黄荆棍下出好人，这句该死的话，改变不了她在我心里的印象，厌恶感越来越强。

恰好这几天语文考试，伍老师找出不少学生作文范例供大家学习。我的作文从来没被当作范例过，我一直不明白学生作文应该怎么写。我很想明白，每次都努力学习，想明白一些套路。就像半路出家，比不得那些习武之人练习多年，他们只做一件事，琢磨一件事，练得一身好武功。感觉自己这方面缺乏感悟，实属泛泛之辈难以练成作文好武功。

立辉看出我的心事，他说："别把那事记在心里好吗？"

"可是……"

"可是什么？老师跟你没有仇呀。"立辉打断我。

“我的话还没有说完呢，你小子。”我推立辉。

“好吧，对不起，你接着说。”立辉说。

我说：“找老师没有什么用的，语文不是一时半会补得起来的，我就是一个例子，看那么多书，没见语文有多好。”

“我可不赞同你这观点，至少老师会告诉我们一些学习方法。”立辉说。歇会儿，立辉又说，“伍老师跟乐瑶和我都说过，她不该那样对你。“

“好吧。”我说，“听你的，男子汉大丈夫，提得起放得下。”

立辉说：“这就对了。”

在我眼里，以前立辉的作文是不错的，这点似乎他比我更聪明，他有他的套路，而他的套路与老师要求写作文的套路基本吻合。伍老师说立辉的作文模式没有什么问题，他的答题套路和技巧不错，立辉能领会老师授课意图，他的作文开头亮，结尾响。

“伍老师，我和张雨泽想请教您写作文的问题。”立辉怯怯地说。

“好呀。”伍老师高兴地说。

挨打以后我第一次主动找她，要不是立辉劝说，我不会主动。

立辉悄悄捏我，我懂他的意思，叫我主动点。伍老师热情地问这问那，问一些无关学习的问题，比如昨天她在小区看到我妈，她的朋友在我爸医院生孩子。我对这些问题不感兴趣，我也无须主动。当然这样最好，这是理想状态，免得双方尴尬。她的热情，大约隐含赎罪的意味。

立辉不明白自己问题出在哪里。伍老师告诉立辉，他主要问题是课外书读得不够，要了解文章中心思想、写作手法、作者生平，谈自己的感受。

伍老师说看得出我读了不少书，但我的作文还是没能学会自救，即没能明白出题人的思想精髓。

伍老师让我们回忆课堂上她推荐的典范作文，这些学生作文，相同点就是绝对真实表达了命题人的思想。

我忍不住笑出声来，伍老师看我，眼里透出神圣不可侵犯的尊严，算是无声警告我。我强迫自己不笑。我不敢说那些作文真假，有一次立辉拿出原来写的作文让我看，我扔给他，说有什么好回味的。立辉长叹口气，他说有些地方看一次连自己都不一定相信。有一次考试之前我强迫自己背诵一篇作文，我按照模式写出来，得了高分。那是我唯一一次得高分，后来很长一段时间以后，我拿出那篇作文，自己都没有兴趣看下去。

还有一次写议论文，老师教给方法就是要赋予人生哲理，以及要让别人明白的道德寓意。因此，要掌握一个技巧，哪怕写任何小事，都必须赋予大道理，必须将自己拔高，站成一览众山小姿势，那样来诠释正能量。老师念了几篇范文，每篇精彩。后来老师离开教室以后，同学们七嘴八舌议论时姚劲讲了一件可笑的事，让人眼泪都笑出来了。一个同学在写人的文章中，为了突出他妈妈如何无私奉献抚养教育他，作文开头，第一句话写他五岁的时候，妈妈就死了。他妈妈是老师，正好阅卷，对他的字迹很熟悉，一眼就认出自己儿子的字。读了开头一阵震惊，后来直接晕过去。

同学们互相指认，问是谁的杰作，大部分人说是立辉，有的说是外校的，还有的说是我。我笑了，猜是我的人，太没有观察力和想象力了。我说是谁重要么，关键是他那可怜的妈妈，就这样惨死在儿子的作文里。以后当他妈妈身体复活的时候，会以怎样的灵魂面对她儿子。

伍老师说："我们应试教育下的学生作文，所有人都把它看成是一个题目。既然是题目，我们就要用解答的方式来给出标准答案。"

听了伍老师的话，我如醍醐灌顶，睁大眼睛傻笑，脑子里想着自己真有那么傻呀。

伍老师一脸严肃问："你想什么？"

我说："没想什么，只是不明白。"

伍老师说："因为都是套路，你要知道什么是正确的，什么是错误的。什么是该写的，什么是不能写的。然后你就可以用解任何一道数学解答题的思路来理清你的思路，应用到作文中。"

我问："难道这种思路就不需要灵感？"

"学生作文重在套路，灵感是次要的。"伍老师说。

立辉点头。伍老师的话证实他过去的套路是正确的，只是他在按照套路写作文的时候少了点灵感，而灵感对于学生作文显得并不重要。因为立辉追求完美，这个不重要的灵感困住他的时候，等于困住他的全部。

经过老师点拨，我终于明白了写作文的套路。所谓的学生作文，是有框架的，在十几平方米的空间里活动，凭着自己的脑子，搜肠刮肚冥思苦想，我的脑子里接触到的除了书本还是书本，我不相信自己真能写出什么有灵性的作文。不敢说写出《天龙八部》《七剑下天山》之类的畅销书，如果真能写出《冰雪奇缘》那样灵性的作品，觉得这算是一种超常本事。

格式作文对于我来说，真的没有快感，按照常理，格式作文不比有灵性的作文更难，但是我还是不得要领，伍老师分析了那么多格式作文，我也没有领悟其中的道理，我常常想得恨不能脑浆迸裂。

我喜欢灵性作文，喜欢驰骋文字的快感。立辉没享受过驾驭文字的快感，他写了十几年的格式作文，有一次他不小心让思想从笼子里放飞出来，写了一句属于自己的情感，就乐不可支了。

我为立辉高兴，只有这时，立辉才是属于自己的。

立辉的高兴，是没有功利的。他刻苦读书背负着重任，立辉始终不承认这点，跟我强辩，说他明白读书的伟大意义，人不能只为自己活着。我没有兴趣跟立辉争辩，认为学习首先是兴趣。我们观点不一致，各自保存自己的想法。我也为立辉写作文闪现的自由思想高兴。

伍老师发微博艾特我，叫我多读高考作文，比如《高考满分作文》《名师教你写作文》。伍老师说我跟立辉好，要向立辉学习，她不担心立辉，因为立辉知道怎么努力，而我最让老师担心。要冲关高考，我也认为听伍老师的建议是有益的。

我被作文的事情困扰，有一天打篮球的时候突发灵感。我爸爸练太极拳，动作看起来似乎简单，跟写作文一样，或许太极拳也有套路，要不然师傅教的时候怎么传授方法呢？我问爸爸有没有套路，爸爸说没有套路，他练了十几年拳，到现在有些道理还不明白。难怪练功的人经常念叨一句话，叫"师傅领进门，修行在个人"。

"为什么作文讲究套路呢？"我问。

"我不晓得，问你妈。"爸爸说。

"妈妈的答案我猜得到。"我说。

"那你问伍老师吧。"

爸爸带我到公园跟他练太极拳。爸爸练了十几年太极拳，他打拳洒脱，圆润自如，两袖生风。他教我几招，我学会云手、揽雀尾、单鞭、白鹤亮翅。爸爸说我有悟性，学习快，知道形，但不知道神。我问爸爸，所谓神，就是套路吗？爸爸说哪有套路。

我问："如果我都学懂了，还融会贯通了，说不定也可以教别人写作文了吗？"

没等爸爸回答，我说："这是多么了不起的一件事情，高考满分作文获得者张雨泽，题目是'张雨泽教你写作文'。"

想到这些，我嘿嘿笑了。

立辉拉我的手，悄悄说："别闹了。"

立辉又说我颓废了。他不懂我，我不怪他，有时候我都不懂我自己。不按套路走，我好像练习了一套迷踪拳法，这拳让我着魔，但并不能让我快乐。

立辉问："雨泽，你什么都知道，自创迷踪拳，你就没有崇拜的人么？"

我给立辉讲武则天的故事。这个故事是我从游戏里看到的，最近网上有一个视频很火，比那些老掉牙的历史故事有趣。

我问立辉，武则天如何解读，立辉摇头，表示不知道。其实以前我也不知道。我问立辉想不想听，立辉点头。

解读武则天，很有意思，即一短一长，枪能打出去，也可以止住，能伸能缩。

立辉问："这有什么玄机？"

我告诉立辉："这玄机大呢 。"

武则天一生做了四件事。第一件事，嫁给两个皇帝。第二件事，生了两个皇帝。第三件事，做了皇帝 。第四件事，培养影响了一批皇帝。

立辉竖起大拇指说："真牛呀！"

"原来你崇拜武则天？"立辉说。

我摇头。

"那，这个跟你的迷踪拳有关系吗？"立辉不解地问。

"武则天走了套路，所以她是中国历史上最牛的女人。"我说。

我毫不犹豫回答立辉，我崇拜霍金，立辉注视着我，眼神疑问。

我读过霍金传记，他二十一岁不幸患上了会使肌肉萎缩的卢伽雷氏症，只有三根手指可活动，演讲要靠语音合成器完成。然而，这丝毫没有影响他以迷人的方式和人们讨论那些令人敬畏的主题：空间和时间的本性，宇宙的历史和将来。霍金在《时间简史》中深入浅出地介绍了遥远星系、黑洞、夸克、"带味"粒子、"白旋"粒子，反物质和"时间箭头"，用客观的视觉来阐述时间在何处开始、于何处终结、宇宙的无限性和有限性何在等古老的问题。

霍金妻子说，物理是霍金的女神和偶像，他有时会花上整整一周的时间坐在轮椅上，摆出像罗丹的思想者雕塑那样的姿势思考。当我看到这段文字的时候，试想象着霍金迷人的姿势，以前爸妈带我到美术学院，他们告诉我罗丹雕塑《思想者》，我觉得那样的姿势美得无与伦比。

霍金还有一点很吸引我，他的童年学业成绩并不突出，但对设计极为复杂的玩具情有独钟。

"这点能说明什么呢？"立辉问。

"说明他不读死书，他尊崇自己的爱好和内心。"我说。

"可是我做不到，我也喜欢艺术。"立辉说。

"我跟你一样，爱好同样泯灭了。"我叹气说，"所以，霍金那些'钉'在轮椅上的漫长时光，以及由此带来的深不见底的痛苦和绝望，只能由他自己品尝。哪怕肉身禁锢，思想也要张开翅膀。"

立辉和我都算不上醒悟，尤其我，不明白为何学习，为何要学习那么多用不上的知识。

立辉说："霍金是个物理天才，也是生活强者。"

我问立辉："你那么刻苦，难道真想当高考状元？"

立辉默认，他的眼神充满期盼，立辉很想取得好成绩。

我问："你没听说高考状元后来少有突出成就的吗？"

立辉急了，说："你乱说，老师告诉我，高考状元在各行业都是骨干。"

我说："你不要急嘛，我说的是没有多少出类拔萃的人。"

"不会。"立辉气还未消。

立辉不依不饶，我担心他走火入魔，便说："高考状元是死记硬背出来的。"

立辉更不服气，问："你怎么就断定高考状元就是死记硬背出来的呀？"

我说："你还不信，不撞南墙不回头吧？跟你打个比方吧，一样考甲午海战，咱们考学生：甲午海战哪年发生的？它的历史意义？然后老师会总结五点，学生背熟，少答一点扣分。"

立辉说："了解中国历史有什么不好呀？"

立辉这话有些歪理了，我不跟他计较。

我说："是的，没什么坏处，但是我们把大量时间花在这些死记硬背题上，对自己能力有多大提高呀？比如，我们可以改变一下，这样考：了解了甲午海战的历史之后，你认为日中之间还会有战争吗？谁会赢？你为什么作这样的判断？"

立辉不吭声，他若有所思。

我问："这样的题，是不是引导我们思考呀？"

立辉说："我不管那么多，我要努力学习，改变我家的状况。"

我说："你志向应当更宏大一些，我们为建设国家而学习。"

我说这话是认真的，立辉看我，不相信似的。

立辉说："你说的没错。"

我说："我知道你的心思，你想大学毕业以后找一份体制内待遇不错的工作，稳定，有福利保障。"

立辉睁大眼睛问："你怎么知道？"

我说："我也不知道，我妈妈就是这样为我设计的。"

我告诉立辉，我妈妈还为我设定一条写作文一样的套路，读中学、大学、研究生，然后工作，结婚生子，这就是大人眼里完满的人生。

立辉问："难道这有什么不好吗？好多人过得那么艰难，想要而得不到呢。"

我问："这可能吗？你想方设法当高考状元，死记硬背读书，学出来以后，现实不是你想象的那样。你受得了吗？"

"我一定能实现自己的理想。"立辉说。

这点，立辉从来不怀疑，我很佩服他。他总是信心满满，不像我，总是对现实提出疑问，老师和家长认为我消极。其实他这样挺好，不管是为中华崛起而学习，还是为了自己而学习，至少可以心无旁骛努力学习。而我的学习总是起起伏伏，在我这个年纪，脑子思虑太多，我有时候觉得这是一种奇思妙想，可老师说叫杂念，老师要为我修剪枝叶，我有些固执，不让老师碰我的枝丫，于是长出一些刺出来，令老师和妈妈讨厌我。

我可以装得很像按照套路写篇作文，但写完了站在街上，看到有人落水的时候，我还是有可能假装没看到而跑过去。所以说，会写和会做是没有必然联系的。

老师说："你都不愿意说，谁还会相信你会做呢？"

我说："我说的是真话，说假话那叫道貌岸然。"

老师说："你在宣扬推翻正统的道德意识，宣扬做小事不重要？"

我说："我提取作者中心思想和概括大意的时候从来没有老师您这么精准和独到过，但是我并不是你说的那样。"

我说完，心里高兴。

这回终于学着说了老师的好话，老师跟家长一样，都是喜欢听好话的。而这的确是真心话。我不想告诉老师一个秘密，我不能按照题目的意思写是因为自己文笔太差，我不能在老师面前露怯，不能像其他同学那样，潇洒地用八百字来描写自己救起失落水儿童的经历。

果然，听了我的话，老师的脸上浮现了笑容，我们的谈话气氛变得越来越融洽。

老师告诉我们，她辅导的一个学生得了市里作文比赛金奖，昨晚学生家长来家里感谢她。

我问老师："收礼没有？"

话出口，觉得自己冒昧。

听说家长喜欢给老师送礼，我并没有为难老师的意思，只是出于好奇，话便冲口而出。立辉难堪，他拉我衣袖，示意我别这样说。

过去我跟立辉讨论过这个问题，立辉告诉我，他妈妈从来没有给老师送过礼，我相信立辉说的是真的，立辉家庭困难，没有这个实力。另外，立辉成绩很好，他不用请求老师做什么。

我用手臂拐立辉，说："你拉我干什么呀？"

伍老师迷惑地看我们。

我心里嘀咕，这下糟了，伍老师会生气。我经常因说话不注意让老师和家长生气，这点很难改掉。让我意外的是，伍老师听了我的话，不经意笑笑，她拍我的头说："你问这些干吗？你还小，不懂。"

我说："老师你怎么跟我妈一个口气呀，我不是小孩子了。"

老师说："怎么跟你说呢？说没有接受吧，又不诚实。说接受了吧，你们怎么看我呢？"

"那你就如实说好了。"我说。

伍老师笑了，说："很多家长都送礼，这是事实。"

伍老师说她理解送礼家长的心情，都是想特别照顾他们的孩子。但是都要特别照顾，哪里照顾得过来呢。

我问："那人家不送礼的家长呢，孩子就不能得到照顾吗？"

我尤其关心这个问题，这个是我的心病。

每逢过春节，过教师节，我妈妈就叫我跟她一起到老师家拜访。我不愿去，觉得别扭。我有时候强行不服从妈妈，不跟她去。有时候见硬来不行，便找借口。

每到这个时候，我便挖空心思想出一些理由，比较狗血的理由是突然头痛、做作业等等，我实在编不出什么新招。我让妈妈自己去，妈妈说她找不到老师家。这事总不是什么可以骄傲地公开的事情，不好张扬问别人，所以妈妈的想法一次也没有得逞，她也从来没有去过老师家里。妈妈知道我找借口不愿跟她去，说起这事，妈妈就恨得牙痒痒。

听了我的话，老师顿一下，说："说实在话，一般来说，送礼的家庭，得到的关注会多一些。"

我和立辉相互看看。我说："老师，我们家长没有送礼吧。"

老师看着我们，又说："你们例外。"

我和立辉睁大眼睛看着老师，不解其意。

老师说："你们不相信？摸到良心说我对你们怎样呀？"

三、模拟考试

离高考还有一年时间，课本上的内容基本学完了，接着应付各种考试，周考、月考，大小模拟考试特别多。

学习压力大，我情绪波动也大，有时候实在忍受不住，就想办法做点别的事情，比如听音乐，跑步，吃美食，以此来缓解压力。

有一次，考试前上自习课，做模拟试卷。我很快做完题，无所事事，便把试卷折叠成飞机，往姚劲的位置飞去。我折的纸飞机可以在空中飞几分钟，飞机能按照默认的方向飞行。姚劲接过飞机，又朝我飞过来，但是方向不准，飞到伍老师脚下。

伍老师见状，怒视姚劲，正要张口说话，姚劲用手指我。伍老师目光移向我，吼叫我"滚出去"，她说出这几个字的时候脑子几乎没有丝毫犹豫。老师态度粗暴，爆粗口，我不是传说中的小明，为何要滚出去？我拉下脸，瞪着伍老师，偏不滚出去。我解释说作业已经做完，没事了。老师怒火不灭，高考临近了，做完作业就没事了？其他同学都在努力学习，复习功课，我影响了别的同学。

伍老师让我请爸妈到学校来一趟，我没有答应也没有反对。伍老师以为我会照办，没跟我多说。我知道请家长后果就是给自己找抽，我按兵不动。后来老师见没有动静，直接跟我爸妈联系，结果是我被爸爸狠狠教训一顿。

从那以后，我的学习又稳定一段时间。

今年天热得特别早，过完春节，日历显示是农历二月，天异常闷热，春天还没来得及赶到，夏天早早来了。巴州的天气就是这么任性，街上有人穿短衣短裤。

作文里描写春天的诗句，写春天景色的多了去了，我可以倒背如流，比如"春眠不觉晓"，"二月春风似剪刀"，"春风不度玉门关"，"忽如一夜春风来"，"千树万树梨花开"，这些上小学就能背。而现实是巴州的夏天又长又热，古诗词里少有看到赞美夏天的诗句，等高考完以后我要写夏天，写它跟高考一样的热情和火爆。

大考排考场依据学生名次，这个规则学校不便公开说，因教委不让排座次。学校公开讲是按照教委规定，其实暗中排了序。有些不便宣传的事情，自然是说给学生家长的。关于排序，立辉在意，我和乐瑶，尤其姚劲都不在乎。家长比学生焦虑，总是喜欢打听，问这问那。伍老师告诉家长，学校要想办法让学生和家长知道学生在学校的学习情况，这个理由看起来不错。妈妈去开家长会就收到小纸条，上面有学生在班级和年级的排名情况。

学校这么做，家长和学生自然配合，顺从，尤其家长，跟老师在一个战壕，反复强调考试涉及学生前途。我脑子差点想破，考试跟我前途有啥紧密关系，我还是没想通，一直处于模糊混沌状态。妈妈告诉我，面临高考这样人生重大考场，一生就这么一次，马虎不得。

模拟高考考场，有六十人座。看看周围，跟我一样，大都戴着眼镜。考场气氛跟平时大不一样，有山雨欲来之势，不紧张都不行。

高考一天天逼近，心随之开始紧张考试起来。不知道从什么时间起，我似乎变了，考试聚精会神，全神贯注，唯恐时间不够用。

开始答题时，一只麻雀不经意飞进考场，在门窗上乱碰，响声不小。我回头瞧，心里想着答题，眼睛望着麻雀。立辉忙答题，连眼皮都不抬一下。姚劲摇着手上的笔，兴奋地盯着麻雀。

下午继续考试，进门热浪袭人，姚劲问："没有空调吗？"

老师答："有，上午就开了。"

"开了空调还这么热？"姚劲问。

老师问后勤，回答空调一直开着，中午没关。这真是奇怪，莫非哪个捣蛋鬼使了魔法，有空调温度还这么高。后勤来看，原来空调坏了，一直就没起作用。伍老师跟后勤的说，这些学生都是重点保护对象，别让他们中暑了。后勤紧急协调，把学生分到其他实验室去，于是我们像候鸟一样从南方转移到北方，各自抱着自己的试卷迁徙。

试卷答完，无事可做了。坐着无聊，我拿着实验台上的大杯子，拧开水龙头接水。

伍老师说："那水不能喝。"

我无语。遂拿滴管挤捏，发出怪声。

伍老师问："'扑哧扑哧'声音好听吗？考完试别走了，你继续弄。"

教室里哄堂大笑，气氛一下子显得轻松许多。

老师反复交代，做完试卷不能马上交卷，要反复检查至少三遍。因此，大家早做完试卷，没有交卷，等着到点铃声。考试多长时间，就得乖乖地坐到点儿，对于我来说，这真是一种煎熬。有些题不管坐多久就是答不出来。姚劲喜欢时间熬到点，他答题花样百山。姚劲答题喜欢按照自己的思路，答题标新立异，常与答案不符，他却不认为有什么错误，自我感觉挺好。上次期末考试，有道填空题，问李清照是什么派的词人，我不知道就随便写成"峨眉派"，卷子发下来的时候，伍老师说有个学生的答案太有创意，必须得请他家长来看看。我想我完蛋了，结果让我意外的是，姚劲被请家长了，因为他的答案是"蛋黄派"。姚劲的爸爸被请到学校来以后，回去把他家里的蛋黄派全部扔垃圾桶了。

我试几次，从座位站起来，欲离开座位交卷，看到伍老师的眼睛，像鹰一样盯着我，于是又坐下来。我心里一直斗争，如果考试能够让学生考完就离开多好，听大人们说他们上学的时候都是那样，现在这样多浪费时间，浪费时间跟浪费粮食和水资源是一样的，那是极大的犯罪。可惜，我们被当作人才重点保护起来，批量化生产，考试自然也是批量化了。

我实在忍不住了，提前交了卷。走到讲台边，伍老师用手指我，她没说话，我懂得她目光发出的命令，跟她的口吻那样，严厉且不容商量地勒令我好好检查。我移开视线，假装没看见，我交过卷子，走出教室门。

出门以后，我感到周身轻松，教室那种压抑的气氛顿时被抛在脑后。我吹着口哨，经过另外一个考场，乐瑶坐里面，专心答卷。透过玻璃窗望进去，看到有的同学趴在桌上呼呼睡觉，打起呼噜，其他学生想笑又不敢笑。年级组长重重地拍醒他，揪着打呼噜同学耳朵提起来。那个学生猛地惊醒，不知今夕是何年，口水流了一卷子。我想他这样的状态适合写游记，梦游高考模拟考场。妈妈经常提醒我，不好好学习，未来是没有前途的。妈妈没有看到这个同学，要是我这样，估计妈妈会直接晕过去，这样看来我算是好学生了。

自从上次我和立辉请教伍老师作文以后，我跟伍老师关系有些缓和。伍老师有时候挺有趣，我比较愿意上她的课，她的知识比较广泛，每次上完课本，课堂上留一刻钟时间讲课本以外的内容。对这部分内容，我和同学们都爱听，立辉也喜欢听。

伍老师不赞成我们早恋，她有意提起这个话题，她不赞成我和乐瑶恋爱，尽管她跟乐瑶爸爸分开了。

伍老师不直白表露自己的观点，比如她说，你们现在多数人没有定性，以后变数很大。现在好好学习，争取高考六百分，以后找六百分对象，大家在一个平台上，谁也不嫌弃谁。

课堂上哈哈大笑，我心里不是滋味，笑不出声。我跟乐瑶，正如伍老师说的那样，存在差距，她是音乐女神，而我什么都不是，我觉得很难够得着她。

我接受这样的说法，话糙理不糙。

最后学期，同学们在组织纪律上有些放松。伍老师规定迟到一次，罚跑操场三圈，每圈 1000 米，每周日上晚自习时集中罚跑。当然，可以认为这项规定很大程度针对我，我敢怒不敢言。有个星期，我迟到四次。那晚一堆人在操场跑，我整整跑完了十二圈，伍老师站在旁边陪我耗。

跑完了，我在伍老师眼皮底下张开双臂仰天长叹，我跑了十二圈，真有 Andy 逃离肖申克监狱的意味。

伍老师看着我，眼神得意，这让我的小心脏受到创伤。哼！算你狠，总有一天，我要逃离这里，我要像比尔·盖茨和乔布斯那样，在行业成为顶级人物，到那时，我会把这个得意的微笑还给你。

我跟伍老师的关系刚好转，又出现障碍。那天我上课画乐瑶的头像，被伍老师看到，她让我答题，答不上来我被罚站。

我认定伍老师故意整我，课后跑她后面喊："他娘的。"

伍老师转过头，一把抓住我，问："你骂谁？"

我挣脱掉，说："骂我自己。"

伍老师脸气得通红，打电话叫我爸爸来领人，说你孩子疯了。

爸爸在手术台上，走不开，爸爸打电话让妈妈去学校。妈妈急着赶到学校，把我叫到校园一角，问情况。

我说："老师故意出我的丑。"

妈妈说："你上课应该好好听讲才对，这是基本规矩。"

"又是规矩，又是套路，你们总是有理。"我说。

"是呀，人要服从道理。"妈妈说。

我不想跟妈妈辩道理，这段时间，妈妈似乎对我多点耐心。她希望我说出自己的想法，我自觉理亏，不再说什么。转而说："老师讲课语音不正，有什竹口音，姚劲说老师说话小语种。"

妈妈嘴角往上扬，想笑，她硬憋着没有笑出来。

她告诫我说："你们不可以这么说老师呢。"

我不服，说："老师就不能说了吗？"

妈妈说："当然，要尊重老师。如果不服气，你上讲台讲课试试。"

我不吭声。

妈妈明明知道我没有资格，偏要这样说，这不是成心为难我吗？

晚上，爸爸赶过来，问学校的事情，妈妈将事情经过从头至尾说给爸爸听，爸爸没有多说什么。妈妈不满，埋怨爸爸应该教育我。

爸爸说："你都说到了，我要说的也就是这些了。"

听爸爸这样说，妈妈才打住话头。我心里暗喜，起初担心爸爸责罚我，不敢吭声。爸妈因为我的事情发生争执，矛盾转移到他们身上，我的压力减小了，孙子有兵法，叫不战而屈人之兵。

我告诉爸爸："我若说骂的是小泉纯一郎，骂希特勒，她就不敢说我是神经病了吧？"

爸爸说："你别耍小聪明了，我还没有找你算账呢。"

原来爸爸并不糊涂，我识趣，不说话了。爸爸常说，沉默是金，有时候他跟妈妈因为我而舌战，当战斗升级的时候，爸爸保持沉默，妈妈像母狮那样发怒，爸爸始终沉默，战火自然熄灭。

一次考试前夕，伍老师把三年收到的检讨书全部发还给学生，我的成绩不算落后，检讨书最多，足足一沓，是其他同学之和。

姚劲看我手里的检讨书，冲我笑，含有嘲弄意味。然后他自言自语地问："乐瑶知不知道呀？"

立辉在一旁帮腔说："乐瑶知道了也没什么，别大惊小怪。"

翻开检讨书，有两篇字迹写得特别工整，我想自己当时怀着怎样沉重的心情写下了这样旷世的检讨。一篇是我骂粗话的忏悔书，还有一篇是抄立辉作业的检讨书。

伍老师看着我的检讨书，皱着眉说："雨泽啊，你的字该减肥了。"

我笑起来，说："老师，我是男子汉，胖点没关系。"

那次抄立辉的作业，让我难忘。有一次，伍老师布置了许多语文作业。放学后，我弄软件，让立辉帮我写作业。第二天交出作业以后，我忐忑不安地等着结果。熬到语文课，老师将作业本发到每位同学手里，唯独没有发给我和立辉。我脸色通红，觉得肯定被老师发现了。我低着头，紧张地等着老师判决。

出乎意料，老师当着全班同学的面，将我和立辉的作业本展示出来，并且说：同学们，这是老师批改时遇到的最工整、最准确的两本作业，希望大家以后多向这两同学学习。然后说出我和立辉的名字。

姚劲向我做鬼脸。在同学们羡慕怀疑目光的注视下，我被弄得不好意思。

下课后，老师单独将作业本交给我，意味深长地说："你是个聪明的孩子，老师希望以后你能够自己将作业完成得像今天这么好。"

我觉得伍老师没有那么讨厌了，我有时叛逆，有时怯弱，有时因循守旧，都是因为那个被教育的过程。

我说："伍老师你真的算是一个好老师。"

我惊讶自己能大胆表白观点。

伍老师摸摸我的头，说："谢谢你。"

我说："事实上，我觉得你比我妈妈可爱。"

"为什么？"伍老师问。

我说："起码你能够认清教育体制存在的弊病，并能适时提出一些完善它的观点。我妈妈的看法会显得荒唐和可笑，她认为教育我是她的责任，但是她并不真正了解我。她望子成龙，喜欢把自己的遗憾和失落加在我的身上，然后逼我来实现。"

我不隐瞒自己的观点，认为一个好老师，跟有生命力的课本一样，它永远活着，和我们一起成长和衰老，但从不会死去。时间滋养它，改变它，那些无意义的教本则从历史的一边掠过，就此消失，也不会被我们接受。

伍老师说："无论在怎样一种教育体制下，所有人都有学习的权利和义务。"

我说："在九年义务教育之后，我们应当能有选择和决定的权利。但是，我们往往不能选择。"

老师点头。

我说："我们应当可以认真思考自己是否适合学习，是否对它感兴趣，是否能坚持下去。"

伍老师说："这也许跟任何一种竞技运动都是一样。将来如果我发现我的孩子不是块学习的料，他初中毕业之后我就让他立刻去学门手艺，决不会让他在学校浪费青春。"

我说："老师对学生太用心了，学生便成为老师的精神寄托了。"

伍老师说："是的，因为学生，学校才有生机有灵气；没有学生，这学校安静得叫人压抑。"

伍老师说着，打开电脑，让我看一段视频，她要我制作一款软件。

这个视频是高三遇到的一件好玩的事儿，就是迎接奥运圣火。奥运圣火从万州、山峡库区传到主城，传到人民大礼堂。

前一周，奥运热浪滚滚袭来。满街是鲜艳的五星红旗，白色的奥运旗子，奥运文化衫。

那天，下了一场大雨。我五点起床，赶到指定地点。这是一段车载路程，没有火炬传递。早上七点，马路上人山人海，水泄不通，人如潮旗如海。国旗和奥运旗迎风飘扬，沿途方队人们身穿黄色红色白色文化衫，各国的国旗色彩明亮艳丽，我的精神亢奋起来。

主干道对面一条交叉路，没有单位和社会团体站队，武警和公安围了三层，堵住道口。两个多小时中都在等待圣火到来。里面一直传来呼喊声：中国加油！中国雄起！

一会儿国歌响起，随后有人唱《团结就是力量》，有国旗从对门高楼窗口飘出来。

快到上午十一点，圣火终于从大路经过，激情到了高潮。圣火前面是载歌载舞的美女花车，火炬手挺拔屹立在敞篷吉普车上，高高举起圣火。

我对奥运产生兴趣，主要是因为想在家门口看足球。遗憾的是看不到我们国家足球队与世界强手过招。做这个视频，算是一个小小愿望。

四、清风明月挠我心

高中最后一年，是大部分同学最忙的一年，我相对过得比较轻松。课本都上完了，无须再跟着老师复习；上自习课，基本都在看一些历史文化书籍，还有金庸的武侠小说系列，看得兴奋还招呼姚劲一起看。

课余时间抽空跟乐瑶约会，这算是我的一场初恋。

记得初识乐瑶的情景。那天学校开运动会，我在教室里观看田径赛。忽然，看见一个女孩从我眼前走过，我看呆了。她瘦削的脸，束着一个小辫子，皮肤有点黑，走路的姿势，纯朴中带着倔强。我的心直跳，她走过后，我如梦方醒。回到家里，我脑海浮现的都是她的影子。后来，我知道她叫乐瑶，那晚我激动得一夜没睡。我写信给她，但信没发出。我在她放学路上偷偷瞧她，等她放学，无论天晴下雨。在社区服务小组见到她，我心中惊喜，她就是上天派来的天使。

我十六七岁，刚懂人情世故，开始狂恋乐瑶。我看《少年维特之烦恼》，内心掀起感情涟漪。有一段时间上课，我总是魂不守舍，总是不经意地拿眼偷看乐瑶。心里猜想乐瑶会不会偷看我。我的外貌长得算不上俊美，但阳刚；读书成绩也一般。或许我并不是乐瑶的梦中情人。有时候，晚上睡在床上，会胡思乱想，陷入乐瑶爱我的误会。这种无端的情怀负累，骚扰了我一段日子，直至后来一段时间，我跟乐瑶摊开彼此的感情，心里的慌张乱想才稍稍平静下来。

有一段时间，我对名著着迷，时不时说几句名言，能在乐瑶面前显摆自己知识丰富。我写文章谈论我的爱情观和价值观，文章写得意气风发，但也十分稚气。年少时我忙着证明自己，是想证明爸妈说的是错的。姚劲说不行，我跟他较劲，要证明它能。在乐瑶面前，我更是想证明自己什么都行。后来，乐瑶用音乐教会我，爱情从来不是证明题，而是解读喜欢的解答题。恋爱从来不是必须完成的应用题，而是你尊重内心的加分题。

我一天在家里照八回镜子，弄头发。乐涛叫我烫头发，烫过的头发更有型。我用妈妈的优惠卡，花五十元钱做了一个造型。烫过的头发可随意塑形，喷上摩丝，往上梳，挺精神。看到镜子中的自己，变得英俊帅气。

恋爱以后，讲究穿着，开始注意衣服样式、颜色搭配。对于穿衣，我真不在行，有时候向妈妈讨教，妈妈耐心地给我讲解如何搭配。校服千篇一律，没有创意。我精心搭配自己的衣服，比如浅色衣服配深色裤子，浅色内衣配深色外套，七分裤配靴子。按照妈妈的指点穿衣，我得到乐瑶的好评。读书时穿自己衣服时间少，这仅有的时间是属于我自己的，我不会轻易放过。

我属于标准型身材，按照标准尺码网购衣服，穿上身总是合体，乐瑶说很好看，我心里美滋滋的。恋爱以后我变得爱干净起来，每天洗澡，即便不洗澡，也会洗洗臭脚。心中有爱着的人，自然养成良好卫生习惯。这个无须别人教育，这是自觉行为。以前妈妈盯着我洗脸洗脚，我总是不情愿，趁妈妈转过背，我就翻身上床，盖上被子。妈妈无可奈何，拉我下床洗脚，却拉不动，她气得说不出话来。

我珍惜跟乐瑶在一起的时光，我不知道将来我们是否能在一起，我希望时光永远停止在这一刻。

乐瑶妈妈催她出国学习，她一直没有松口，她妈妈也没放弃。对她出国学习的事，我不支持也不反对，持这个态度，有私心也为她着想。她妈妈找过我，要我支持乐瑶出国，我用男子汉胸怀保证，绝不拖乐瑶的后腿，她妈妈听了我的话感到满意，夸赞我是明事理的孩子。

她哪里知道，我心里的伤口在流血，没有任何人知道，我妈妈也不会知道，乐瑶更是不知道。

我可以肯定，妈妈一定知道我和乐瑶的事情。那次她和爸爸跟踪我，已经看到情形。妈妈假装不知道而已。第二个星期，她和爸爸过来的时候，我预备接受他们的拷问，可他们没有问，直到现在也没有问，我准备的好多回答都荒废掉了。

难道那天我看错了？难道他们并不知道我的事情？但我认为我不可能看错。后来，妈妈有意无意说起关于恋爱的事情，说立辉成绩好，他没有谈恋爱，要我以立辉为榜样。妈妈给我讲一些中学生谈恋爱的故事，说他们最后都没有结果，无疾而终。当然我明白她的良苦用心。

看完《哈利·波特》后，我还没找到我喜欢的书籍可看。上语文课时，伍老师提到一部比较火的电视剧叫《武林外传》，听周老师说过这剧无聊。我好奇，喜欢有争议的作品，我买了《武林外传》，看过以后，觉得里面的台词比较精彩，稍稍记下，就背下来。

我情不自禁跟妈妈分享，拖着声音问妈妈："你有空没空呀？"

妈妈没好气说："没空。"

"没空就抽点空咯。"我拉长声调说。

妈妈睁大眼睛，看怪物似的看我，说："怪声怪气的，好好说话。"

妈妈不习惯这样的腔调，其实我也不太习惯，只是看多了便不自觉模仿电视剧里说话。妈妈抵触这种说话腔调，她本人没有意识到自己的说话腔调缺乏亲和力，呆板而没有韵律，跟进行曲似的，阳刚有余温柔不足。

妈妈美其名曰这是正能量，我偷笑。倘若像妈妈说的这样，正能量都是一个模式，那这个世界太过怪异，太过缺乏色调。我理解的正能量跟妈妈理解的有些偏差，正能量是积极向上的，但不止一种格式，应当是多种形式。

妈妈被拖进我的武侠情节里，她作为我营造武侠氛围的陪伴，自然增添了不少乐趣，我享受着武侠氛围。

我喜欢武侠小说，跟喜欢《哈利·波特》和《达·芬奇密码》一样。立辉也喜欢武侠小说，可是立辉没有时间看书，我有时给立辉讲述故事情节。有一次立辉听得入迷，情不自禁手脚比画起来，大侠仗剑，一指天下。我拉他坐下，要他安静地听我讲。忽然立辉想起什么来，他站起来，打断我的思路，说他还有作业没做完，不能浪费时间继续听下去，他要赶快去做作业。立辉常常这样，当我们玩到兴头上时，他又不敢玩儿，突然中止，我感到扫兴。

后来立辉有空时扭着我讲《武林外传》的故事，我学着小郭口吻，自言自语，言外之意道："曾经，一本武林秘摆在我面前，等失去以后才追悔莫及，尘世间最大的痛苦莫过于此。如果上天再给我一天重来的机会，我会对师父说三个字：都怨你。如果非要给这分怨加一个期限的话，那将是一万年。立辉你就等着吧。"

立辉听不懂，问："你师父的剑法？你师父是谁？"

有一句台词不是这样的，掌柜说：你娘的剑法？ 小郭说：你骂人。

立辉觉得有趣。

妈妈只看过《哈利·波特》，没有看过武侠小说，她进入不了我的境界。我不好跟妈妈解说，话说白了就没有味道了。

妈妈说："你别乱来呀。"

妈妈又想说她吃的盐比我吃的饭还多， 我学着大嘴的话：那是您口重。

妈妈又说她过的桥比我走过的路还多呢，这个回答算是经典：那是我不爱动弹。

有一天晚上，我强烈要求妈妈陪我说说话。我即兴作诗一首："我想看你甜蜜的笑容，你的笑比栀子花更加美丽，你的笑是我最珍贵的礼物；我想看你安然入睡，当我来到你圣洁的宫殿，我就习惯你的怀抱，你是我今生的安慰，寂寞从此不再相随。"

我问妈妈觉得如何，妈妈说很有诗意。妈妈用笔记下来，这是我看到的她第一次郑重地拿我的话当回事，我感动得鼻子发酸。妈妈说这是她一生中听到过的最动听的情话。这样的情话，不是来自爸爸，却来自于我。

我问妈妈，爸爸会说什么情话。妈妈说爸爸最爱说的话是：今天我们科室一个产妇生了个大胖儿子，昨天我们科室一个产妇生双胞胎。

"前天我们科室一个产妇又生什么了？"我接过妈妈的话说，"这是情话吗？说点栀子花也比这个强。"

"对，你是妈妈的栀子花，是妈妈的奖品。"妈妈说。

我"扑哧"笑了。我想，将来我比爸爸更懂得浪漫，妈妈也是这样认为的。

妈妈也笑了，一会儿她收敛笑容，表情严肃，说她有重要问题跟我谈。

我从来没有看见妈妈这么严肃，不知道她会跟我谈什么。

妈妈转弯抹角跟我谈早恋。我问妈妈："什么是早恋？"

妈妈说："早恋就是发生在生活、经济上尚未完全独立，同时距离法定结婚年龄尚有很长一段时间的少年群体里的恋爱行为。"

妈妈的话跟背书似的，她肯定寻访过度娘，为了这次谈话，她有备而来。

我问妈妈怎么看待早恋，妈妈说："嘿，我问你呢，你倒问起我来了。"

妈妈说："一个少年对异性蒙眬的情愫和好感是很正常的。但是我不赞成早恋，你们的心理还不很成熟。"

我和乐瑶的事情，不得不跟妈妈摊牌了。妈妈说她早知道，只是她和爸爸假装不知道罢了。我惊讶他们知道却没有公开反对。

妈妈说："你不能早恋，那样是要影响学习的。"

我反对妈妈关于早恋的观点，不是十六岁以前恋爱叫早恋，只要有能力、有责任承担责任的恋爱，就不是早恋。早恋和年龄无关，我觉得自己已经有这个能力了，就可以恋爱。

爸爸回来了，他加入我和妈妈的谈话，说："有一句话说的特别好。有时我们在火车上看到一处美景，如果跳下火车去细细品味，你再登上的就一定不是原来的那列火车了。有的事情一旦失去，有可能就要付出一生的代价。"

我听不懂爸爸的人生哲学，有些云里雾里。

爸爸说："我们精力有限，目前还是要明确主要任务。"

我懂爸爸后一句话的意思，但又假装不懂，我不喜欢他用深奥难懂的例子说事，不直接痛快说出自己的想法。

"妈妈，你早恋过吗？"我问。

"我没有早恋过，那时我就是一个懵懂的孩子。"妈妈说。

我做不信状，妈妈长得那么美。

"我们那时都晚熟，不信问你爸爸。"妈妈说。

"时代不同了，家长和老师都反对我们早恋，也没有必要防我们就像防贼似的。"我说。

妈妈说："不会吧？我们知道你们的事情，也没有横加干涉，说明我们理解你们。但理解归理解，要提醒你们以学业为重，不能影响学习。"

"我们没有影响学习。"我说。

"还说没有，看你的成绩下滑好多名了。"

妈妈说这话我不爱听，我的脸色肯定不好看。妈妈看我一眼，她打住话。上次说到学习的事情我们闹翻，临近高考，我不想她烦我，给我施加压力，想必她也不想这样吧。

爸妈也年轻过，他们好了伤疤忘了痛，说我纠缠乐瑶。能够表达出来，那是勇气，值得赞赏。我纠缠又怎样了嘛，说明我重感情，并且乐瑶本来就优秀，好多男同学都喜欢她，包括立辉，只是他们不敢说罢了。我们之间只是表达喜欢，爸妈想得太多。我问过妈妈，他们上学的时候有早恋没得，妈妈不晓得我接下来要问啥，所以断了这个话题，直接说没有。爸爸说，知道恋爱就不早了。爸爸还说，我懂事了，就知道现在该好好学习了，不管是恋爱，还是友谊。爸爸说，这种感情很正常，也很美好。可以有，但不是我这个年龄段的重点。

年少时的经历，是以后的温暖回忆；年少时没有这种经历，将来的人生会是浅陋的惨淡的。大人势利，并不单纯从人的感情上考虑问题。我和乐瑶没有功利心，没有利益计较，是纯洁的，仅仅是喜欢不喜欢的那种，只是少年时唯有的神圣感情。

妈妈问为什么只有少年时才纯洁啊，爸爸说因为长大了，眼睛就不清亮了。纯洁就是盲目的，条件很少的，却很投入。长大以后再谈，条件就大于感觉了。所以，我要抓紧谈，学校里谈还能体会那种纯情的味道。

缘分就是这样，来了就来了，来了的时候我要不接住，就得压抑自己。我经常想象将来我和乐瑶什么样，我做梦都想娶乐瑶那样的姑娘当妻子，我不许任何人来捣乱。乐瑶不喜欢喧哗，她喜欢桃花岛似的生活。将来有一天我把她带上桃花岛，过着你耕田来我织布、你挑水来我浇园的生活。

妈妈拿成绩说事。我问："是不是我成绩考好了，你就同意我跟乐瑶交往呢？"

妈妈不回答。

因为这事，我很烦，真是：清风明月乱我心，扰我心，挠我心，清风明月挠我心。立辉说是抠我心。我问立辉怎么知道这个，立辉说抠比挠好，听着劲儿大，还有"偷我心"呢。想不到立辉这个书呆子，他竟然说出这个。我不由脱口说着台词：就它啦，清风明月偷我心，佳句啊。

五、无处可逃

吃饭的时候，妈妈接到伍老师的电话，让她有空去一趟学校。妈妈不解地问我："你在学校又惹事了？"

妈妈的逻辑是，老师召唤，准没好事。我没有兴趣跟妈妈说话，答："没有。"

妈妈去了学校回来，似笑非笑，我捉摸不透。

妈妈问："你晓不晓得要高考了？"

我说："晓得呀。"

妈妈告诉我，伍老师跟她谈了我的事情。她说伍老师发现我最近情绪不太稳定，我没有过去那么快乐积极，这不是一个好的状态。伍老师叫我妈到学校去，认为我还是可造之才，她终于承认我学习还是比较自觉，她也终于看到我有未来，如果正常发挥，考上重点大学应该没有太大问题。

难怪，妈妈去了学校，显得更精神了。妈妈最愿意听这样的话，重点大学似乎就是我和她的一切，为了奔向重点大学，其他什么都可以放弃。考重点大学在她脑子里根深蒂固，就像她的命根子，她要求我的底线，不能改变。

妈妈的表情呈曲线变化，起初脸上表情轻松，跟我谈话的时候浮现出笑意。只持续一两分钟，随后又消失了。妈妈恢复往常固有的严肃表情。

妈妈的手摩挲着伸进她的手提包，她从包里取出一本英语书。山雨欲来，我有了不好兆头的预感，

看到这个，我心里狂跳，自认倒霉。我低下头不吭声，这是我抵抗妈妈的绝活神功。

上周测验英语单词，我没有过关，上政治课看英语书，政治老师把我的英语书收缴了。要命的是，英语书里画满乐瑶头像和各种姿势，有她的长发飘飘，拉小提琴的神态；有专注的轻松的表情，严肃的快乐的忧郁的表情。每当学习困乏的时候，我就画乐瑶。起初，英语老师窃喜，以为我重视英语课。政治老师把书拿给英语老师看以后，英语老师对我的态度从一百度下降到零度，瞬间连沸腾时的水雾都消失得无踪无影，只剩一副毫无表情的面容。

下课以后政治老师叫我去取英语书，我怕挨批评，没敢去。后米伍老师让我去给政治老师承认错误，把书取回来，我心里认识到自己的错误，但还是不敢去面对。

伍老师问："你就这样坚持错误么？"

我说："不是。"

"那你为什么不去找老师？"伍老师问。

"不敢。"我说。

伍老师借一本英语书给我暂时使用。

伍老师告诉妈妈，政治老师没有想象的那么厌恶，伍老师说我很会学习总结，对政治课不感兴趣。同学们告诉政治老师，数学题挺难，那些难题，我都能做出来。伍老师又说除了做习题，还要多看课外例题，多练习，开阔眼界。妈妈一边听老师讲，一边拿出笔认真做笔记。妈妈说她问过数学老师，我的数学究竟怎样，数学老师安慰妈妈不要着急，说我的数学是强项，不会拖后腿的。刚读高中的时候，我的数学并不好，这半年来，我突然对数学感兴趣，成绩一次比一次考得好。

关于我的问题，伍老师跟妈妈进行了长时间交流，伍老师问我在家的性格怎样，妈妈叹了口气，说："这孩子脾气偏得很，不听大人说话。"

伍老师说："现在的学生，都是独生子女，大都这样，家长和老师说话生怕得罪他们。"

妈妈给老师道歉。政治老师说没关系，只是孩子需要养性，磨炼，自己也是一气之下，做法欠妥。

说到书，我有些生气，认为老师不应该收缴书。英语是主课，更是不应该收缴。我不隐瞒自己的观点，如果我做错事情，会知错就改，但老师错了不会跟我道歉。为了表示我的反对意见，我宁肯自己花钱买一本书，而坚决不去找政治老师。

老师找过妈妈以后，妈妈更是严加看管我，她不辞辛劳，每天到锦科来。她还列了考核指标，要我每天按照她拟的考核内容如实填写。考核表里，有做作业情况、上课情况、听课预习以及跟老师沟通情况。考核分成几等，有很好、较好、一般、差几个等次，由我自己做出评价。

妈妈每周末与我谈话一次，让我谈一周的学习情况，包括自己认为做得好的和差的。妈妈准备一个笔记本，让我把我们之间的说话记录下来。

妈妈跟我算总账，我受不了。老师只字不提英语书中我画乐瑶的事，妈妈对这事却认真起来。她又想出奇葩的招数，把早恋列入考核。

跟乐瑶交往的事，妈妈不赞同，一直没有松口。不过妈妈的态度倒是无所谓，她支持与否都不影响我和乐瑶相互爱慕之心。跟妈妈说过我和乐瑶的事情以后，她加强对我看管，主要体现在追踪学习成绩上。

有一天，妈妈提出检查我的作业，我把语文数学作业本给她。我跟乐瑶的事情，得不到她许可，尽管我不在乎，可心里不舒服，憋着气，没跟她说话。妈妈打开本子，挨着查看。

妈妈发现语文错题多，数学有几道大题空着，没有做出来。妈妈叫我过去，我站着，心里不悦，身躯僵直。

她让我坐她身边，问："没做出来的题是怎么回事？"

我没回答。

妈妈说起学习题跟打鸡血似的，异常兴奋，她把我的学习问题，摆在与国家大事同等重要地位。

我脑子乱，想着乐瑶，脑子里全是乐瑶的影子，没有兴趣跟她探讨这个话题。

妈妈没有跟往常那样对我的态度迅速进行批评，她耐心重复关于学习的伟大道理，她心里着急，话语逻辑有些含混。

她重复说："高考近了，时间所剩不多了，大道理讲过了，我也帮你解不了这些难题，还要靠你自己努力。"

我不知道她是否觉得累，反正我听着很累，说这是职业习惯。她从来不承认。

妈妈跟我探讨学习方法，她建议我去请教老师，跟同学沟通，我点头，我承认这是一种稳妥、踏实而有效的方法。妈妈跟我讨论重大战略一般，她告诉我，大题是分界线，大题拉开尖子生与普通学生差别。成败就在大题上，如果这个障碍翻越不过去，考重点大学就成问题。这话老师讲过。

我答应妈妈，去请教老师，与同学沟通，可我没有动身，找不到感觉。我不知道怎样能找到共同话题，倘若我有题做不出来，多数同学或许也做不出来，有时候立辉也未必做得出来。再说，问别人题，觉得掉价，尤其怕乐瑶知道。

妈妈跟我说完话，把本子还给我，我决定自己独立完成，我相信能够完成，我学了很多知识，只是这些知识储存在大脑里，没有变成活信息。

我拿过本子，坐写字桌前，脑子里浮现《哈利·波特》的魔法学校，要是有一种神奇物质注入我体内，那该有多好。它具有某种魔法，让我脑细胞生长，让这些题都不成为事儿。

立辉和那些尖子生一定获得了一种神奇力量，被赋予了某种超常能力。模模糊糊，我似乎有了灵感，脑子某个部位被激活，竟然想起几道大题解法。

原来如此，题没有做出来的时候，总有一道坎迈不过去，一旦迈过这道坎，回过头来发现原来脑子某根神经短路，自己好傻。好似以前写作文，冥思苦想下不了笔，转念间放下笔，忽然脑洞大开，思如泉涌。

我翻出写给爸妈的那段原创文字，读着觉得享受，兴奋不已。

最后还剩一道数学大题，晚上十一点过了，没有做出来。这时似乎我灵感用完了，枯竭了，怎么想也想不出来。于是我放下笔，打开电视，一边看，一边做俯卧撑，以此调剂脑子。

妈妈正在卫生间洗衣服，她听到电视声音，跟发现重大敌情似的，摸索出来，手里洗衣泡沫还未来得及清洗掉。泡沫从妈妈手指往下滴，落到地板上，逐渐扩大，落地时化成水。灯光照射在屋子，泡沫晶莹闪耀。

妈妈走近我，她想说话，又止住。

她无声看我，我看到她眼神着急又愤怒，我淡定，无动于衷。妈妈无声折回卫生间，片刻工夫又走出来，她终于忍不住把脸拉下来，说："数学题还没有做出来呢，你又看电视！"

我说："题做不出来了。"

妈妈的气蓄积已久，责怪道："你就缺乏刻苦精神。"

我心里开始起火，不服气地解释自己已经冥思苦想一个多小时了，做别的事情是想换个思维，顺便看看新闻。自从搬到锦科来住以后，平时不能看电视，只有周末可以看新闻。这样养成习惯了，爸妈没有过来的时候，我也不会开。何况晚上下晚自习以后回来很晚了，更是没有兴趣看电视。

妈妈从来不认为我是比较自觉的人，当着她的面能打开电视，由此她固执推断，她不在这里的时候我更是会为所欲为。她不相信我没有看电视，也不相信我说的理由，她坚持认为作业没有完成的情况下，不能看电视。

跟妈妈说不通，我不吭声，气冲冲站起来，关掉电视机，然后回到桌边做题。我嘴里嘟哝："今晚就这样坐过去了。"

我一直坐桌边，头僵硬了，思维转动不起来。我想今晚这题没办法做出来了，我一直这么耗着，以表示对妈妈的不满。

十二时过了，我还是没有做出来。妈妈过一会儿走到我身边，不说话，递给我茶杯，让我喝水。

看我坐桌边的样子，妈妈以为我改变了，刻苦了，她不清楚我根本没有动脑筋，我找不到思维点，这题根本做不出来。

妈妈没有睡觉，她看看墙上的钟，快一点了，她说："做不出来就算了吧。"

我不理她。

"明天去请教老师。"妈妈扶我起身，说，"去睡觉吧。"

我不肯，又坐下，不理妈妈。

妈妈回外屋看书，一会儿又回来看我。等妈妈出去的时候，我一动不动趴在书桌边睡着了。妈妈叫醒我，此时已是凌晨两点了。醒过来以后，发现作业本上流一滩口水。我起身到卫生间洗澡，依然不理妈妈。

妈妈静静坐客厅，没有声响。

我大半夜没有休息，不知道她是心疼还是怨恨。其实我希望她不管我，放弃严厉管教和高要求。我想说服她让她放弃，试过了，她做不到，她不可能放弃。

她想得很长远，她说想到将来我要面对残酷竞争的未来社会，她就不敢放松了。她说我们将来面临的竞争比他们压力更大，比如大学毕业就等于失业，海归变成海带，回来找不到工作。

爸妈总是把未来想得那么可怕，我不知道他们眼里定义的成功是什么，有一次我问妈妈，妈妈说有一份收入不错的好工作吧。我却不是这样想的。妈妈问我怎么想，我说不清楚，反正我觉得成功不仅仅是钱和地位上的，我觉得将来从事自己喜欢做的事情也算是成功。

高考临近，我越来越找不到状态，常常与妈妈发生争执。

有一天妈妈做饭，想起家里没有盐了，叫我去超市买盐。一会儿我空着手回来。超市盐被一抢而空，没有买到盐。

妈妈很惊讶，问："怎么可能没有盐？"

我说："你不上网吧，有一个地方地震海啸，说碘盐可防辐射。"

妈妈问："有这样的事吗？"

"不信你去问别人。"我说。

乐瑶哥哥乐涛送我一包盐，他下班路过超市，买到两包盐。

这事，让妈妈感到惊恐。

我告诉妈妈："你两耳不闻社会事，一天到晚除了让我学习，还是学习，考大学，你自己还是学学社会知识吧。"

妈妈说："你不读书，不学知识，怎么明白人生道理呢？"

我说："要看读什么书呢，二十一世纪如果人们要过和平幸福生活应该到二千五百年前中国的孔子那里去寻找智慧。"

妈妈："你别给我扯那么远，把眼下做好，以后考上大学你想怎么着，我决不管你。"

"真的？"我问。

"真的。"妈妈回答。

妈妈的回答算是动力，考上大学，妈妈可以不管我，这个目标真诱惑我，因为妈妈实在让我烦透了。

最近跟妈妈闹别扭，学习总不在状态，单元成绩考试不理想。伍老师找我谈心，谈过以后能管一阵，我强迫自己好好学习，但过几天又回到原来状态，我也恨自己，但是没有办法。这样的情况持续两个月，妈妈问我学习成绩如何，我回答还行。

考试过后，轻松了一阵，我约立辉出去打游戏。我注册了一个哆啦大冒险的号，里面没有血腥，没有暴力，我跟立辉玩一个区。我们玩了一天，感到久违的幸福。

在妈妈的眼里，我除了脑子比较好用以外，其他一无是处。做作业，填写妈妈设计的表格，记录学习情况，这些让我快要崩溃。妈妈见我什么也不做，她终于忍不住。

我忍耐，她同样忍耐很久。她把空笔记本和空表摔我桌上，要我今天之内填上，我吼道："不填。"

"你。"妈妈指着我，愤怒说，"你不学，走！"

"走就走。"我说。

一怒之下，我摔门出去了。

这次出走，跟第一次出走大不相同。这次，妈妈没有找我。出门以后，到小区花园坐下来，呆呆看着星夜的天空，什么也不想。我再跑多远，也逃不出如来佛手心。

我坐一会儿，还是要回到那个租住的屋子里，无休止地做作业，读书，听妈妈唠叨。幸好这样的生活快要结束，高考以后，我就会离开这里，开始我的新生活。我期盼一种未知生活的到来，如同盼望中国足球队冲出亚洲一样，无论未来欢乐多还是痛苦多，我还是充满期待。

第六章　突然长大了

一、爱美之心

在锦科读书的日子，我几乎不玩游戏了，有时做功课太疲惫，偶尔玩玩。妈妈没在身边，可以尽情玩耍，没有时间限制，反而对游戏失去兴趣。高考临近，同学们都在备战，这个环境感染我，也改变了我，让我心里常挂着学习的事情。人生的这个阶段似乎就应该学习，这样想自然就不玩了。

其实妈妈担心我玩耍是多余的，倘若我有这份心，监督也没有用，我可以做到表面学习障眼，私下玩耍不被发现。

这段时间，每天学习生活轨迹简单，来回在教室、学校食堂和操场以及宿舍穿梭，前面三个地方在一条线上，宿舍拐个弯，呈 L 形状。有时候下晚自习饿了，到锦科小区外面的商业区去吃点东西，这是我去过最远的地方。立辉从来没有去过商业区，他不知道有这个地方，那天我约他去消夜，磨了好半天他才跟我去，吃完后他又匆忙拉我回去。他的时间好似金子铸的，浪费不得。而我有大把时间，把它们分成几等份，学习，恋爱，踢球，偶尔玩游戏。

模拟考试结束以后，感到轻松一些。我约乐瑶出来见过几次面，最后一次出来，我跟乐瑶走在一起，乐瑶仰着脸跟我说话，突然觉得我比她高一个头。我心里暗暗高兴，乐瑶喜欢高个子男生，像她爸爸、立辉和姚劲那样的个子。

我初中三年基本没长个头，我犯愁，担心自己成半残废，女生把个子不到一米七的男人叫半残废。初中那段好时光从我身上溜走，我和乐瑶离得比从前远了，那段时光在我脑子里还是那么清晰。我参加社区活动和培优班，遇到乐瑶，从此便有机会跟她在一起，后来好长时间我们不曾联系。初中的时候，女生都发育比较早，那时她比我高出半个头，让我很是自卑。不过我现在足足比她高一个头了，时间会改变我们，给我自信。高中报到，我和她见面，没有想象中精彩，我甚至没有认出她。我想象着，倘若我不是那个给她盘起长发的男人，未来与她的种种重逢，都具有悲剧色彩。

我的个子突然长一截，超过一米七，好多衣裤不合身了，衣服下摆到肚脐，长裤变成七分裤，妈妈要陪我去买衣服，我不肯，约乐瑶和立辉去。

记得有一次，我跟乐瑶讨论男人的个子，以前我俩常争论，话题不外乎是关于学习和音乐，还有家庭，关于男人身高问题，关于个子问题还没争论过，说起来挺新鲜。

乐瑶说："雨泽你为什么不长个子呢？"

我说："别急，还没到长个子的时候。"

"读初中了，还要等到什么时候？"乐瑶说。

"我爸读初中也没长个子，我随他。"我说。

"你爸爸那个时代营养不够，现在不能比。"乐瑶说，"你应该到医院去看看。"

"没必要吧。"我说。嘴上虽这样说，心里挺自卑。

听了乐瑶的话，我才意识到自己个头是个问题，于是注意看班上的同学，我算中等偏下，但不算最矮的。

立辉个头比我高，立辉说劳动能长个子，他小时候经常帮妈妈做农活，所以他个子长得高。读小学的时候，他个子长得很快，上中学反而不长高了。我在班上个子算不上高，但也不算最矮，本来没觉得自卑，而乐瑶认为我个子不高，我便让我觉得自卑。

经过商场门，我为乐瑶撑开帘子，笑着低头看她。

"咦，好像是长高了。"乐瑶目光惊异。

有时我想，倘若有几月肥催猪那种快速长高素，我愿意吃下去，让乐瑶高兴个够。

爸妈也关心我的个子，发出乐瑶那样的惊喜和感叹，此时他们甚至忘了来锦科的目的是督促我学习。惊喜过后，他们头脑还是清醒的，他们没有忘记自己肩上的重担，很快又回到理性状态，跟我谈学习的事情。

我读小学和初中时，一般穿贝威之类的牌子。这个牌子产品属于中低档次，多是中学生和年轻人光顾，小的时候我很喜欢。我的衣服一般穿不坏，个子长高了，衣服小了就穿不了，就得重新买衣服。过去妈妈习惯性带我到贝威专柜，我也习惯性跟着去，从来不知道选择。

这次我自己做主，往阿迪，kappa方向走去。

乐瑶问："你不要贝威吗？你不是喜欢这个牌子吗？"

我说："我不想要这个了。"

乐瑶问："为何？过去你都穿这个牌子。"

以前妈妈都买贝威这个牌子，它是国产牌子，价廉物美。住读以后，姚劲说这个牌子没有名气，虽然质地不错，但同学都不喜欢穿这个牌子。姚劲说我老土，不时尚。别人说我什么，我倒不在乎。姚劲不同，他公开追求乐瑶，我不能输给他。从此我失去了穿这个牌子的自信。其实我心里矛盾，我从不跟风，名牌价格高，当然质地也不错，而贝威穿着同样舒服，只不过名声不响亮。

姚劲的嘴里，随时可以说出一大堆名牌的名字，他有影响力，其他同学跟着他穿名牌。过去我对服装品牌没有概念，后来慢慢熟悉那些大牌的名字。

姚劲讲起大牌的时候津津乐道，很神气，同学们跟着他争先恐后讲，似乎谁讲不出大牌的名字，谁就寒碜，无地自容，讲大牌的情景丝毫不比考多高分差劲。

久而久之，觉得那些大牌光芒耀眼，自己身上穿的牌子有一种卑微到无法见人的感觉，自然我开始疏远穿大牌的同学。住读的时候，天天跟同学们在一起，他们都穿名牌，自己穿贝威，觉得不是滋味。

穿着上，我跟立辉接近，立辉让我更自信，立辉的衣服没有一件牌子货，他穿他哥留给他的衣服，还有他妈妈手工缝制的。他妈妈告诉他，穿衣服不要跟别人比，只要没有破洞，干净，就是好衣服。

我觉得立辉的妈妈说的有道理，跟立辉比，我的衣服比他好多少倍。可在同学面前，我穿着我的衣服还是骄傲不起来。

尽管这样，我从来不要求妈妈给我买大牌。妈妈以为我不喜欢大牌，经常夸赞我朴素，她跟爸爸说，她班上的小学生都穿名牌。爸爸说这个不稀奇，爸爸科室的产妇，给婴儿准备的用品，都是国外的，包括奶瓶，奶粉，有的连尿不湿都是国外的。这个太夸张，而我内心却十分高兴，好不容易有一件事情让妈妈夸赞。

商场正在搞打折促销活动，我们到三楼要买的牌子柜台，这个牌子没有参加活动，再看另外一个牌子，都不打折。那些打折的牌子，平时都很贵，价格很高，打折下来，价格还是高。

百货大楼门口人山人海，排成长龙，人们等着领取奖券。乐瑶怕麻烦，拉着我，挑了一套阿迪。营业员说他们不接券了，乐瑶问接什么券。

乐瑶不懂，我说，接券，就是优惠的意思。营业员解释，用现金购券，A券两百给券四百，B券三百给券四百，用现金购券，买一张可省一百元。

乐瑶说难怪下面排那么长队，原来是这个。可阿迪不接券，乐瑶跟我说这不划算。乐瑶从经济上考虑，劝我不买。她问我没有运动服了吗，我说当然有穿的。我觉得自己穿起来挺帅，心里痒痒的，好不容易看上一套深蓝色运动服，我试了好久，给自己壮胆，才下决心买。

我心里失落，失去那套衣服倒是无所谓，而明天打球的时候，姚劲又叫我"贝威"，我不想老听到这个名字，这名字意味着我的档次老上不去。

我不吭声，也不走，眼睛盯着衣服。

乐瑶似乎不懂我的心思，说："改天买吧，反正不急。"

营业员精明，看出我的心思，说："明天可以接券。"

乐瑶说："明天没有时间来咯。"

服务员说："穿着挺帅的，同学身材好，想买就买吧。"

乐瑶看我，不吭声。

服务员又说："让你同学看看，真的好看。"

乐瑶点头，说："嗯，好看。"又问，"真想买？"

我答："嗯。"

乐瑶说："那就买吧。"

乐瑶晚上有演出，买了衣服，她要我陪她去做头发。我们去乐涛理发店，走到门口，看到妈妈在里面做头发，过去我带她来过这里。伍老师弟弟在渝北开了分店，这个店交给乐涛打理。

妈妈坐在一面大镜子前面，乐涛正跟她讨论怎么弄头发。阳光透过白雾，照射进屋子。透着逆光，妈妈的背影在日光光晕里模糊起来，她的头发有些零乱，脑后有几缕白发。

乐瑶拉我的手转身往外走，我拽住乐瑶，拉她进屋，我故意让妈妈看见我们。

透过镜子反面，妈妈看见我们，她偷看乐瑶，然后看我，装着不认识我们。

店里仅六个座椅，每个座椅上都坐着人做头发，还有几人坐外面屋檐下等待。屋里比外面暖和，站在门边的迎宾让我们进屋子。

乐涛让我们等会儿，我退后两步，站门口，仰头看"满庭芳飞"几个字，字体挺漂亮。理发店外墙装饰底色为黑色，看起来挺酷的，适合乐涛的个性。

门口的男孩烫着黄白色头发，理发店员工头发都很潮，有的染彩色，有的头发往上，像菊花，或者杂草。乐涛身材瘦削，他拉过凳子，坐下跟我妈妈说话，他笑着喊嬢嬢，问喜欢弄什么头发。

妈妈看着乐涛，说他长得喜感，像招财童子。

乐涛问："嬢嬢洗头还是烫头呢？"

妈妈问："烫头有些啥方法？"

乐涛说："有陶瓷烫，还有夹子烫。"

妈妈问："头发烫了燥吗？"

乐涛说："头发烫了都有点燥，你可以用点稍好的药水，做个护理，这样头发滋润。"

妈妈问："护理多少钱？"

乐涛回答："是免费的。"

乐涛为她端来一杯水，让妈妈坐着稍等。

妈妈让先洗头。洗完头，妈妈犹豫不知剪什么发型，乐涛找出几本发型书，翻给妈妈看。妈妈看书的时候，乐涛过来跟我说话，乐涛喜欢打游戏，他约我打一款星际大战游戏。我瞟一眼妈妈，怕乐涛的话被妈妈听见。

我说："没有时间打游戏。"

乐涛哪壶不开提哪壶，揭我老底，说听乐瑶说我是高手，不仅玩游戏，还可以做软件。

乐涛说个没完，我偷偷看妈妈，她正低头看杂志，而我可以肯定她的心思没在书里，或许她竖着耳朵在听。打游戏的事，是我的秘密，不可以让妈妈知道，否则怎么也说不清楚。要是被妈妈知道，即便我并没有因此影响学习，她对事物的判断就会变得不客观，她会无端地把学习跟打游戏联系起来，并且打游戏会被用来证明是我学习不用功、成绩不够优秀的原因。

乐瑶偷偷指我妈妈，示意乐涛住嘴。乐涛看到暗示，醒悟过来，于是捂住嘴，转住话头，跟我聊我的发型。他用四根手指头捋我的头发，说长了，变形了，应该理了。其实我的头发前些天才理过，为了节省时间，我在校门口理发，那里只管剪短，剪不出型来。

我问妈妈："看好了没有？"

妈妈还没想好。理发师为乐瑶剪了学生发型，看起来挺精神。

理发师给乐瑶吹头发，乐涛走过去，拿下吹风，说："头发还没剪好，怎么使用吹风呢？"

他一边说一边拿过剪子，为乐瑶修剪头发。刚才剪发的是个实习生，乐涛不满意。乐涛剪了大约半个多小时，一层一层把乐瑶的头发撸上去，用夹子夹着，剪一层放下一层，最后剪出飘飘欲仙的漂亮发式。

妈妈觉得乐瑶的发型好看。乐涛告诉妈妈，妈妈的头形圆润，不适合做那种发型。妈妈并不排斥那种发型，倒是认为自己年龄大，不适合。我认为理头发只有按气质分类，哪有按年龄分的。

乐涛让妈妈躺洗头床上，他打开水龙头，放掉头子的冷水，然后用手背试试，水温合适以后，就开始为妈妈冲洗头发。

他问："嬢嬢，水温合适不？"

妈妈说："合适。"

待头发湿透，乐涛关掉水龙头，双手为妈妈做头部按摩。

乐涛问："嬢嬢，这个力度合适吗？"

妈妈说："很好。"

妈妈说："你看起来那么瘦弱，力气还不小呢。"

乐涛问："我使力重了吗？"

妈妈说："不重，正合适。"

乐涛说："那我就这样用力好了。"

"好的。"妈妈闭上眼，看起来很放松的样子。

妈妈说乐涛洗头舒服，当然我也这么认为。到"满庭芳飞"理发，我的头发都是由乐涛亲自出手，乐涛洗头比任何人都舒服。他的手并不大，双手触摸头部时，用手包裹住头部，手有力度，头稳稳地落下，感到一种力量支撑，安全舒适。他使力恰到好处，不轻不重，仿佛手指使出魔法，敲压与触摸的时候，感到有电波流动，让人昏昏欲睡。

妈妈烫头需要两个小时，我和乐瑶理完头，跟妈妈告别。乐瑶大方地跟妈妈说"再见"，妈妈目送我们，眼睛盯着乐瑶。

二、虚拟世界

妈妈没有跟我商量，她自作主张给我报补习班，补习课程有语文、数学和英语。我想起头都大，不愿意去。

妈妈没有跟往常那样训斥我，而是态度和蔼地耐心开导我。在读书这件事情上，我和妈妈周旋，过去她喜欢发命令式口令，我不愿意接受。现在妈妈变聪明了，她找到切口，好好说我反而能接受。

妈妈说："高考临近，这是最后一次补习，也是最后冲刺，以后再也不让你上补习班了，我说到做到。"

"那当然咯，高考结束了，谁还补习？除非脑子有问题。"我说。

妈妈以为是哄小孩子，她总能找到许多理由，让我无法辩驳。

妈妈说："这次补习针对性强，主要是对付高考。"

妈妈苦口婆心，还是不能自圆其说，没有哪次补习针对性不强。要是补习没有针对性，根本没有人报名。我不想跟妈妈争辩，好歹高考以后这些都会结束，想到有盼头，便勉强答应去补习。

妈妈报了三门课程，我只选择英语和数学，没有补习语文，因为语文靠平时积累，临时补习，做题押题是没有效果的。妈妈坚持全都补习，我只好依了妈妈。

周末，报名那天，妈妈陪我去市中心补习。市中心地盘寸土寸金，高楼林立。高考补习中心占据三层楼，英语在第三十二层。

坐电梯上楼，到达该楼层，走出电梯时，一股刚装修过的胶水味儿扑鼻而来，我连续打喷嚏。妈妈问："怎么了？冷吗？"

我答："没什么。"

楼道狭窄，天花板低，伸手几乎快触及，我感到压抑窒息，要不是妈妈跟在我身后，恐怕走不到教室门口我就会转身逃走。

补习班往右拐，转两道弯才看到。我边走边想，要是创办学校的人再多些想象力那该多好，比如，像《哈利·波特》里面设计的魔法学校那样，宽敞的穹顶、蓝天，还有器皿，让人思如泉涌。

我走在楼道，想入非非。我闭目往前走，恍然楼道长出好多树，我认不得树的名字。有点像家乡的黄葛树，一簇簇树根延伸到墙上、地上。这些树根就是我的神经元，每个神经元都装满智慧，我抚摸它，它就会把智慧传达给我，让我的脑细胞长出许多智慧。

楼道里还有老师制造的各种神器，我在神器之间来回寻找属于我的解药，并获得魔法，功力大增。我不用补习，便可获得高考神器。这是《哈利·波特》效应，把不可能变成可能。

走完幽长的楼道，到了补习班，进门处有老师迎接。

见有人来，老师站起来，微笑着。原来是我们学校的老师，正在跟姚劲说话。见到姚劲，我们相互击掌，以示招呼。老师挺随和，我却有些不自在。我假装不认识老师，好像我们从来没见过。

老师笑容满面，带我们进到一个教室，直入主题，跟我聊关于学习和高考的事情。我没有兴趣，老师便转过头跟妈妈聊，似乎参加高考的不是我而是妈妈。

开课以后，我硬着头皮去了两次，没有找到什么感觉。课堂上，我老是走神，想着这里跟迷宫似的，隐藏着什么魔法。每次来上课，老师在讲台上施行魔法，把我变成怪物。我跑到大厅，照镜子，吓一跳，我成了狮身人面，大厅的人被我吓跑了。下课以后，才知道自己睡了一觉。

我实在忍不住，后来每次上补习课，就到网吧打游戏，常碰到姚劲。打游戏时间过得很快，有时候一场"圣斗士"还没打完，时间快到了。有时候打游戏，早已到下课时间，回家后我告诉妈妈我做作业晚了，妈妈从不怀疑，安慰我读书辛苦，催我赶快吃饭。

有一天，我照例去补课，出去以后没有去学校，直接到网吧打游戏，玩到晚上九点过才回家，进门见爸爸妈妈坐在沙发上等我。

妈妈看墙上的钟，问："怎么回事？"

我没吭声。

"你不晓得时间？我们找你好几回了。"妈妈说。

爸爸问："你干啥去了？"

我小声回答："补课呀。"

"真的？"爸爸的眼光不信任。

"嗯。"我点头。

"真去了？"爸爸又问。

"真去了。"妈妈看爸爸认真，她帮忙回答。

"没让你说，他自己有嘴。"爸爸转向妈妈说。

爸爸向我走过来，我下意识退后，爸爸逼近。他盯着我脸看，发现新大陆似的，猛拉我到灯下，问："脸上的伤是怎么回事？"

"打球不小心。"我捂住脸。

"明明是指甲抓痕，怎么会是打球伤的？"爸爸的眼睛跟侦探一样厉害。

见我不说话，又说："跟谁打架了？"

"没有。"我不承认。

爸爸打我耳光，我没有哭。爸爸又一次打我耳光，这次不是打给妈妈看，是真打。我看到爸爸的眼里满是愤怒。

妈妈拉爸爸，他把妈妈推出门外，关上门。当他下手打我的时候，我恨极了他。我以为在学习这件事上，他很平和，原来是假象，他跟妈妈一样，很在乎我的考试，只是埋藏在心底不说，他没有妈妈那么露骨。

从那以后，爸妈又加紧看管我。

姚劲公开追求乐瑶，他随时跟在乐瑶后面。我警告他，乐瑶是属于我张雨泽的。姚劲买了一条金项链送给乐瑶，她甩开姚劲的手警告姚劲不要碰她，她拿这个东西没用。她把金项链从姚劲手中甩出去，项链落到地上。天刚下雨，姚劲把手伸进了冰冷的泥泞中，摸索好几分钟，才找到项链。

为这事我打了姚劲，姚劲约人，放学的时候挡住我的去路。一群人冲过来打我，他们用拳头和砖头敲我的头，我身上流了好多血。

乐瑶谁也不理，我和乐瑶见面次数越来越少，心里空落落的。

黄葛树叶悠悠扬扬飘落下来，缓缓离开树枝奔向大地。落叶满地，时光更替，生命归根，爱情却不知方向。

此时天气很好，空气中有薄雾，阳光透过树影照射在路上，江上波光粼粼。一阵风吹过来，地上树叶沙沙作响。黄葛落叶宣示生命以另外姿态出现，优雅，从容，冷静。江边芦苇一片残枝败叶，与黄葛树呼应，生命开始歇息，收藏，谢幕。

我约乐瑶几次，乐瑶答应相见。我和乐瑶在木船上打Q，小船在平静的江面游荡，寒意袭来，远山看不清楚。我觉得这样的生活真好，不必做那些枯燥的习题，演算无为的公式，写千篇一律的作文。跟喜欢的人在一起，生命才有意义。

后来，碰到姚劲，我们一起打球。乐瑶的神色有些不自然，姚劲跟我挑明，他喜欢乐瑶，还要跟我比下去。我看乐瑶，她的眼神有些委屈。

姚劲约我到江边，我不去，我约姚劲在"心情故事"咖啡吧。立辉要告诉我爸妈，我不允许。立辉离开那里了，我们正好说乐瑶的事情。

我问姚劲喜欢乐瑶什么，漂亮？有才？他答不出来。我问他了解乐瑶吗，他摇头。

其实我也不知道自己喜欢乐瑶什么，我和乐瑶只是相互吸引。妈妈纠正我说那不是爱情，她总认为我这个年纪不懂爱情。我用妈妈反问我的话问姚劲。姚劲眼里的凶煞之气顿时消失，他略有所思。

傻逼。我心里说。我接着问姚劲懂音乐吗？懂乐瑶吗？姚劲不吭声。

"这些并不影响我喜欢她。"姚劲回过神来，意识到自己处于下风，又说，"我喜欢她，没有那么多理由，就是喜欢。"

后来，在乐瑶的演奏会上，姚劲吹口哨，我跟姚劲扭打起来。双方都受伤了，不赢不输。乐瑶不愿意见我，而我相信她对我的感情。

我到网吧，打开网页，进到自己空间，翻开我的博客。我和乐瑶在网上的博客，双方只有一个朋友，即我们是对方唯一的朋友。

乐瑶告诉我她可能选择出国。她跟我说这事的时候我沉默，她要听我说话，可是我什么也说不出来。

乐瑶的网名叫白衣飘飘，好几天，她没有更新了。

我翻出乐瑶前几天的留言：

雨泽，你去哪里了？我要走了。我也很孤独，谢谢你的陪伴。你说你是一只狼，静静地眺望着大地，你在看着我吗？与我亲切地说着话吗？夜深人静的时候，对着屏幕，我睡意全无。

对话，敲击着没有生命的键盘。在长夜里，时间悄悄从手指滑过。夜阑人静的时候，人们都熟睡了，可屏幕里的信息还在流动。外面的雨悄悄下起来，窗外淅淅沥沥，夜深人静，那流动在你我手指间的话语悄悄地把时间从深夜滑到黎明。

孤独是什么样的？是残垣断壁上的踽踽述说，是一种与众不同的声音吗？

所有的问候很容易，所有的赞歌，人们都会唱，而只有那站在高山之巅的思想者，唱出来的音符才是生命长河的强音，与众不同。

雨泽，你走了，我妈妈走了又回来了，我也会走，不知何时回来。

我打开白衣飘飘网页，听着她的歌曲。

白月光 / 心里某个地方 / 那么亮 / 却那么冰凉 / 每个人 / 都有一段悲伤 / 想隐藏 / 却欲盖弥彰 / 白月光 / 照天涯两端 / 在心上 / 却不在身旁 / 擦不干 / 你当时的泪光 / 路太长 / 路太长 / 追不回原谅 / 你是我 / 不能言说的伤 / 想遗忘 / 又忍不住回想 / 想流亡 / 一路跌跌撞撞 / 你的捆绑 / 无法释放

乐瑶复制了我制作的视频——《梦游天姥吟留别》，我选取《高山流水》音乐，画面为流动的山水，与诗意境契合。我停留在她的空间，听着《高山流水》古筝弹奏。

被爸爸揍一顿，我跑出来，约立辉看《功夫熊猫》，立辉说作业太多，不去。我说放松一下嘛，立辉说还要看课外书。立辉告诉我，前不久他刚在网上看了片子的抢先版，挺好看的。

我说："你小子行呀，自己偷着看，也不约我。"

"你谈情说爱不知去向，人影都看不到呢。"立辉说。

"告诉我，你喜欢乐瑶吗？"我心里烦，逗立辉。

立辉说："喜欢又怎样？你喜欢就不允许我喜欢了？"

我恨恨地说："不可以。"

立辉还是不去看电影，我告诉他乐瑶要去，立辉说我哄他，坚持不去。我一个人去看，没想到在影院碰到姚劲。

看过影片出来，我主动走近姚劲，说："最近网上说这个片子有辱华嫌疑，自己没有看出来。"

我查了网上，导演是斯皮尔伯格，我崇拜的好导演，我没有读到任何关于《功夫熊猫》辱华的信息。

姚劲说："北京奥运开幕前夕，斯皮尔伯格突然宣布辞去北京奥组委艺术顾问头衔。这也就意味着，他将不会为北京奥运的开幕仪式提供任何帮助。"

这个说法似乎有些来头，我似乎明白了。

姚劲又说："所以，他的新片在中国市场上映，自然会受到不少爱国者的抵制。"

我说："指责是应该的，他的做法的确伤感情，但也没必要不看他拍的电影，何况这个电影很中国化。"

姚劲说："我也纠结。"

我说："有什么好纠结的，多数网民在不知道事情原委的情况下参与讨论与行动，我们应该头脑清醒。"

我看看姚劲又说："你就是多数人这种情况吧？"

姚劲委屈，说："我觉得爱国还是没有错的。"

我认为不要把事物混为一谈，只要一部片子好看，没有侮辱我们国家，个人喜欢就可以选择观看。

姚劲说："片子不管是特效还是剧情，其实是很好看的。"

我说："这就对了，我们难得看到这样的片子。"

姚劲说："嗯，我们的特效大片拍得像动画片，动画片拍得像照片。"

我说："我们的电影追求技巧和感官刺激，缺少幽默感，故事讲得不完整，台词和剧情都很没吸引力。光这点，需要学习的很多。"

我觉得，真正打败对手的方式，是比对手做得要好，嘴再硬也没用，我们应该学会承认自己的落后和不足。因为斯皮尔伯格辞去了北京艺术顾问的头衔，我们就再也不看他的电影了，这个会让别人觉得我们民族多么小气。

"这个题材如果交给我们来拍，那得花四五年时间去观察一只熊猫的生长发育交配过程，然后拍一部纪录片出来。"我说。

"当然，这样拍有好处的。"姚劲说。

"一切皆有可能。"我说。

姚劲说："不说功夫熊猫，说说你和乐瑶的事情吧。"

"你不要单相思了，乐瑶并不喜欢你。"我说，"你送那么多花没有用，送她戒指豪车也没有用。"

"你真跟她好上了？"姚劲问。

"你还不死心？"我说。

"或许你们更般配，但我还是不甘心。"姚劲说。

"这就对了，你还识趣。"我说。

我和爸妈三方关系有了改善，在学习问题上，爸妈已经形成统一战线，我们相互适应这种对立模式。

因为学习冲突，我几次出逃，爸妈习惯了，不再满世界找我，他们相信我不会消失，我们都成长了。

我看完《功夫熊猫》以后，猫着步回到家里，爸妈没有再提我逃补课的事情，我满脑子是熊猫，像爸爸那样打着太极。

三、为寂寞的夜空画上一个月亮

　　自从立辉爸爸受伤以后，他家经济变得困难起来，立辉妈妈梁芬进城打工。起初摆烧烤，后来那一带修建，取消烧烤摊，她又出去打工。她有时白天出去，有时晚上出去，时间不定。

　　立辉问，她告诉立辉别人介绍她到药店卖药。立辉不信，叫我一起去跟踪他妈妈。他妈妈从家里出来以后，我们从旁边的小道闪出来，跟在她后面。她低着头匆忙过马路，左边一辆货车嚓嚓开过来，喇叭按得"嘟嘟"响。立辉妈妈似乎有心事，猛一抬头，停在路中间不知所措，浑身哆嗦。

　　走过马路，立辉妈妈梁芬抬眼看路边门面贴出的招聘启示，看过，往洗脚城走，柜台前一个老板模样的女人跟她说话，我们躲在墙后面偷听。

　　老板从头到脚打量她，然后说："我们这里工作很辛苦的哦，你吃得消吗？"

　　"老板，我什么苦都能吃的。"梁芬阿姨接过老板的话。

　　"那好，带她去看看。"女老板叫伙计。

　　我陪爸爸去洗过脚，洗脚城里大房子隔成若干小房子，光线暗淡。白天屋子空，无人，晚上才有人去。张贴启示明写着招服务生，立辉妈清楚洗脚意味着什么，她想都没想便跟人家签了合同。

　　事隔几天，立辉叫我下楼，他眼睛红肿，明显哭过。昨晚跟他妈妈摊牌，他不让妈妈去那个地方。他妈妈告诉他自己也不想去，可已经答应下来，还交了押金，她已经无路可退了。她看好那里工资比其他地方高，除了底薪还有提成。她暗自算了算，每个月收入除了给立辉爸爸治病，还够他们娘儿俩生活，她心里高兴。再说，那里上晚班，白天可以到别的地方找工作。

立辉告诉我，想起他妈妈给别人洗脚，心里就不是滋味，以前他睡眠不好，常常靠吃头痛粉入睡，现在吃头痛粉也不起作用，他失眠，整夜睡不着觉。

立辉妈妈晚上要出去，立辉不让，拉住她。梁芬阿姨说洗脚这活是要花力气的，她从小劳动习惯了，这点活路对她来说算不了什么。虽说要使力，但不是蛮力，也需要知识。她过去跟着立辉爷爷学过针灸推拿按摩，这点知识用得上。她跟别人不一样，手法轻灵又有力度，不使莽力气。无须客人说，她就知道轻重。她按摩张弛有度，该轻的地方轻轻按，该重的地方就使力气。她懂得脚上的穴位，按得准，客人要说哪里不对，她就会耐心解释，让客人心服口服。她做过的客人，没有不说好的。

后来立辉告诉我，他妈妈逐渐适应那里的工作。她的回头客慢慢多起来了。老板越来越器重她，把重要的客户介绍给她。梁芬阿姨心里亦喜亦忧，很矛盾。喜的是，自己有了事情做，还加了薪，祥子医病有望了。忧的是，她不想张扬，不想让更多的人知道自己在干这一行当。

梁芬的回头客越来越多，凡是她洗过脚的客人，再来，点名定要让她洗脚。她不愿意老板告诉客人她的真实姓名，这样，客人只晓得她的工号，梁芬是六号。六六顺，自从立辉爸爸祥子受伤以后，她喜欢这个号。

她不希望别人了解她，尤其不愿意让熟悉的人晓得她在这里做事。老板说这行当也没什么见不得人的，靠找钱吃饭，现在人们逐渐开明、包容。但立辉还是觉得，人们看这个行当的眼光是异样的。况且，给别人拿捏脚，总不是什么可以炫耀的事情。尤其是怕这样的事情传回家乡，立辉爸爸更是没有面子。祥子叔叔可是穷要面子的人，他宁肯下力卖命，挨饿受冻，打死也不会去做那种服侍人的事情。

他们家乡的人，过去听说城里人的脚都要别人洗，觉得简直不可思议。而今城里人有钱了，什么都会玩，舍得花钱享受，洗脚哪个不会，偏偏要花几十元钱让别人捏？

立辉总是担心他妈妈。听说梁芬阿姨有个要好的同乡，为了给妈治病，供弟弟读书，到省城当坐台小姐。后来，女孩的妈妈过世了，女孩回去以后，村里人指指点点骂她，还说她害死了她妈。娘家人不要她给她妈叩头，连她弟弟也不读书了，嫌她脏。

立辉因为他妈妈的事情失眠，抑郁，吃头痛粉不顶用，劝说也没用。听立辉倾诉，我似乎也头痛了。我跟乐瑶说这事，乐瑶着急，要我帮助立辉。我也想帮助他，他敏感，断不愿意别人帮助他，怜悯他。

我请我爸看了一场电影，电影院在洗脚城隔壁。看完电影，下意识拉我爸去洗脚。

梁芬阿姨把盆子端我爸脚下，准备给他卷裤脚，我爸上下打量梁芬，觉得似曾相识。灯光昏暗，梁芬把脸埋得很低，他看不清楚梁芬的脸，他一直盯着梁芬，试图从梁芬的脸上看出些什么名堂来。

他问："你真的洗得好吗？"

"你试试吧。"梁芬粗声粗气回答，她尽量让自己的声音变调，让客人听不出她声音原样。

"你找得准穴位吗？"我爸问。

"晓得，以前学过。"梁芬答。

"哦，不错，过去我认识一个姑娘，她扎针灸挺好。"

梁芬开始按摩，她压住一个穴位，用力使劲，却忘了放开。

我爸叫："哎哟，好疼！"

梁芬赶忙放手，轻声说："对不起！"

"还说做得好，痛死我了！"

这声音，着实吓住梁芬。

洗脚舒服，我爸呼呼睡去，打起鼾声。

世上没有不透风的墙，立辉妈妈做洗脚妹，不知怎么被同学知道了，立辉心里不爽。有一次，立辉在博客写了一篇文章，叫《沉默的故乡》，里面有一段话：我父母是农民，爸爸出来做工受伤瘫痪，后来养鸡养猪，妈妈进城做小本生意。一个月他们收入加起来6000元左右，要给我补课费，给我炖鸡吃鸡蛋，我给我的家庭带来很大压力。爸爸没日没夜地做事，妈妈喝汤吃土豆我吃肉，我父母每次毫无怨言把生活费放到我手里。为了报答爸妈，让他们将来能过上好日子，我只有努力学习。但是我要崩溃了，我每天背着沉重的书包，我的心情和书包一样沉重，我真的活得很不高兴。

有个评论写道：《沉默的故乡》很了不起，洗脚妹挣钱养活瘫痪老公，供儿子读书。立辉看到评论，哭了。临近高考，立辉越来越不高兴，打不起精神。我问他，他说没什么。

看过立辉的作文，我的心情跟立辉一样沉重。我劝立辉不要太为难自己，立辉说那只是作文而已，有些夸张修饰，实际上他自己并没有作文中所说的那样难过。

听了立辉的话，我比他更难过，我问："你说假话？"

"没有。"立辉回答。

"敢说你写出来的那些不是事实？"我问。

"是事实。"立辉说。

"可是——"立辉欲言又止。

"可是什么？"我问。

"我爸爸经常教育我，不要把自己的苦难跟别人说，不要让别人以为我们家有多惨，以此博得别人的同情怜悯。"立辉说。

我把立辉的事情告诉我爸。后来梁芬阿姨到我爸爸医院去打工，至于怎么跟我爸爸去医院的，我不晓得具体情节。

据说我爸爸和他们科室同事后来又去洗脚，我爸爸认出她来，让梁芬去他们科室当清洁工。起初她不愿意去，我爸爸找洗脚城女老板，老板舍不得梁芬走。因为女老板是我爸爸的病人，她女儿是我爸爸给接生的，女老板看在我爸爸的分上只好给梁芬做工作。

梁芬做事麻利，清洁做得干净，谁有什么事情，她都帮忙。去了没多久，科室医生护士都喜欢她。

我爸爸听同事们说起，经常夸她，她更勤快了。梁芬少言寡语，总怕别人瞧不上她。我爸爸告诉她，你凭劳动吃饭，钱来得干净，不必自卑。

梁芬要给我爸爸做办公室清洁，护士长告诉她，不用做，我爸爸从来都是自己做清洁。

有一天早晨，我爸爸一早去办公室，发现杯盖子碎了。他一头雾水，以为三伏天太热，玻璃盖子自动炸开了。梁芬敲门，怯怯承认自己打碎了杯子，她自责，怪自己做清洁不小心。

我爸爸说："没关系。"

梁芬心里过意不去，她从裤兜掏出钱来，要赔偿杯子钱。我爸爸笑笑，推开她的手。

梁芬心里一直放不下自己做工这件事，回老家时跟立辉爸爸祥子说了自己到医院上班，是我爸爸帮忙。祥子听后勃然大怒，狠狠地骂梁芬，说："你跟老子那么没有出息，老子还没有死，哪个稀罕你去挣钱呀！"

梁芬想不到祥子会发那么大火，她觉得委屈。

梁芬说："我也是一片好心呀，你这人就是嘴巴烂，啥子好事情到了你的嘴巴里就没个好了。"

平时梁芬不敢顶撞祥子，她畏惧祥子，要是哪句话说得不对，他就会蹦得老高骂立辉妈。这次回嘴实在忍无可忍。

梁芬回城以后跟立辉说起这事哭了，立辉头又开始痛了。

我约立辉出去玩耍，散心，他爽快地答应了。乐瑶跟我们一起去，那是我们三人最后一次出去玩，立辉的情绪不太好。

我们沿长江走到科技馆和歌剧院，这里与朝天门遥相对应，是新兴开发区。

远看，歌剧院建筑呈方块叠形倾斜，像远航的巨轮，气势磅礴。

我问立辉："好看吗？"

立辉说："好看。"

我说："看起来怎么像傻子一样？"

立辉跟我争辩："到底我们是傻子还是它是傻子呢？"又说，"那是艺术，你不懂，它让人陶醉。"

"得了吧。你说说你家乡的麦田还行，这个，你也不懂。"我说。

立辉不吭声。

说过以后，我有些后悔，感觉到我的话伤到他的自尊，本来约他出来散心，他不高兴违背我的初衷。我说："不说这个，看看别的吧。"

歌剧院外面贴着大幅广告，那天有歌剧《猫》上演。我想象中的艺术建筑，应该与高亢嘹亮或婉转动人的音乐有联系，有起伏，浪漫而诗意。这个建筑是直线的，方框式的，没有给人流线式的音乐的灵感，我看不出建筑和音乐之间的联系。

我问乐瑶，她摇头。立辉坚持认为我们不懂艺术。切！懂音乐的人就在身边呢。

立辉认真起来，他打开手机，说："雨泽你看，设计者寓意这座建筑是孤帆远影。"

嘿嘿，周边全都是商住楼，密密麻麻喧嚣一片，哪来孤帆远影呢？直立粗犷的结构，好像重工业城市，有着地域特点的莽文化。

立辉说："这叫繁荣昌盛吧。"

乐瑶说："科技馆还不错，线条简洁，乳黄色与深灰色相间，形似地球与太空图案。"

"是呀，总算还有可取的。"立辉说。

我说："不过还是有进步。"

立辉说："你啥时候变得客观起来了？"

"就是嘛。小时候，爸妈带我到科技中心玩耍，以为可以看到从地球起源到天体爆炸，看到太空飞船之类的东西，哪晓得全是儿童游戏，鬼怪神宫，我以为这些就是科学。那时比起我现在玩的游戏，档次低多了。"我说。

"我小时候从来没有见过那些。"立辉说着声音小下来。

立辉跟我讲过。他上小学的时候，在当地县城读书，那时，他爸妈进城打工，他跟着爷爷和哥哥，只有过年才能跟爸妈见面。爸妈回乡下总是带好多吃的穿的回来。可是立辉并不高兴，他想跟着爸妈，去城里看外面的世界。

说着，我们经过洗脚城，立辉拉我绕道走。

从那以后，我一直没有见到立辉。后来，听说他得抑郁症休学了。传言有好几个版本，有的说他跳楼，有的说他割腕，但正确的版本是他的确得抑郁症了。

这是我爸爸告诉我的，爸爸很难过，说立辉是个好孩子，很可惜。在老师和我爸妈眼里，好孩子就是立辉那个样子，成绩好，听话，懂事。立辉因为什么原因得抑郁症，有的说他爸爸逼他考高分，有的说没有完成老师布置的作业。什么乱七八糟的传言，网络上有的，都套在立辉身上。我知道立辉一直失眠，头痛，吃药不见好转。

后来从我爸爸那里得到证实，立辉的确干了一件很蠢的事情，有一次他考得不好，差点跳楼，但没有得逞。这让我着实惊呆了，立辉内向，什么事情都看不开，这个我信。

他不想活了这件事，我怎么也发挥不了我这颗青春脑袋里面深藏不露的想象力。我跟他最要好，他做这傻事我连一点征兆也看不出来。前段时间因为他妈妈工作的事，他闹头痛，睡不着觉。轻生的事好在没有得逞，等见到他我一定要痛骂他一顿。

直到有一天，读到伍老师给我一封立辉写的信，我号啕大哭。有一句话写道：我知道我没有力量鼓励你们坚强，不要为我哭泣，我真的太累了。多年来心灵一次次平复崩塌，而当它再次崩塌时我又无能为力了，只有咬牙忍受再寻找调整的机会，而现实的美好被破坏着，我真的厌倦了。

我的眼泪顺着腮帮子流下来，痛骂他的想法烟消云散。

立辉就是这样，常常因为自己的成绩考得好而感到骄傲，虽然个性并不张扬，但我看得出来他内心的那分骄傲。有时候我不喜欢他那种得意，但换个角度想，他做出了那么大的努力，那是他应该享受的喜悦，我没有那么多付出，因此不能体会到他的喜悦。

但是立辉不知道的是，这些考试成绩其实并不能反映出我们是多么的独特，不能代表我们面对问题和困惑的时候应当具备的素养和解决问题的能力。出这些考试题的老师把每个学生都看成一个模子，并不了解每个人的秉性和爱好，不了解我们究竟需要什么，他们像爸爸妈妈那样，很难与我们思想找到交集点。

所以分数只是分数，我们可以为自己的分数自豪，像立辉那样，内心具有自我满足感。但是每个人可以有很多种方式证明自己是优秀的，考试绝对不是唯一的一种证明。立辉因为分数内心充盈，瞬间又被分数抛弃。可悲的是，他找不到让自己的内心强大起来的事物，游戏、电脑，还有他的家乡，这些都不是。

立辉读书读迂腐了，这点我一点也不喜欢，但这并不影响我们成为最要好的同学，或者称得上知己。有一段时间，我很郁闷，总是他安慰我陪伴我。

曾经以月考期末考成绩分班，我被搞得失眠而焦躁不安，想过干脆不要留在重点班了，却因为妈妈反对，还因为重点班某些特殊待遇，我跟大多同学一样留了下来。尽管可以享受那一点点虚荣，我的骨子里却是极其厌恶这样的班级，以及带给我的压力。

我可以体会立辉得抑郁症的感受，有时候我对自己毫无信心，怀疑自己精神不太正常。大人们会说傻，校方说学生心理素质不强，但是在那样的环境下，父母的期许，重点班的头衔，稍不注意，成绩就落到后面。老师一直灌输一些理念，除了清华北大其余算什么呢？

这些都会让人喘不过气。因为这样的竞争，所以从进这个班开始我就没觉得这个班级作为一个集体给我带来过某种感动。不管什么集体活动，立辉总是跟少部分人一样不参加，他们总觉得耽误学习，连一起郊游立辉都带着数学作业。

为了准备考试，立辉放弃了他喜欢的画画，他说画画的时间可以解多少数学方程，背多少英语单词。唯有画画，他才能从中找到快感，而考试成绩让他思想陷入死结，无法解开。

因为跟立辉是好朋友，我不得不接受他这样的行为。立辉劝说这简直太正常了，我周围坐的全是可能把你踢出这个班的人，我还能真正放下学习去为这个班这个集体做些什么事吗？

我讨厌这里的浮躁风气，不管什么人，只要有钱都往这里送。我读这个学校爸妈交过费用，尽管只差几分。而那些差几十分的同样跟我交一样的费。像我这样差几分的交费，我认为是学校很有技巧地将收录标准提高了，这样可以收到更多的费用。

那阵，立辉陪着我一圈一圈地走操场，长时间通话和沟通，熬过那段艰难的时期。立辉不停地做作业，安慰我，却没有时间停下来安慰自己。

球场有人背诵：昔人已乘黄鹤去，此地空余黄鹤楼。黄鹤一去不复返，白云千载空悠悠。晴川历历汉阳树，芳草萋萋鹦鹉洲。日暮乡关何处是，烟波江上使人愁。

看台好似古琴台，仿佛听到高山流水遇知音的琴声。

我问："倘若没有遇见钟子期，伯牙会心无波澜地弹琴吗？"

立辉说："钟子期出现，解读琴语，高山流水，伯牙遇见读懂自己的人，伯牙弹琴具有存在的意义。"

我说："是呀，次年他迫切见到钟子期，找到懂得他的人。当他得知钟子期离世，在其墓前弹奏以后，砸断琴弦，从此不再弹琴。"

立辉说："因此，伯牙遇见钟子期，既幸运又不幸。钟子期到来，让他的琴声有了生命，随着钟子期离去，他便孤独，了无知音。"

我不知道跟立辉说什么，我只知道立辉很蠢。

我跟立辉曾经讨论过关于失败的事情，比如刘翔。伦敦奥运会男子一百一十米跨栏预赛，因脚伤跌倒，刘翔单脚跳到终点栏架，亲吻栏架，他悲伤谢幕。网上多数人并不买账，谩骂他，叫他刘跑跑，刘跳跳，骗子，作秀。

看到这个，立辉哭了，我的鼻子酸了。刘翔是我和立辉心目中共同的英雄，他创造了二〇〇四年奥运传奇。

立辉说："刘翔是凡身肉胎，要求他永远处于巅峰，那是不现实的，任何人都办不到。"

我说："就是嘛，因此人不可能永远挣得到第一。"又说，"人们骂他，主要是痛恨作秀。"

立辉能理解刘翔，而发生在他自己身上的事情，却无法理解。

立辉说："作秀也不能怪刘翔，他是被绑架的。"

我点头。

立辉带着羡慕的神情说："与刘翔比较，林丹演绎了完美。"

我说："我们的心态里，接受成功要比接受失败容易。在奥运赛场，我们不只看到辉煌和欢笑，应该接受他们的失意，无助。一个强者，面对挫折与困难，更需要支持。"

没有想到，当初讨论名人的成功与失败，现在轮到讨论我们自己了。

我唱一首歌，这首歌是立辉推荐给我的，名叫"画"：

为寂寞的夜空画上一个月亮，把我画在那月亮下面歌唱，为冷清的房子画上一扇大窗，再画上一张床，画一个姑娘陪着我，再画个花边的被窝，画上灶炉与柴火，我们一起生来一起活。

画一群鸟儿，再画上绿岭和青坡，画上宁静与祥和，雨点儿在稻田上飘落，画上有你能用手触到的彩虹，画中有我决定不灭的星空，画上弯曲无尽平坦的小路，尽头的人家梦一路。我没有擦去争吵的橡皮，只有一支画着孤独的笔，那夜空的月也不再亮，只有个忧郁的孩子在唱，画上母亲安详的姿势，还有橡皮能擦去的争执，画上四季都不愁的粮食，悠闲的人从没心事。

立辉爸爸祥子去看立辉，几乎晕过去。

我爸爸让我陪他去看立辉，他说起当年为他接生时的情景，他还想得起立辉呱呱落地时的哭声，清脆响亮。梁芬要我爸爸给立辉取名，我爸爸说他们家祖上是书香之家，取名立辉，从小立志，好好读书，振兴家业。我爸爸看到立辉的手指比一般的孩子长，他跟立辉爸爸建议等立辉长大学医，做外科医生，或者妇产科医生，手指长好做手术。

立辉爸爸高兴，几十年来什竹没有什么变化，不仅缺医少药，还缺乏专业人才，他爸动了心思，让立辉学医，学成以后回去为家乡服务，那里有他的用武之地。

四、告别音乐会

乐瑶妈妈陈婧婧为乐瑶联系到意大利音乐学院学习，乐瑶终于决定出国留学。她原本不想出去，正犹豫中，意大利音乐学院看了她的资料和演出光碟以后，很欣赏她，邀请她去学习，并承诺为她举办专场音乐会，在欧洲巡演，她动心了。

此时，无论我说什么都是多余的，毫无意义的。我假装不在乎，轻松的样子。我知道，她走，会拉大我们之间的距离，我们的未来变得不可预测，不可捉摸。然而我祝福她，必须的。我内心想哭，我不会哭，男子汉不能哭。爸爸告诉我，爱一个人不是占有，而是给予，是让其获得飞翔的翅膀。

爸妈知道我和乐瑶的事情，妈妈一直不同意我们交往。乐瑶是多好的姑娘呀，她就是缪斯女神派到人间的精灵，我弄不明白妈妈为何这样。妈妈承认乐瑶是好姑娘，她说我们都太小，未知数太多。我在妈妈眼中一直是孩子，总是长不大。

爸爸态度暧昧，他不支持不反对，看似没有态度，其实他的观点跟妈妈差不多，他一直强调不要因为谈恋爱影响学习。

乐瑶出国手续办妥，临走之前，学校为她举办告别母校独奏音乐会。

乐瑶先行离开，明天我也要离开学校，心里不舍。当初我刚走进学校的时候，门口写着大红横幅：今天你以母校为荣，明天母校以你为荣。我激动不已，荣誉感被激发出来，幻想着等到明天，成为行业精英。想象那时我回到母校，像马云和俞敏洪那样，像我的前辈校友那样，回到学校讲台上，与学弟学妹分享我的成功经历，学校和老师以我为荣。我实现了妈妈的愿望，妈妈也会因此幸福得发晕。

还没有等到明天，乐瑶就成为母校的骄傲，这种距离在她和我之间着实拉开了，以至我无法追赶。

告别仪式隆重，学校请教育局领导和媒体光临，演奏大厅前面四排空着，位置留给嘉宾。演奏会开始，十多个小提琴艺术特长生上台合奏暖场，乐瑶出场之前，他们是一道完美风景。

乐瑶上台以后，再看他们，跟乐瑶比，显得黯淡。乐瑶的艺术范儿是学不来的，一个眼神，一个手势，一低头，甚至微笑或者皱眉，显现独一无二的气场，她已然蜕变成为白天鹅。她走上台，令其他人失去光泽。

乐瑶在我心里最完美，妈妈说情人眼里出西施，我反复想这个问题，认为真不是这样。乐瑶出类拔萃，不得不承认我跟她之间存在差距，这种距离会随着她的离开加大。

忽然我感到有些惶惑，不安，我们之间似乎存在两股力量，拉向相反方向。我努力向她那个方位移动，却追不上，我们离得越来越远。她向一个高度飞翔，她的容颜越来越不清晰。

我上台助唱《船歌》，得到热烈持久的掌声，不比乐瑶获得的掌声少，这让我的虚荣心得到小小满足。乐瑶听得梨花带雨，我的眼睛湿润了，眼泪差点掉下来，我忍住让它留在眼眶里。这首歌乐瑶最喜欢，我们去卡厅K歌，她总是让我唱这首歌。这首歌女性味儿浓厚，被我演绎出来又是一番滋味，我刚刚完成变声，一夜之间，妈妈发现我原来尖细稚嫩的嗓音变得粗犷浑厚，爸爸说更有男子汉魅力。

呜喂——

风儿呀吹动我的船帆

船儿呀随风荡漾

送我到日夜思念的地方

呜喂——风儿呀吹动我的船帆

情郎

呀我要和你见面

诉说我心里对你的思念

当我还没来到你的面前

你千万要把我记在心间

要等待着我呀

要耐心等着我呀

情郎——

我的心像那黎明的温暖太阳

呜喂——

风儿呀吹动我的船帆

船儿呀随风荡漾

送我到日夜思念的地方

当我还没来到你的面前

你千万要把我记在心间

要等待着我呀

要耐心等着我呀

情郎——

我的心像那黎明的温暖太阳

呜喂——

风儿呀吹动我的船帆

船儿呀随风荡漾

送我到日夜思念的地方

　　在乐瑶出国读书这件事上，乐瑶妈妈费了许多心思，她要我说服乐瑶。她妈妈赞扬我懂事明理，我觉得好笑，她并不了解我。

　　乐瑶曾经不肯答应跟她妈妈出国，我说服乐瑶也不起作用。出国学习原本就是乐瑶的梦想，只是因为跟她妈妈那道坎迈不过去，她不愿意出国。虽然她口头原谅了她妈妈，而心头有一道裂缝难以弥合。她妈妈离开她，那道阴影投射到她心底，即便回过头来，她妈妈使出招数，把所有的阳光都献给她，而她心里依然有寒意。

有时候她们显得亲密无间，乐瑶就是一个乖乖女儿，妈妈的小棉袄，她妈妈用行动弥补作为母亲的责任。殊不知这是错觉，认为她们之间不会存在问题。可是乐瑶并不快乐，我觉察出她们之间的缝隙，乐瑶妈妈装得没事儿似的，乐瑶闷闷不乐，不喜欢说话，她心灵脆弱而封闭。

乐瑶舍不得离开我，我也舍不得离开她。彼此我们不说明，但心里明白。她要离开我，我们不得不分离，不以我们的意愿而定。乐瑶家庭变故那阵，无处诉说，她每天跟我倾诉。我常常躲在被窝画她的头像，几年时间，我画了上百幅她的头像。

昨晚，做作业到深夜，头脑异常兴奋，我没有睡意。窗外星星点点，突然好想对繁星倾诉。此时乐瑶打来电话，问我是否休息。我们心有灵犀，从屋子出来，听蛙声虫鸣，扑捉萤火虫。我给乐瑶讲《聊斋》的故事，乐瑶捂住我的嘴，不让我说。我握住她的手，她的手细长润滑。我亲吻她的手指，恍然觉得我变得灵动起来，这手指是沾染缪斯女神灵气的尤物，我获得美妙的神力，我的生命变得具有活力和有价值。

我们相拥数星星。乐瑶说："以后，我想你的时候就数星星。"

"嗯，我也是。"我说。

第一次吻乐瑶，我说话声音颤抖，凝视乐瑶说："永远这样，多好！"

"那我不走了。"乐瑶说。

"不可以。"我说。说过心里后悔。

那是我读书以来最幸福的一天，我愿意用所拥有的一切去换取这天的时光。

美妙时光总是短暂，星光下我希望这梦境延续下去。天快要亮了，一切将恢复原貌，白昼下我会失去仰望星空的勇气和诗意。当天空朦胧露出亮光，我们不得不告别，依依不舍离开。我目送着她，直到她的身影消失。

我劝乐瑶出国，口不对心，好几次我试着想对她说，希望她留下来，可话到嘴边又留住了。音乐是她的第二生命，我没有权利剥夺。我把周老师给我讲的道理搬出来，告诉她，出去不是学习技巧技法，而是重在学习文化，感受文明，我们需要世界优秀的东西来丰富营养我们的血脉。

也许有一天，我也会这样选择。我喜欢国外那些不同风格的东西，它能够把我带进一个奇异而梦幻的世界，比如《哈利·波特》，让我感受现实无法实现的东西。我所成长起来的地方，给予我生命，我充满了依恋，相信将来有一天能为她做些有意义的事情。

乐瑶不再纠结，她与我约定，她会在那遥远的地方等着我，她让我去追她。我们的情感顿时变得明朗起来，她给我一个美好期盼。

立辉写了一首诗，伍老师朗诵。

你是缪斯撒落人间的花种
你的琴声，是花开的声音，是青春序曲
你以这样的方式独奏
给清纯美丽的青春来临一个惊喜

你是圣母吻过的女孩儿
吻过你的容颜你纤细的手指
你唱着欢乐唱着忧伤
青春快要来到心里
你的嘴角早已荡漾着
少女的喜悦和娇媚

你母亲唱着苦难和欢乐的旋律
寻找生命乐音
青涩小提琴弦外音久远
青春序曲重又撩拨音乐生命

你接受缪斯女神嘱托

你终究成为她的音乐精灵

成为缪斯赠予世界的最美礼物，和如花的记忆

你抚着琴弦的姿态

若清风若珠玉若流水若森林

莫不是青春如约邀你远行

音乐已然浸满你每个细胞甚至生命

青春翅翼丰盈

旋律初恋般穿越彼岸

音乐灵魂丰满，抵达未来

　　立辉写诗，我惊呆了，我只知道立辉能画画。乐瑶从未告诉我，立辉写给她几十首诗歌，这首诗让乐瑶哭了。立辉喜欢乐瑶，看到我和乐瑶好，看到姚劲和乐瑶说话，心里失落。想要表达又缺乏自信，内心很苦闷。

　　乐瑶演奏贝多芬小提琴奏鸣曲《春天来了》。

　　春天来了，鸟儿要飞走了。

　　乐瑶的琴声如诉如泣，婉转徘徊，我没有听出春天来了的欢快。我怀里抱着鲜花，待乐瑶演奏完以后，上台为她献花。

　　音乐会结束，乐瑶请同学吃饭。乐瑶像高高在上的女神，平时不跟同学出去吃饭玩耍。这回接地气，跟我们玩一把俗的。姚劲乐不可支，想跟女神亲近，为乐瑶背包拿琴。同学们七嘴八舌挤过去跟乐瑶说话，问乐瑶一些生活琐碎事情，就像追星，除了上厕所这样的私密事情，其他的都问到了，比如问她喜欢吃火锅还是西餐，问她喜欢看国产电影还是外国电影。姚劲问同学们烦不烦。乐瑶心情好，耐心回答问题。

　　乐瑶脾气跟我对路，我对吃饭的兴趣不大。大家一起吃饭少则一个小时，多则三个小时，我不喜欢用一个小时那么长时间吃一餐饭。不过，这次选的地点比较近，而且这里吃的东西也不错，再加上吃乐瑶的告别饭，我没有理

由不去。

这家店在街边马路旁，周围是洗车洗头店。吃了饭，大家又找到附近KTV娱乐。据说这是这地方最大的KTV。进门之后，才发现包间其实很小，大家勉强坐下。然后大家逐渐进入状态，气氛也上来了，连一直放不开的我都放得开，主动唱了一首。我听到了其他不少好听和经典的歌。尽管是不同的唱腔，但还是很开心。

最后，大家合影留念。说到留念，我才想起认识乐瑶好几年时间了。留念和分别总是一起的，我和乐瑶也迟早会分开，不知是暂时还是永久。

我一边喝着啤酒一边想着心事，幸福时光总是短暂，就像我和乐瑶半夜溜出宿舍看星星，以后再也没有那样的夜晚，陪伴我们更多的是读书做题。乐瑶离开以后我不知道自己将来在哪里，不知道我还会不会去找她。

同学们散去了，留下我和乐瑶在街上漫步。我们谁也不说话，静静地走着。我伸手拉着乐瑶的手，她温顺地向我靠近。

路过一个地摊，卖皮筋的老太太招呼乐瑶买她的皮筋。乐瑶蹲下来看扎头发的皮筋，灯光昏暗，老太太眼睛不好使，费劲地从塑料口袋里摸出一束扎缠着黑色毛线的皮筋，递给乐瑶。乐瑶看看，一扎皮筋大约十根，毛线稀稀拉拉缠着皮筋，没有完全盖住，有的毛线头子断掉，用手牵扯头子，毛线便落下来。

乐瑶看后皱眉头，似乎想起什么，她把皮筋退给老太。

老太望着我，眼神充满祈求，我递给老太太两元钱，将皮筋买下。

乐瑶给我讲过小时候的故事，那时她有一大把长头发，直拖到腰际。她爸要给她剪掉，她不肯，她喜欢长发。每天早上，她爸给她梳头，用缠着毛线的橡皮筋结头发。她爸设计发型有点天分，能把头发盘成发髻，有几种不同款式。她爸用不同颜色的头花、丝巾，插满她的头，把她弄得花枝招展。我问她感觉如何，她说现在回想起来，觉得非常滑稽，身、首的装扮不协调，单看头的发型，以为是个要出席隆重宴会而刻意打扮的资深小提琴家。往下望，一身白衬衣与花布裙，白短袜与白皮鞋，分明是个女学生。后来年纪渐长，对小时候的打扮不自信起来。上中学以后，打扮成这样，有鹤立鸡群的感觉。我倒不觉得有什么，乐瑶在乎，加之她的小提琴拉得那么出色，与同学之间或多或少形成隔阂。后来她开始改变自己的形象，打扮变得简单低调。

乐瑶蓄长发好看，我喜欢长发，那时我们不相识，岁月将她的长发飘到我面前，不久将飘走。

我把皮筋递给乐瑶，她说小时候每次她爸给她梳头的时候，她问，妈妈为什么不给她梳头。每次看到橡皮筋，她总是想起她妈妈。

五、成长的印记

高考前夕，妈妈问我复习得怎样，感觉怎样，我答可以。妈妈似乎对我的回答并不满意，说知道我会这样回答，以前她问我学习，我总是这么回答，她说我敷衍，可我的确觉得不错。

之所以感觉不错，是因为我能够找到一个平衡点。跟考高分能够上清华北大的比起来，我当然还有距离，而我知足了。一分耕耘一分收获，有的同学把吃饭上厕所的时间都用来做题和背单词，我的业余时间，被学习占用不算多，几乎是打游戏打球，只是近半年我调整了时间比例，用于学习的时间更多，所以应当想得通。跟乐瑶这样的艺术尖子生比，我缺乏先天基因，当然是自愧不如。乐瑶定是未来世界级巨星储备人才，据说每隔五百年天地万物才能制造出一个这样的尤物，哪里轮得上我？

我只是一粒尘埃，飘向哪里，便可以随处安身。与立辉相比，我感到满足。立辉埋头苦读，所有时间都用来学习，却没有如愿，因为抑郁症，他休学在家。我介于他们之间，站在平衡点上，世间万物原本就由不同高度、不同方向、不同力量的点面组合而成，这符合自然规律。

妈妈不认同我的平衡点，她说我这是为自己不努力找理由，她说我这样的年纪就要拼搏。可是我想不通为什么一定要拼搏，妈妈认为拼搏就是努力考高分。可是考高分又是为什么？妈妈的答案是考高分可以读重点大学。我能够预知的最远大的目标就是这个了。读了重点大学以后，所有人同样面临找工作，就业，我没有获得更多的重点大学毕业就业更容易的信息。

在高中毕业宴会上，姚劲讲了个最有戏剧性的段子。他哥那年高考，考了三百分，而他妈妈朋友的孩子考了七百分，那个学生上了重点大学，而他哥只能去打工。十年后，那孩子的妈妈向他哥和他妈妈炫耀他儿子又应聘了一个年薪二十万的项目经理，而他哥却在想该不该聘用他。我说算你哥俩狠，那个孩子要是考不上大学，只怕他妈连炫耀的资格也没有。姚劲神情得意，我斜视他一眼。我和他为乐瑶的事打架以后，乐瑶找他，明确说不喜欢他。我心里乐，比打姚劲一拳还解恨。姚劲问乐瑶因为什么？张雨泽么？乐瑶摇头，说没有张雨泽，他们之间也不可能。看来姚劲还是不明白他跟乐瑶之间的差距。

高考那两天，爸妈请假没去上班，他们分工配合，管理我的饮食起居，井然有序。妈妈每天负责买菜做饭、洗衣服，爸爸负责接送。

第一天爸爸送我到考场，进门的时候，爸爸说："要冷静，不要慌。"

我走了几步，回过头看，爸爸还站在那里，微笑着看我。爸爸旁边站着接送学生的家长，他们伸长脖子，目不转睛看着自己的孩子。有的爸妈跟着，有的爷爷奶奶跟着，还有的全家人齐上阵。

我随着人流往里走，一条大道两旁种满黄葛树，树叶茂密，遮住了光线，阳光几乎透不下来。

六月天进入梅雨季节，雨水多。这天晴了，一早太阳出来了，天已然进入夏季。巴州夏季热得流火，初夏还比较好过，不算热，雨水多，空气清新，湿润润的，很舒服。考试前一周，爸妈去过什竹，拜过文殊菩萨，爸爸说天气好，天上文曲星保佑我。

第一天爸爸送我去考试，后来我不让他送，爸爸依了我。

高考最后科考英语，乐瑶问我最后交卷的时候是什么感觉，我回答没有感觉，脑子一片空白。交卷后几分钟才想起来，高考结束了。过了几个小时才反应过来，中学所有的事情放电影一般浮现，高中结束了。回过神来才发现，我的少年结束了，青春刚开始，不知所往，便有老气横秋的感觉。我的少年疯狂的时光就这样过去了。曾跟姚劲干架，上课时偷偷画乐瑶，在抽屉里玩手机，对空打游戏；抵触老师的教导，轻狂不知年华的流逝，无拘无束暴露自己最真的本质，为自己心底的梦努力奋斗。这些还在脑海里翻飞。

考试结束以后，我做好心理准备，接受妈妈的问题，比如考得如何，仔细检查没有，答题有没有漏做的，有错别字没有。

从小学到初中，妈妈反复问这些问题。这也是最后一次了，我做好准备让妈妈问个够，就让暴风雨来得更猛烈些吧。而这次出乎意外，妈妈破天荒不问关于考试的问题，我反而觉得不太习惯。吃饭的时候我挑起话头，说考场上的事情，她没有问，也不搭话。晚上洗漱的时候，我想跟她聊聊，她让我早点休息。

高考结束以后，我跟姚劲还有其他同学出去喝夜啤酒，玩了一个通宵。那是我读书以来最轻松最快乐，玩得最嗨的一次，我再也不要想关于学习的事情。同学们庆贺新生命一样嘶吼，男同学几乎都喝醉了。

我喝了四瓶啤酒，回到家里，蒙头睡两天。这两天，没有跟爸妈见上面，起床以后，厨房留有饭菜。我得到解放似的，他们同样可以轻松了，不用每天把心思放在我心上。

尤其妈妈，有时听她跟爸爸嘀咕，说想起我的事情她经常失眠，爸爸带她去看心理医生。有一阵，妈妈吃了三个月中药，满屋子弥漫中药味。

第三天起床以后，我脑子一片空白。我醒来习惯性起床，习惯性准备去上课，我几乎想不起昨天发生了什么事情。

我好像做了一场梦，梦见一些不确定场景，在一个古战场，像古罗马帝国，一片残垣断壁。场景交替转换，在立辉家乡什竹，一尊文殊菩萨像，矗立寺庙，菩萨念叨着咒语，我一句也听不懂。

我起身到厨房，用凉水洗把脸，喝口凉开水，觉得那些碎片场景是昨晚一场梦，而这场梦跟昨天发生的事情契合。

我开始整理过去那些学习东西，想这些东西对于我大概没什么用场了。我把以前写的作文翻出来，发现那时很稚嫩也很自以为是，写的很多都不真实。感觉大多没有必要再读了，更不好意思拿给别人读了。我忽然发现一个事实，高考让我成熟了。

以前写了几十年学生作文，从作文范本和教材，我已经学会思维定式，每次只要看到作文题目，一些词就会冒出来。有时候觉得牵强，但还是硬要往这些词上套。就连为数不多的科普文章，也都是写自己将来要做一名科学家或者宇航员什么的，那样才能显示出自己的崇高理想和远大目标。当这些词一股脑儿涌出来写出来以后，心里才感到踏实安全。

过去我跟姚劲讨论过这些作文，姚劲让我把这些作文扔了，我很气恼，觉得姚劲妒忌我的才华，不尊重我的劳动成果，现在看来觉得可笑。规定好学生要写的东西，学生很难有思想和想象的空间。

我跟老师长时间争论过关于作文的事情，其实我也不是先知先觉，我只是想不通，每当写作中谈到自己的见解和看法的时候，伍老师就说我叛逆，把我当典型，让同学们写作千万不能像张雨泽这样写。

老师要求同学们要多读语文书，老师还告诉同学们诀窍，就是读语文书，要读到你觉得语文书上面的文章和话就像是自己说出来的时候，你就读进骨髓，读成功了。老师告诉我，像是安慰我似的，说你是身在青春期，写文章叛逆一点是可以理解的，但要注意改正。

我很迷糊，不知道怎么改，我想自己唯有改掉青春期才能改掉叛逆。反过来想，倘若青春是一件令人自豪的事情，那么稳重成熟也是令中老年自豪的事情。倘若青春叛逆，那么中老年墨守成规，是不是也要考虑改掉这些属于他们的特点？所以改掉青春期叛逆这个立论，本来就经不起推敲，属于荒唐的事情。人到老了，想叛逆也没有力气没有资本了。

我写过一篇关于谈写作兴趣的作文，翻开觉得自己还是挺有思想的。这是唯一得到伍老师认可的作文，她说我说的话就是她想要说的。我认为写作是兴趣爱好，我不会把写作当职业看待。有时候我有些自信，认为现在一些自诩为作家的人，他们现在看的一些自认为了不得的书和文字，早在几年前我就读烂了。我读名著不多，认为九年义务教育语文教材就是名著合订本，爸妈承认他们过去读的书远远比不上我读的课本。光看我自己写的文章，就能超过姚劲这辈子所有的阅读量。

我挑一些作文出来，扔到垃圾篓里。转而又想，再怎么矫揉造作，也都是自己花心思写出来的，总归是自己的手笔，就像大人们，谁也不愿意说自己的孩子生得丑。

妈妈有兴趣时常跟我讨论作文。背着人当我的面妈妈恨不得把我贬到十八层地狱，可是当外人面，她老是夸我，恨不得把我吹成一朵花。弄得我好糊涂，好像她是我的忠实粉丝，可转身她照样不认我这个偶像。我忽而上天忽而下地，不明白自己深浅底细。幸好我有足够心理承受能力，否则，我死无葬身之地。

我又重新捡起那些作文，把它们夹在牛皮卷宗里保留下来。我想等将来老了慢慢看，或者将来有机会留给儿子看，等我儿子上小学的时候，把他老子中学写的作文拿给他参考，让我的作文低下身段，那一定派得上用场，那么老师该是对他怎么样地另眼相看啊。

整理完资料，觉得有些无聊，遂打开电脑，玩《星际大战》游戏。这时玩游戏，我可以堂而皇之，再也不用担心妈妈回来阻止唠叨了。以前妈妈给过我数不清的承诺，等我考了前几名就让我玩游戏，可是我从来考不到前几名。不能光明正大玩，我就偷偷玩。偷着玩有偷着玩的乐趣，我有足够的精力对付妈妈，我眼观六路耳听八方，玩游戏如鱼得水。

有时妈妈发现我偷着玩游戏，但她很难逮到证据。于是她哄我说，等高考过了，我想怎么玩就怎么玩，她绝不管我。

这是妈妈最无用的一句话，事实是，高考过了，我无须再做题背单词，我可以自由支配自己的时间，当然也可以玩游戏了。只要我愿意，我可以全天二十四小时玩游戏。

我走到电脑面前的时候，感到有一种从未有过的安全感和神圣感，我像圣徒膜拜一样抚摸它。十几年了，这一天它真正堂而皇之属于我，我可以毫无担心地尽情支配它，享受它。

说来奇怪，这时我真不想打游戏了，我失去了打游戏的兴趣。原来那种跟爸妈对抗偷偷玩耍的心理中有一种自我胜利与骄傲，我把爸妈当作攻击对象，不知不觉中产生了力量。现在那股反抗力量失去了，反而觉得没劲了。

我在电脑上按照答案估分，估出比重点大学分数线高出几十分。我对于自己的估分能力不怀疑，以前考试下来，我估分八九不离十，这次应该没有什么意外。此时，我脑子里突然冒出一个设想，但我不敢跟爸妈说，我怕说出来他们恨不能扒了我的皮。

乐瑶发来一个视频，看得我跟着哭起来。妈妈什么时候回到家了，我都不知道。

妈妈叫我，我没听见。妈妈走过来，看见我抹眼泪。

妈妈问："儿子，怎么了？"

我告诉妈妈："看了一个视频，一个学生被学校开除了。"

"哦。我还以为你没考好呢，你可别吓唬我呀。"

我说："他妈妈真好，不放弃拯救他。"

"看到这个，你就哭了？"妈妈问。

"不止这个，那个学生说，过去学校老师只叫我们学习，争取高分数，很少教我为人，我犯了这么多错误，我长大了恨他们。"

"后来这个学生怎么样了？"妈妈问。

"他去敬老院做义工，体会做好人的快乐。"我回答。

妈妈沉默。问："儿子，妈妈要求你那么严，你恨妈妈吗？"

"不恨。"我说。

妈妈拥抱我。

我小的时候，妈妈肯定拥抱过我，只是我没有记忆，从相册看得到。爸爸为我们拍了好多照片，妈妈整理了十本相册，有的是妈妈抱我在怀里，有的是爸爸抱我在怀里。

在我有记忆开始，这是妈妈第一次拥抱我，妈妈的怀抱柔软而温暖，我感到很幸福。

我说："儿不嫌母丑。"

妈妈推开我，"扑哧"笑出声，我看到她眼里含着泪水。

妈妈用纸巾擦眼睛，问我考试以后除了等通知，还有什么安排。我问哪方面的安排，妈妈说比如旅游之类的，我摇头说没有。妈妈告诉我周老师在编一本书，让我去帮忙编稿子。

我对自己信心不足，妈妈说周老师对我的文字很欣赏。这让我感到高兴，没想到我的写作一直走自己的路子，还是能派上用场。

周老师答应每天给我一百元报酬，我很高兴，我给网站做翻译还没有这么多呢。

　　我去周老师那里打工的时候，爸爸背着我叮嘱妈妈："你千万注意，对孩子不要太过严厉指责，要多鼓励，不要打击他。"

　　妈妈说："我知道。"

　　周老师给我一沓稿子，我坐下看那些稿子，两个小时不动弹。周老师让我起来活动，我依然专注看稿子。

　　这些稿子太奇怪了，有的逻辑混乱，东拉西扯，一个问题没有说完就接着说第二个问题，下个问题没有说完又接着说第三个问题，这些稿子跟我课本里的文章比差远了，看得我头昏脑涨。原来觉得课本的文章都是扯淡，看到这些稿子，才觉得原来读课文是身在福中不知福。

　　编完稿子，周老师给我工钱。我给妈妈买了一条丝巾，给爸爸买了一个优盘。

　　妈妈脸上洋溢幸福，说："这是你人生第一次靠劳动得来的报酬，意义不同，谢谢你。"

　　我回答："应该的，小事情。"

第七章　青春将要远行

一、诗和远方

高考成绩出来了，我估计分数比较准确，如爸妈所愿，超过重点大学分数线四十多分。爸妈毫不掩饰他们的喜悦。尤其妈妈，脸上挂着笑容，就像我家阳台上夏天迎着太阳开放的三角梅，光艳明亮，散发出的温度比夏天还要热辣。

成绩出来以后，紧接着填报志愿，在我脑子里，这个事情一直模糊，没有想明白，好比为何学习那些课本知识，我一直理不清。

以前除了想学习上的事情，我从来没有好好想过将来做什么，如今有时间静下来想这个问题，却想不出所以然。过去上过好多素质教育班，绘画、音乐、语言艺术、游泳、国际象棋，一样也没落下，可是没有找到感觉。

记得有一次爸妈带我去少年宫艺术学校，起初爸爸对我学习艺术不以为然，妈妈硬要他一起去，他磨不过。爸妈带我挨着教室看，有语言艺术、画画、乐器、舞蹈、武术等班，每个教室学生很多，我看得眼花缭乱，没有一样能激起我的兴趣。妈妈带我到花园，耐心启发，让我想想，对艺术的感觉，我说没有感觉。妈妈和我站在花园亭子里，彼此许久不说话，妈妈给我时间让我好好想，我说不用想。

后来妈妈脸上的笑容消失了，爸爸说："没有就算了。"

妈妈冲爸爸说："你这样会害他。"

爸爸说："他不感兴趣的事情，不能强求呀。"

我跟妈妈说想去学足球，妈妈不肯，她说踢足球将来不能做职业。我偷偷去报名学足球，妈妈拿我没有办法，只好依了我。以前我喜欢汽车，我的零花钱和压岁钱全都用来买玩具汽车，我小学四年级的时候拥有几十辆玩具车，那时我搞懂了四驱车各种功能。

后来，读中学的时候，物理老师给我写过评语：我知道你很喜欢物理，但是你想要在这条路上走下去，是毫无希望的。

于是我觉得自己在这方面没有天赋，放弃了将来想当汽车工程师的想法。从中学到高中，应付各种考试，课余时间不多，每天能有半个小时玩足球篮球，那简直就是奢侈和享受，我再也没有时间发展别的爱好了。

在这个事情上，我羡慕乐瑶，她喜欢音乐，并且一直朝着这个梦想奋斗。我在这方面比较迷惘，填报志愿的时候尤其苦恼。最近看完塞林格的《麦田守望者》，里面有一句话让我兴奋，这句话是这样的：一个不成熟的男人是为了某种崇高的事业英勇地献身，一个成熟的男人是为了某种高尚的事业而卑贱地活着。

爸爸说所有的青春都是在为中午做准备，爸爸给我看龙应台写给她儿了安德烈的书，龙应台说：孩子，我要求你读书用功，不是因为我要你跟别人比成绩，而是因为，我希望你将来会拥有选择的权利，选择有意义、有时间的工作，而不是被迫谋生。当你的工作在你心中有意义，你就有成就感。当你的工作给你时间，不剥夺你的生活，你就有尊严。成就感和尊严，给你快乐。

龙应台的话说到我心里去了。 爸爸再次劝我学医，我不肯。

爸爸问为何，我不回答，我怕伤爸爸的心。爸爸把他的职业看得很神圣，好多小生命从爸爸手里诞生，爸爸救了许多病人。比如立辉，这个世界上爸爸是第一个拥抱他的人，如今立辉跟我一样已长大，爸爸还经常说起立辉出生时候的样子。他听说立辉得了抑郁症，几天没有说一句话。

爸爸有时候活得有尊严，有时候又失去尊严。他常常说起病人和家属信任他，把生命交给他，他一辈子不后悔所选择的职业。有时候他又感到沮丧，因为医疗纠纷，爸爸被人堵在医院回不了家。我弄不明白，有什么事情解决不了。遇到纠纷，爸爸说累，什么也不想说。妈妈叫我住嘴，不要再给爸爸心里添堵。

也许我选择别的专业，同样会碰到矛盾，但至少可以去寻找希望，我不想在自己还没有开始寻求理想的时候，我的期望就死在青春路上。

爸爸以前不太管我的学习，现在他比妈妈过问得多，爸爸问："你准备选择什么专业？"

我斗胆说："我暂时想放弃。"

"放弃什么？"爸爸睁大眼睛。

"放弃上大学。"我说。这话在心里憋了好久，再不说我受不了。

放弃上大学，并不等于不上大学，只是暂时不上，这个考虑受到一个微博好友启发。

因准备高考，许久没上微博，空间没有更新，一片荒芜。高考尘埃落定，在家无所事事，遂打开微博浏览，去看立辉和乐瑶的空间，他们也不上微博了。空间偶尔有几个朋友过来瞧瞧，留下问候和祝福话语，没有过去那种话题讨论。博友里中老年人居多，年轻人少，大家一起从星光网搬过来，未曾谋面，很聊得来。

我们之间虽年龄差异大，以文字为载体，交流并不存在障碍。就像音乐，能够跨越年龄，跨越国界，彼此懂得，就有共同语言。从微博交友这件事来看，代沟这个说法，我并不认同。能否顺畅交流其实不在于年龄，而在于思想。我跟他们交流没有障碍，我们之间平等对待，他们与我成长在不同时代，精神却相通，他们不会端着架子教育我，是我心灵的朋友，也是我的良师益友。从他们身上，看到我未来的青春的样子，以至中年、老年也依稀可辨。

微博新闻头条播放我喜欢的音乐人立虹的信息，他跟我是朋友，一直与我互动。点开链接，看到他在微博公开恋情，并附上他在牛津大学的演讲视频。他女友长得清纯漂亮，我好羡慕。当然，我心里还是认为乐瑶最漂亮。

以往头条几乎由明星占据，难免有博眼球之嫌。跟明星喜好、生子、绯闻事件比较，他这个头条，显得有文化内涵。他是第一个在牛津演讲的华人学者，在我眼里，他是学者型的明星，我查网上，从来没有人认为明星具有学者气息，这点认识，立辉和乐瑶也赞同。我被他的演讲迷住了，此时，他没有偶像光环，他的女友陪在身边，他们演绎中国式的郎才女貌。让人意想不到的是，他和他女朋友去了中国贫困山区做慈善。

"你疯了。"妈妈从我后面发出声音，冷不丁吓我一跳。

妈妈的话让我后背发凉，我正暗自高兴她不管我的事情。没想到我跟爸爸说话，她一直在听，她的眼睛和耳朵无时不放在我身上。

沉默一会儿，爸爸冷静地问："你想做什么？"

"我想出国学习。"我说。

"学啥？"爸爸问。

"艺术或者电子信息，想学我感兴趣的专业。"我答。

我随便说个答案应付爸爸，至于学什么，我也没有想成熟，我稍稍思考，凭想象回答爸爸的问题。

我说："对我来说，兴趣无比重要。"

爸爸点头说："这个我不反对，但是你并不明白你的兴趣在哪里，况且国内也有你感兴趣的专业。"

我说："正因为这样，我要去寻找我的兴趣，我找了很久还没找到，想出去开开眼界。"

爸爸说："兴趣是天赋你趣，是你与生俱来的。"

我说："嗯，兴趣不是家长和老师强加或是扭曲给你的兴趣。在我发现自己对某件事情没有兴趣的时候，我选择放弃。"

妈妈问："你不会是逃避吧？"

"妈妈你还是不相信我呢。"我急了。

妈妈说："你不能鼓励自己？"

"靠励志？那是扯淡。励志是励不来的。"

爸爸补充说："励志也是要兴趣做前提的。"

停顿片刻，爸爸语气坚决地说："不行。"

爸爸依然坚持最初的想法，这次爸爸的态度让我意外，原来蛮有把握爸爸会支持我，我有些失望。

我不愿这样，读完小学读中学，读完中学读大学，读完大学毕业了就回老家，爸妈托人帮忙找一份工作，买套房子，找个女孩结婚生子，生活安心，爸妈也放心。这让我一眼就看穿以后的世界是什么样的，真是没劲。每个人生下来不就是为了见识这个世界么，如果我的生活一潭死水，没有变化，没有激情和创造，生下来就是为了等死，那样的生活不要也可。

妈妈不同意，爸爸不吭声，我们谁也说服不了谁。

妈妈点一支藏香，放进镂花木盒里，几缕香烟飘飘渺渺透出来，一股迷人的中药味渗入鼻息，醉人芳香，我的脑子轻松一些。眼前浮现出跟爸妈去西藏高原闭目诵经和欧洲游历的情景。

萌发去欧洲学习，还是跟爸妈的一次欧洲游历有关。

北欧上空，天空湛蓝，白云朵朵，从飞机上往下看，到处是森林、麦田，好似油画。以前看到欧洲油画图片，独特的色彩和绘画题材，原来以为是他们凭着想象画出来的，去过那里才知道他们可以信手拈来。那些如雷贯耳的艺术家，如梵·高、拉斐尔、达·芬奇，还有那些文学家，如莎士比亚、歌德、福尔摩斯、但丁，我想去看看他们的故乡。

爸妈满足了我的愿望，去他们的故乡，近距离感受他们的特殊气息。可惜时间太短，那感觉只是风一般掠过。

同行的阿姨从下飞机起就开始购物，阿姆斯特丹的装饰品，法国的春天百货，德国锅具、箱包，意大利皮具，她看到什么都想买。

游历触发我的想象。我看到外面的世界好大，大到难以想象，我终究想出去看看，沉下心来体会，而不是浮光掠影式游走。

爸爸取出玻璃茶具，握在手中，打开一包极品茶叶，随后烧壶开水，水开以后让水凉一会儿，接着用水冲泡茶叶。

水逐渐变成淡绿色，水中的茶叶形成上下两层，针叶般立在水中，翠绿若鲜叶。爸爸不喝茶，只是出神地望着茶杯。爸爸没有心思喝茶，大约想着怎样跟我斗智斗勇。

过了七八分钟，爸爸打破沉默，说："说说你选择出去的理由吧。"

"不说，说了你们也不会同意。"我固执地说。

"那好，不说就不能出去。"爸爸态度坚决。

我终究执拗不过，说："好吧。"

我想起高考前去周老师家里看到的书。周老师带我到他书房，书架上摆放着汤显祖的书。

我取出《牡丹亭》，问："书里写的什么？"

周老师惊讶地问："难道你不知道汤显祖吗？"

我摇摇头。我读了好多书，包括中外古今文学，的确不知道汤显祖。

周老师问："你平时那么喜欢读书，都看些什么书呢？"

我说："乱七八糟地看呗，科普、自然，还有小说，主要是外国文学。"

周老师问："看过莎士比亚吗？"

"那是当然的，莎士比亚全集我都买了。"我自豪地回答。

周老师摇头。我感到惊异，难道不好？

周老师说："不是。莎士比亚当然好，是世界文化遗产。"

"莎士比亚跟汤显祖有啥关系呢？"我问。

周老师告诉我，汤显祖几乎跟莎士比亚是同时代人，都搞戏曲创作，同在戏曲界占有最高地位，创作内容都善于取材于他人著作，并且不守戏剧创作的清规戒律，剧作哀怨动人。

中国古代有这么好的剧作家，我为自己的浅薄感到羞愧。

周老师摸我的头说："看来中国文化你不知道的太多了哦。"

我挨着看他书架上的书：有《大学》《中庸》《论语》《孟子》《周易》《礼记》，问："这些都是中国的传统文化精华吗？"

"是的。它们是中华民族的血液，跟西方的《圣经》一样。"

周老师说："你都读过了？"

我说："当然。我还做了笔记。"

爸爸接过我的话，说："你既然喜欢中国传统文化，它的发祥地在中国，那正好在本国学习呀。"

我急了，说："我学到的中国文化比好多同龄人都多，我是想走出去，开开眼界，看看国外是怎样弘扬自己国家文化呢。"

"这个理由还不错。"爸爸脸上有了笑容。

我跟爸爸耍了个小聪明，获得爸爸认同。爸爸跟妈妈不一样，妈妈什么事情喜欢咋咋呼呼，但也好哄骗。爸爸平时不怎么说话，而一旦决定的事情，很难更改。我跟爸爸说这个理由，是基于平时与他交流时对他的了解。

其实这并不是我的理由，准确说应当是爸爸的心结，也是周老师的心结，爸爸是周老师的得意门生，他们是相通的。

我要出去的理由很简单，在国外找一所大学读书，我也不指望能上牛津、剑桥，或者哈佛。以后等我有了小孩，就让他在国外读书。上下学自己去，走几条马路就到学校，不用跟我小时候一样，家长去接；路上没那么多汽车，汽车知道避让行人。还有最重要一点，我不用逼着他带我去给老师送礼。

我心里突然有些发虚，不知道这是不是欺骗，从小爸妈教育我要诚实，不要说谎。后来我想我写作文也编了谎话，这个应该不算什么，加上这样的目的具有崇高性，不会危害社会危害家庭，这样想来心里好过一些。其实我同大多数同学一样，也喜欢重点大学。但如果要我扼杀自己的情趣顺从，我不愿意。

爸妈不吭声，我大胆说："教育是应当得到肯定和鼓励的，不应该被责难的，就像文化、读书一样。"

我说话的时候，爸妈的目光一直没有离开我，我说话有了更大的勇气，说："你们往往把文凭等同于文化，上课等同于读书，拿受教育程度和水平的高低好坏来评价一个人的思想情怀，这点我不赞同。"

爸爸将泡好的茶一饮而尽，说："雨泽他们这一代，一定不会像我们，追求房子，追求安全感，追求生存，追求赚钱，而是为了追求什么。"

妈妈接过话说："追求什么？追求不切实际的东西。"

爸爸打断妈妈的话说："不是，他们真真正正地代替我们开始追求幸福，我们这一辈人觉得有点小奢侈的话题。"

听到爸爸说这话，有戏了，我坐下来认真听。

妈妈说："我们这代五零六零后主要是什么需求？我们的童年经历了自然灾害，所以最核心的就是生存需求和尊重需求。"

爸爸说："雨泽他们九零后完全不一样，他们有强烈的自我实现需求。"

我坐不住了，接过爸爸的话说："如果把整个家族作为一个人来看，其实我们将实现整个家族从开始的安全感走向自我实现、被认同的需求。"

爸爸点头，说："虽然有点稚嫩，但你们去追求个人成长和存在感是历史趋势，与外界的环境完全相符。"

"那你们算是同意了？"我心里没底，问。

妈妈跟爸爸说："你放他出去，要做好他不回来的准备。"

爸爸说："他刚才不是说要回来的嘛。"又转向我说，"谁说同意了？"

"你怎么出尔反尔？"我急了。

爸爸的态度让我产生错觉，看来这事还没完。

二、黄葛之根

爸爸援助非洲回来了。这是他第三次援外，皮肤晒得黑里透红，好长时间还看得到那片神奇的土地烙在他脸上的痕迹。

爸爸拍摄了好多照片，那些奇奇怪怪的热带植物，看起来很有趣，爸爸不知道它们的名字。他凭自己的想象给每张照片取了名字，女性味儿很浓，比如黑牡丹、绿仙子、妃子笑，妈妈说爸爸取的名字有他病人的影子，他的职业精神已经深入骨髓，这些植物就是他救治过的女性。

爸爸的照片，重点拍摄医院和丛林，有同行和非洲儿童。他为儿童和婴儿拍了许多特写。从他们的眼神中，我感受到笑意，还有哀怜和哭泣。爸爸给我讲那里发生的故事，他作为医生，受到人们的尊重和爱戴。因为旅游业丰富，他们赚了很多钱，所以医疗条件好，只是缺医疗人才。爸爸说那里原生态气息浓厚，那些小渔村，淳朴原始。没有开发，跟我们国家七八十年代差不多。我脑子里一片空白，那个年代是什么样子，反正我不知道。不过，我很感兴趣。

爸爸在电脑上整理照片，给我看他和当地医务人员的合影。他感叹，非洲医疗条件不错，就是缺乏人才，这次援非着重帮助他们培养人才。

妈妈问爸爸操哪门子心，自己家的稀饭还没有吹冷就想着帮人家吹汤圆，自己儿子都不愿学医，非洲的事情管得着么？

爸爸说："这是围城效应，儿子对我的专业太熟悉，没有神秘感，所以他不感兴趣。"

爸爸扭头问："是不是呀，雨泽？"

我答："不知道。"

"怎么会不知道呢？"爸爸说。

"就是嘛。"我说。

出国学习的事情不落实，我不愿意多说。

"还生我的气呀？"爸爸说。

其实我并不明白爸爸的意思，以前爸妈争论，爸爸需要我的援助，不管什么情况，我都会肯定回答，支持爸爸。因为妈妈强势，我们三人讨论问题的时候，妈妈拥有话语权，我一般站在弱势的爸爸这边。

"那，立辉呢？"妈妈问。

"立辉怎么了？"爸爸说。

"你说过想培养他学医，难道忘了？"妈妈问。

"立辉在家休养呢。"我说。

"立辉这孩子挺好呀，我不会放弃的，我会帮助他。"爸爸说。

"他还能学习吗？"妈妈问。

"怎么不能？相信他病好了会重新站起来的。"爸爸说。

"他会好的。"我说。

"孩子真可怜。"妈妈说。

爸爸要我去看望立辉，妈妈也要去。找个去。爸爸说："不就是你的事情吗，可以商量嘛。"

我说："这还差不多。"

以前爸爸总是忙工作，少有机会陪我。这回爸爸终于休假陪我，爸爸变成妈妈角色，他不停跟我讲，关于学习，关于恋爱，关于生活，关于安全，我头脑装不下那么多需要记住的事项，爸爸话头刚开始，脑子里便冒出一串加长省略号。

爸爸出差时，我去看望周老师，他生病了，发热，一直没有查出原因。爸爸回来以后没多久，又去立辉的家乡什竹卫生支农，他要我代他看望周老师。爸爸常常背着旅行背包，提着手提电脑，一副随时在路上的样子。

过了两个月，爸爸回来了，要我一起去看望周老师。周老师除了喜欢书，另外一个爱好就是喜欢收藏。所以爸爸每次出去，会给周老师带一些奇异的东西，这次爸爸带回来的是非洲咖啡和漂亮的海底饰物。

周老师躺在病床上，看到爸爸，念叨说爸爸脸色不太好，他叮嘱爸爸注意休息，不要太劳累，别拖垮了身体。周老师重复着说，就像妈妈跟我说话那样。

爸爸说他自己身体很好，会注意的。爸爸要带周老师到医院去检查，周老师说不用，指标都正常，没有大碍。爸爸问周老师凭什么给自己下结论，周老师说凭经验。爸爸说不行，耽误病情会坏事，周老师说坏不了，自己有把握。爸爸拗不过周老师，只好作罢。他给周老师下最后通牒。如果明天不见好转，他就来接周老师到医院检查。

"去非洲这么快就回来了？"周老师问。

"是呀，时间过得快，一眨眼好多事情仿佛发生在昨天。"爸爸答。

周老师点头。

爸爸走到周老师拍摄的图片墙前面，看周老师拍摄的照片。那些照片是三年前爸爸和周老师到古镇拍摄的，其中有几幅黄葛树，挺拔威严，很有特色。

春天百花争艳，那一株黄葛树，安然矗立在古镇一角，根深叶茂，郁郁葱葱，安静独立，不扎眼，独守一席之地。

"黄葛树，真好！百看不厌。"爸爸说。

周老师不吭声。

"你到非洲，能出什么成果？"周老师问。

"为他们培养人才。"爸爸说。

周老师说："雨泽不了解你，我还不了解你？你对立辉的一番心意还不知道怎么表达呢。"

周老师问："雨泽，是么？"

我点头。

他们说的话题，我懂一点，但不透彻。他们在一起时话很多，有时争论热烈，甚至红脸，到后来都会握手言和。周老师背着爸爸对我说，爸爸是个心里装得下大事的人，他不说苦难，不说困惑与不公。当有人抱怨不公时，他早已启程了。

周老师问："雨泽要出国学习了？"

爸爸答："是呀，开始我和他妈妈都不同意，后来，他把你抬出来，我才同意呢。"

"哦，怎么回事？"周老师问。

周老师微笑着指着我鼻子说："你小子，聪明。"

"出去好好学习，将来回来为国家服务。"周老师说。

"那是必须的。"我说。

周老师说："我知道你喜欢文学，也可能将来你会接触这些。"

停顿一下，周老师又说："要沉下去学习，知道文学究竟是什么，它其实是人学，关怀人是文学的根本要义所在。不管什么样的文学，如果缺乏人的深刻参与，那是没有什么意义的。"

"怎么关怀呀？"我问。

"你要在学习中去体会。有道是，对弱者要关怀他们的生存，对强者要关怀他们的灵魂。关键在于你是不是真正在关怀人本身，关怀人的生存本身。"

"怎么讲？"

"比如，加缪的《西西弗神话》《局外人》、萨特的《恶心》《自画像》《苍蝇》、卡夫卡的《变形记》，这些作品之所以伟大，不是由于他们在描写和审视对象的选择上高人一筹，而是他们诚实而深刻地面对人的真实处境，关注人心灵遭受的逼压、摧残与异化，人自身真实处境在这些作品冷静、肃穆的展示中触目惊心。"

"我读过卡夫卡的小说，是难得的关注现实的题材。"我说。

"对，他们不绕开问题，不把问题简单化，能看到问题的真相，能揭示问题的根本症结。"

"哦，真切地关怀人本身是这些作品伟大的唯一原因所在。"我说。

周老师边说边抚弄他的二胡。以前去他家，他总在院子里拉二胡。二胡声音断断续续，似乎一支曲子永远没拉完整。二胡琴声原本天然具有一种悲凉情调，他拉出来的琴声，更是像发酵似的，期期艾艾，想诉说，又哽咽着说不出来。

周老师家沙发正对着门，周老师打开门，一缕微弱的阳光从窗户照射进屋子，他细眯着眼愣愣看着我，又看看沙发。光线打在沙发上，给暗沉的屋子增添了生机。光线落在门口的桌面上，桌上飘浮的那层薄薄的灰尘越发明显。周老师一边说话，一边来回走动。每隔十多分钟便走到饭桌边，呷口白酒。灰尘随着他身子的晃动频率扬起，在光线中飘移。他从沙发的书堆里翻出来几本书，递给我。

　　他送我一本《巴州文学》，这期版面风格略有改变。以前的风格比较时尚，我更喜欢这个风格，封面为西洋油画，封二是米勒的油画《劳作归来》，色调泛黄，风格怀旧。

　　周老师问："你年龄不大，为何怀旧？"

　　这个问题令我难以回答。我不算早熟，妈妈经常说我不成熟，不过怀旧并不只是大人的专利。周老师给我讲他与文学的故事，他说文字于他，是苦难历程的小舟，文学让他学会了摆渡。可是，迈过河床才知道，文学可以救自己，但很难救他人。他说的话让我似懂非懂。

　　周老师家客厅正墙上挂着师娘的照片，师娘瘦弱，文雅，有韵味，师娘过世了，周老师一直未娶。

　　师娘像对面挂着一张我跟周老师和几个文人到武阳山采风的照片，周老师端着酒杯，醉意蒙蒙。夜晚，月光洒满庭院，他们把村长家的饭桌抬出来，周老师大碗饮酒，诗人吟诗作赋，周老师朗诵李白的《月下独酌》：

　　　　天若不爱酒，酒星不在天。
　　　　地若不爱酒，地应无酒泉。
　　　　天地既爱酒，饮酒不愧天。
　　　　已闻清比圣，复道浊如贤。
　　　　圣贤既已饮，何必求神仙。
　　　　三杯通大道，一斗合自然。
　　　　但得酒中趣，勿为醒者传。

周老师爱酒，有一次，他去经典书店签名售书，手里握着一瓶二锅头。之前他喝了酒，有些醉意，走到书店转几圈，还没有找到自己的位置。

书店有两间屋子，外面屋子是畅销书，里面屋子里，面向门口的墙壁放着本市作家写的书。周老师的书摆放在里边，他的书属于乡土题材，放在情感小说里，巴州网亦是这样分类的。我问过周老师，他说不知道，他从来不上网。

周老师的书封面是蓝色的，扉页有他的头像。他的长相极普通，没有特点，这种面相随处可见，据说做特工就需要选择这样的面孔。而他的目光和嘴唇的神韵与普通人不同。嚅动的嘴唇，似乎总想跟人诉说，却欲言又止，像二胡声音，热烈不休。他目光犀利，亦藏有爱意和温和。面庞瘦削，如其文字般沧桑，痛感，安静而纯粹。这种神情只是在油画里看到过。

周老师又转过身喝酒了。

我翻开《我这三十年》，看到其中一段，加注了着重符号。阅读他的文字，眼前一亮，随即身上有刺痛感。我谈过我的感受，周老师自夸这是批评的力量。

在功利遮蔽历史、金钱蔑视文化、机会主义羞辱理想主义的今天，很少有人静下心来阅读，很少有人说，哪怕是小声说，我喜欢读书。

本人之最爱，还是在书屋里读书写字儿。一直想建个黄楠书院，让喜欢读书写字儿的人，有个舒适地点做学问。中国教育自孔子开始，就立足民间，历代书院自生自发，为中华民族培养过精英人才，只可惜而今安在！余无力补天，仅以绵薄之力，集平身所储所藏，愿建一黄楠书院。

周老师喝完酒折回来，脸上洋溢满足的微笑。他嗜酒如命，爸爸总会带酒给他，看着酒他眉开眼笑。爸爸叮嘱他少喝酒，他孩子似的点头，就是照喝不误。

周老师告诉我们，他主编了一本书，是关于巴州历史的，已交付出版社，将要出版了。可能前段时间太累，身体提抗议了。

爸爸说："您别要求那么高嘛。"

周老师说："书出版了，大家都关注，现在做仔细点，以后错误就少点。"

他说自己早就降低了要求，习惯了容忍别人犯错误，却不原谅自己的错误。

周老师说书出版，要在"海客瀛洲"庆贺。爸爸听了很高兴，说："海客谈瀛洲，烟涛微茫信难求，多好的地方呀。"

周老师还有一件喜事，他的小说将要拍成电视剧，爸爸竖起大拇指说："值得庆贺！老师就是棒！"

周老师说："你什么时候学会奉承了？"

我说："这个我知道，爸爸是发自内心的。"

周老师问："雨泽你知道啥呀？"

歇会儿，周老师问："唉，雨泽，芙蓉姐姐是谁？"

我说："网络红人，怎么了？"

周老师说他到学校讲课，讲芙蓉镇，学生们哄堂大笑。他问笑啥？学生说芙蓉姐姐。

我们都笑起来。

笑过，周老师问爸爸："最近看到资料说你们医院专家轮流在电视台讲座，你上了医学名人录。"

爸爸说："是喔，健康宣教，电视台安排各大医院专家讲座。"

"好事呀，就是注意要守住底线。"周老师拍拍爸爸的肩膀。

"我们医院的老一辈专家，无论医术，还是人品，都是一流的，值得学习。"爸爸说。

"是呀，记得以前我母亲在你们病房住院时，亲眼见到你的老师每天早晚查房，夜深了还在病房。有的病人不遵照医嘱，身体不能及时恢复，你老师着急，吵病人。吵过以后，晚上给病人熬鸡汤送去呢。"周老师说着抹眼泪。

"所以，老一辈精神要传承，还需要培养接班人呢。"爸爸说。

周老师起床，爸爸搀扶他。周老师从书柜抽屉里取出几张照片，我认出那是爸爸医院图书楼的照片。周老师告诉我们，前段时间他去过那里，从不同角度拍摄，洗出这几张精品照。

记得有一次我跟爸爸到他医院取邮件，我们到住院部，穿过图书楼，爸爸跟我讲述关于这栋楼的故事。

图书楼是二十世纪三十年代修建的欧式风格建筑小洋楼，原来叫异撰山庄。

"为什么叫异撰山庄呢？"我问。

"这名大约出自孔子《论语》，里面有一句话叫：异乎三之者之撰。原意是孔子跟几个学生说话，他们讲各自志向，曾皙说我和你们三个人志向不同。"爸爸答。

"哪三个？"我问。

"子路、冉有、公西华。"爸爸说。

"为什么不同？"我问。

"这三个人热衷做官，曾皙希望像孔子那样从事教育。"爸爸说。

"哦。"

"也是异撰山庄主人的志向，他曾经是自贡盐商，曾做过军政要员，资助过朱德、江姐及其家人。"

爸爸仔细看照片，说："我不识庐山真面目，周老师拍出了图书楼的神韵。"

周老师说："图书楼前面是嘉陵江，江对面有一个炮台，抗战时期那是战略要地。"

爸爸若有所思，说："难怪，听老一辈人说图书楼不一般。"

周老师一字一顿说："我想写关于图书楼的风雨，想告诉后人一些关于历史的故事。"

爸爸说："好呀，我可以帮忙提供素材。"

从周老师家里出来，我们步行到长江边，碰到江边有个孩子钓鱼，爸爸问他是一个人还是两个人钓鱼，为什么有两根钓鱼竿，然后又仔细检查钓具。

我问："爸爸你是不放心他吗？"

爸爸点头。

"跟不放心我一样？"我问。

爸爸不语。

沉默一会儿，爸爸说："要说不放心，说实在的，心里还真有点。"

"爸爸你不放心我什么呢？"我问。

"怕你出去混日子，蹉跎光阴，我们不在你身边，没有人提醒，以后后悔都来不及了。"爸爸说。

"不会的，爸爸，我会好好珍惜的。"我说。

爸爸问："依据什么呢？"

我说："我找到自己兴趣所在，并且出去学习是我自己决定的，我会对自己的行为负责。"

听了我的话，爸爸拥抱我，说："好，雨泽懂事了，我相信你。"

爸爸与我四目相对，爸爸的目光坚定有力，他说："还是你妈妈了解你，起初她也担心，后来说服我，让我相信你。"

我说："就是嘛，妈妈那么顽固，都改变对我的看法了，你不应该不相信我呀。"

三、心爱的人儿要离开

乐瑶出国学习时间定下来，我和乐瑶分别的时间一天天临近。

这天迟早会到来，我希望来得慢点，或者不来。我尽量不去想，试图在时间的必然中延长我跟乐瑶相对相处时间。

我和乐瑶在一起话越来越少，默默相视，一肚子话，却说不出来。也许我们的人生历程算是暂告段落。过去一段叙事基本有结局，这段叙事充满阳光，有时风雨交加，将变成生命里最珍贵的回忆。关于未来，乐瑶的征程已开启，我的未来模式也有了初步轮廓。

乐瑶沉浸在她的音乐世界里，对其他事越来越淡漠，她很少上网，不关注网络上的事情，网络世界发生的各种大小热闹事件，她都不知道。

我发给乐瑶链接，让她看我翻译的游戏，她没有兴趣，不予置评。这个变化让我泄气，过去我网站上的游戏翻译作品，她总是第一个点赞评论。

乐瑶出国的事，她闭口不提，我也不问。乐瑶离开之前，邀我我去看宫崎骏的动画。宫崎骏以动画片传情达意，实际是用这种艺术方式逃离现实，我不太喜欢。乐瑶跟我相反，她喜欢宫崎骏的动画，为此受到影响，曾经萌发过想去日本学习动漫设计，她爸爸不同意，坚持要她学习小提琴。

乐瑶经历家庭变故，内心忧郁，又希望自己找到快乐元素，宫崎骏的漫画正好能满足她对生活的向往。她说宫崎骏大叔对现实失望，多亏有动画发泄，否则一定会郁闷而死。我则认为躲进动画世界欢度人生，逃避无益。

乐瑶认为我太理想化，少年不识愁滋味，她说我没有受到现实的磨难。她说要感谢这个纯粹的性情中人，做出纯粹而高品质的动画。

看完动画，我陪乐瑶去民国街，她妈妈在那里投资建起一所音乐学校，促使乐瑶同意去欧洲学习，其中一个原因是因为学校承诺为乐瑶举办独奏音乐会，另外一个重要原因是，音乐学校招收家境贫寒有音乐天赋的孩子学习，这件事她妈妈干得漂亮，乐瑶跟她妈妈心结算是彻底解开。

民国街景在巴州边缘北边，前些年这里建起一个电影旧场地，有个著名导演拍摄了一部发生在二十世纪三十年代故事的电影，电影拍摄完毕，场景被保留下来了，供人们参观，怀想。

那个年代，对于我和乐瑶来说，都太过陌生。我从电影和书中了解那个年代的事情，我跟爸妈思想意识和追求差别比较大，当然爸妈也不是生活在那个年代的人，我爸妈的父母辈，即我婆婆爷爷外公外婆生活在那个年代，他们比我想象的更加遥远。我试图比较那时跟我们这个时代不一样的地方，想看到我们民族的血脉是怎样延续和变化的。

在旧街景上走着，感觉就像穿越，时空交换。老房子，老街，陈旧的烟雨色，让人觉得安静。我和乐瑶看过一些旧电影，比如《早春二月》《马路天使》，这些电影情意缠绵，我不太喜欢。我喜欢看武侠电影，比如《笑傲江湖》《新龙门客栈》《黄飞鸿》，这点爱好我跟立辉相同。所以，关于武侠的话题，我跟立辉有很多共同语言。乐瑶还喜欢看言情片，常常看得泣不成声，我一张又一张递给她纸巾。看完电影，兜里的干纸巾全部变成湿纸巾。

陌生年代充满神秘感，从书本上和电影里看到的并不过瘾，脑子空幻，不着边际，模拟场景增加了现实体验。在电影里见到的场景，比如丝绸厂、印制厂、新华日报社、电影海报，还有墙上的狗皮膏药，在实景中有斑驳的时光感，如身临其境。

我突然想到一个主意，把这些场景复制到我制作的游戏里面，与现代交融，乐瑶说挺好。

乐瑶走累了，我们歇下来，乐瑶买了薄荷糖、杂糖、冬瓜条。小贩穿着民国服饰，说你们小时候没有吃这个吧，这是你们爸爸妈妈那辈人小时候常吃的零食。

乐瑶看她手机里的照片，她偷拍我，以前从不给我看。平时我不爱拍照，见镜头就躲。男人拍照姿势规矩，衣服没什么花样。而剪刀手，OK手势，嘴唇上翻差点到鼻尖，身子扭曲，那只是女孩的专利，男生做这些动作不爷们。属于男生拍照的姿势，只能笔直站立，好比穿衣服，商场女人的服装总是摆放在楼层最方便显眼的位置，至少面积比男人的大一倍。乐瑶常偷袭我，趁我不注意时便偷拍，还配文字解说，微博发给我。我看到自己还是挺帅的，在乐瑶眼中还是美少年。

我们一路玩耍，到音乐学校门口，里面传出歌声：

我们是共产主义接班人 / 继承革命先辈的光荣传统 / 爱祖国爱人民 / 鲜艳的红领巾飘扬在前胸 / 不怕苦难不怕敌人 / 顽强学习坚决斗争

乐瑶情不自禁跟着唱起来，乐瑶唱歌的样子纯真，跟小学生似的。

这首歌我也烂熟于心，这首歌根植于我爸妈内心。他们激情澎湃地唱着这首歌和新中国一起长大。我戴着红领巾唱这首歌，那激情高昂的旋律，就是振兴中华的梦。而现在我已然度过少年时光，一路跌跌撞撞来到青春路口。

歌声结束了，而我的梦还没醒。

乐瑶妈妈什么时候站在我们身后，我们没有发现。乐瑶奔过去，与她妈妈拥抱，第一次听到乐瑶大声叫"妈妈"，乐瑶妈妈热泪奔涌。

乐瑶怕我难过，一直没有告诉我她的具体行程，她的出国日期是她哥哥乐涛告诉我的。

她出国之前我约她去社区，我们给小朋友讲最后一堂课，她欣然答应。小朋友为乐瑶献花，为她汇报演出，我被晾在一边。这段时间以来乐瑶很少笑过，看到小朋友，她笑得特别开心。我的心情也变好了，我为乐瑶高兴。

乐瑶提出去看立辉，我跟立辉爸爸祥子联系，立辉爸爸说立辉情绪还是不太稳定，整天不出门，跟谁都不说话，坐屋子里发呆，有时候躲屋子里哭。立辉爸爸不赞成我们现在去。立辉爸爸的担心不是没道理，他怕立辉看到我们受刺激，尤其乐瑶快出国了，立辉知道了触景伤情。

乐瑶叹口气，嘱咐我抽合适时间去看望立辉。

我和乐瑶坐在江边石板上，听嘉陵江水浪涛拍击的声音。

爸爸告诉我，过去他在嘉陵江边长大，经常听纤夫拉纤的号子声，爸爸说那是灵魂之音。我长大以后，爸爸带我来到江边，此时没有纤夫，拉纤的号子消失了，江边的脚印被水淹没。那时的一切变了模样，那样的情景总是装在爸爸心里，他时常翻出那些老照片，看着纤夫的身影、大桥和索道出神。

乐瑶头紧紧靠在我肩上，我把她揽入怀里，我们沉醉在梦境中。我轻轻闭上眼睛，嗅着她发梢散发出的幽香。我仿佛做梦，不知道自己穿越多少时光，我愿意这一刻凝固成永恒。静静的月光洒在江面上，江岸灯光暗淡，深红的、蓝色的光映照江面，风吹皱江水，江面若丝带一般飘荡，沉寂。

恍然，我忆起昨晚的梦境，乐瑶来到我梦中，我把她紧紧抱在怀里，不愿松开，唯恐松手以后再也见不到她。

此时，一股无形的力量掰开我的手，乐瑶不见了，我怀里、我周围空空荡荡。夜的滨江，乐瑶不知去向。这一刻成就不了我和乐瑶的永恒，但是我不甘心，我要把乐瑶握在手里，握在心里。我终究醒来，还在做梦。

我站起来，环顾江面，寂静如初，似乎什么事情也没有发生过。

乐瑶在江边踱步，她朝我挥手。江风撩起她的秀发和纱裙，她是影子，是女神，让我无法触及。

"告诉你一件事情。"沉默很久，乐瑶先开口。

"我晓得，你不用说。"我打断乐瑶的话。

话说出口我又后悔，何不让乐瑶把话说出来。我一直准备着听她亲口告诉我，我心口隐隐作痛。当她真的要说出来的时候，我害怕极了。我怕听到她要离开的消息，尽管她离开这事终究会发生。她希望我以后出去找她，可是我对自己没有信心，我不知道我还能不能够找到她，即便能够找到她，也不知道以后我们会不会还能在一起。

"我还没说出来，你晓得啥子？"乐瑶有些惊奇。

"你去意大利读书，这不是早定好的事情么？"我平静地说。

"哦，告别音乐会都开了。我忘了，我一直没有跟你说。"乐瑶睁大双眼说。

月光下，她的眼睛忽闪忽闪的，我不敢看。

我抬头望天，月明星稀，如水的月光倾斜在她身上，她脸上的线条柔和分明，沉静而美丽。

　　"事实就是这样。"我低下头，显得焦躁无奈。

　　"你跟我一起去吧。"乐瑶伸手围住我的脖子。

　　"这，现实吗？"我的声音有些悲凉。即便出去，做什么呢，我的确没有想好。

　　"不是跟你爸妈说好的么？"乐瑶说。

　　"我只是说说。"我说。

　　"当儿戏呀？"乐瑶说。

　　"不是。"我说。

　　我的话让乐瑶无言以对，她紧紧抱住我，泪水从她眼眶滑落出来。我为她擦眼泪，我们紧紧拥抱在一起。

　　"等我回来。"乐瑶喃喃地说。

　　"嗯。"

　　我们在江边青石板上坐着，一直到天亮。

　　我送乐瑶去机场，乐瑶哭了，哭得很伤心。这个在我意料中，我为乐瑶擦去泪水。我心里也很难过，可是我忍住没有哭出来。

　　乐瑶问："我们什么时候再见面？"

　　我沉默一会儿，说："有一天，我去找你。"

　　乐瑶说："你说话算话。"

　　我点头说："男子汉，一言既出驷马难追。"

　　说这话的时候，我心里没有底气，我不知道未来我们会在哪里相会。

四、立辉醒来

我就要离开巴州这座城市了，离开之前，我和我爸去看望立辉。

我再次给立辉爸爸祥子打电话，他告诉我，立辉情绪比先前稍微稳定，多数时候清醒，有时恍惚。清醒的时候，向他爸妈打听我的情况。这小子，不枉跟他好一场，终归没有忘记我。

立辉爸爸终于开尊口，欢迎我去看望立辉。跟立辉爸爸通过电话以后，那夜喝过咖啡似的，兴奋，睡不着觉。

立辉床头有一幅他自己的画，是一幅人面狮身半身像，胸前有一条长长的裂口，一个人从裂口中爬了出来，内容有些古怪。以前我看到过这画，立辉告诉我这是他临摹的。那段时间立辉感到压抑，他画这个来释放心情。

爸爸在立辉身上找到寄托，把立辉当作传人，说起立辉掩饰不住兴奋，两眼放射着异样光芒。我的选择，决心已定，爸爸不勉强，至于我的志愿，他终于开口，随我。

我爸爸跟立辉家乡结下三十年情缘，这个解不开的情结，延续到今天，立辉成为爸爸心灵深出最温柔的情感。

爸爸惊叹，立辉简直就是梁芬的胚子，立辉的性格和对知识的悟性，深得梁芬遗传基因。比起梁芬，立辉身上那层乡土味道淡去了。爸爸给我看那时的照片，立辉妈妈扎长辫子，穿花布衣服，平口布鞋，从她身上，能够寻找到那个时代女人的特征，以及我爸爸心中对女性形象的勾勒和想象。

那个时代的记忆记录在图片上，这个让我好奇。静态图片少了乐趣和丰富的表现形式，却能将时光凝固起来，用来回味足够了。什竹，存放着爸爸的情感。

立辉妈妈还保留当年的穿着打扮，头发已经稀疏，身材变得臃肿，清纯的样子荡然无存，唯有笑容没有改变，她笑起来嘴角挂着两个深陷的酒窝，慈祥又好看。

不知道爸爸有何感受，我有些惋惜，从立辉爸妈身上，我感到青春是留不住的。只是我有些奇怪，我爸爸当年的样子看起来并不帅，头发耷拉一边，爸爸告诉我那时这个是最时髦的头发，称为小分头，看起来有些傻傻的呆呆的。我不明白爸爸为何喜欢这个发型，这让我耳边联想起鬼子进村时，紧张的音乐，走在最前面的汉奸。

我只是把这个发型做一个想象，当然爸爸跟汉奸八竿子打不着，汉奸的眼里充满奸诈和背叛，而我爸爸的眼神跟立辉妈妈的眼神一样，慈祥温暖。所以，从穿衣打扮上判断一个人善恶美丑是不准确的。

好比立辉，他喜欢穿牛仔T恤，立辉曾经跟我诉苦，他妈妈不让他这么穿，认为这个洋气，他是山里出来的孩子，就应该保持乡土特色。我问他妈妈眼里的乡土特色是什么，立辉说他妈妈没有给他明确答案。

我却不这样认为，立辉这样穿朴实而帅气，既不张扬也不土气，很适合他。立辉得到我的鼓励，他一直这么穿，他跟妈妈说雨泽认为这样很好，他妈妈没有过多反对。

立辉发型跟我区别很大，他的发型跟我爸爸的小分头有些类似，只是立辉的发型有改良，在我爸爸老式小分头的基础上，微微往上翘，显得没有那么土气。立辉的头发上半部分很长，跟我爸爸的老式发型比较，虽然分头没有那么明显，但同样耷拉下来，显得没有精神。

我让立辉理我这个发型，立辉说他不适合，他脸形瘦长，这个发型往上耸，显得脸更加瘦削。我不认为立辉脸瘦长，他的脸是标准国字脸，我爸爸说这是美男子脸形。我夸他的长相，立辉不好意思，他还是坚持理我爸爸那样的小分头，他说我这样的发型太时髦，他穿着不搭配。

我问："还有别的原因吗？"

立辉不回答。可是我知道他心里的想法。立辉会画画，他对色彩和审美有自己的见解，但是他心里自卑，他坚守自己的看法，其实他在尽力维护他内心的自卑。

立辉不说，我也不挑明。

我还是不喜欢立辉那样的发型，我喜欢头两边和背后推很短，头顶上头发留长，用吹风机吹直立，这样显得精神有型。弄这种发型难度比较大，一般理发店很难剪出型。有一次我到一个装修比较华丽的理发店理这种发型，结果剪出来像刺猬一样。后来我不敢轻易到理发店剪这种发型，唯有乐涛能剪出我要的境界，乐瑶也喜欢这个发型，认为这个发型帅。

立辉因为这个特征，显示出他比城里的男孩更朴实，更有魅力，与众不同。他跟他妈妈一样，有天然腮红，那泉水一般清澈、闪动的眼睛，让爸爸能够找到当年农村插队的影子。

回到乡下以后，立辉始终不说一句话。他成天蓬头垢面，不洗不梳，嘴里还念念有词，这可吓坏了他爸妈。

立辉爸爸一头雾水，不晓得立辉到底出了啥事，立辉爸爸把耳朵贴进立辉嘴边仔细听，隐约听到立辉说"考试"两个字。

立辉爸爸问立辉妈妈，立辉妈妈梁芬支支吾吾不愿说事情缘由。

立辉爸爸冒火了，开口便骂，说："臭婆娘，儿子好端端的，跟着你，咋变成这个样子？连老子都不讲，你跟哪个讲？"

立辉妈妈说："我讲可以，但你不要发火。"

立辉爸爸不买账，说："到这个时候，你还有脸跟老子讲交换条件。快说，别绕弯子了。"

立辉妈妈说出实情，立辉爸爸听完了立辉妈妈的话，流下一串老泪。他把自己关进屋子，整天不吃不喝，立辉妈妈哭喊，立辉爸爸就是不出来。

第二天清早，立辉爸爸起床出来，一夜之间，变了一个人，他一下子瘦了，胡须长出来，立辉妈妈看了心疼。

立辉爸爸要跟立辉谈，他推着轮椅独自到立辉房里。立辉房间空着，屋里没有人。

他问立辉妈妈："立辉到哪里去了？"

立辉妈妈说："不晓得。"

立辉妈妈告诉立辉爸爸，昨晚立辉很高兴，他一直笑，嘴里不晓得念叨些什么，一大早起床后，梳洗了一阵，然后不见人影了。

"你怎么不看住他呀？"立辉爸爸着急，责备立辉妈妈。

立辉爸爸把轮椅推到院坝，他仿佛看见立辉的身影。远远看去，立辉坐在河边公路石墩上，手里捧着一束野花，他面朝着公路的尽头，眼睛看着远方。

从立辉家后院走出来一个女孩儿，说："叔，别担心，立辉会回来的。"

前些日子，那女孩儿看见立辉跟一个女孩坐在河边，根据描述，瘦高，白衣，猜想那是乐瑶。她来过？立辉后来似乎有了精神头，还为他爸扎针灸治病。

"嗯。"立辉爸点头。

我从未见过这个女孩儿，立辉以前告诉过我，他跟女孩儿的事情。她是山中旅馆老板的女儿，在城里读书，回乡时认识，他经常照顾女孩，帮她背包带东西，有时候女孩不回家，女孩爸妈找立辉帮忙带些吃的到城里给女孩。

女孩问："你是雨泽吧？"

我点头，问："你怎么认识我？"

"立辉告诉我的，他在城里只有你一个好朋友。"女孩说。

"嗯。"我说。

女孩安慰说："别担心，立辉只是一口气没缓过来，会好起来的。"

听了女孩的话，我心里踏实一些。

立辉爸爸老泪纵横，碎碎念讲述立辉的事情。小的时候，立辉跟大伯家五个男娃儿一起长大，他们经常打架，立辉被打得鼻青脸肿，头破血流。

立辉婆做活路从地里回来，看到立辉被欺负，心疼，婆追着堂哥打。有一次婆追堂哥的时候，绊倒在地上。堂哥跑得快，一会儿跑远，不见人影儿。立辉上去搀扶婆，吓得直哭。婆给他擦眼泪，安慰说没事。

立辉童年有母亲和婆的呵护，算是幸福的。早上，他睡到太阳出来照进屋子里才起来，此时，他妈妈已经去地里干活回来了。他起床以后，他妈妈放下手里的活儿，给他穿衣服，梳头，扎辫子。

立辉妈妈喜欢女孩，给立辉头发留得长长的，不准剪掉。他妈妈手巧，给立辉小辫子扎出许多花样。梳完头，立辉妈妈把洗脸水端到床边，为立辉洗过脸，给他穿鞋。然后，立辉妈妈把蒸好放锅里的大白米干饭和鸡蛋端上桌，叫立辉吃。立辉吃的时候，他妈妈到门口望，看立辉哥哥回来没有。

立辉不懂事，他心里充满疑问，一边吃一边张着大眼睛问："为什么不给哥哥吃呢？"

立辉妈妈说家里母鸡生的蛋要去卖钱。听了母亲的话，立辉不吃了，他用小手拿起碗里的鸡蛋，放在他妈妈手里，要母亲吃，立辉妈妈说吃过了。

在立辉妈妈的心里，对立辉的怜爱，就是怜惜自己的命运。立辉妈妈家里有几个兄弟，有好吃的，总是让几个兄弟先吃。轮到她吃的时候，要么没有了，要么只有残渣剩羹，立辉妈妈常常吃不饱饭。立辉妈妈营养不良，从小还算长得高大，家里的事情也没少干。

立辉妈妈跟她的兄弟一样，挑粪担水，打草劈柴。乡里女人历来都是这样，跟男人一样做事，还没有地位。跟女孩不一样，男孩最讨大人喜欢。谁家生了男孩，就大肆张罗，摆酒席庆贺。要是谁家生了女孩，就好像做了亏心事，见不得人，家里冷清，女人受男人的气。

立辉妈妈梁芬喜欢立辉爸爸祥子家，婆婆家祖上几代都是读书人家，他们两家同在一个乡里。立辉妈妈这一辈子，认了自个儿的命，她不声不响，为她的儿子，愿意为祥子家奉献一辈子，婆婆也格外喜欢她。

立辉妈妈稀罕立辉，不光立辉跟自己有同样的命运，还在于那隐藏在母亲内心深处的情感，在于立辉从小读书用功，字写得好。

立辉妈妈梁芬小的时候，她的爸爸教过她认字。梁芬很想读书，但是家里还有几个兄弟，轮不上她读书。梁芬爸爸死得早，以后，梁芬就再也没有机会读书识字了。看到立辉读书勤奋，梁芬打心眼里喜欢，梁芬把自己对读书的向往和希望寄托在立辉身上。

对立辉的认同和期盼，梁芬跟她的男人是一致的。梁芬看得出来，立辉家将来的兴旺发达，唯一能够指望的就是立辉。所以，为了实现立辉婆的愿望，梁芬对立辉格外爱护，她想对立辉家也有一个交代。

立辉特认真，这个期盼无形中成为立辉的压力。立辉形成一个错觉，就是天下缺了谁就活不下去了。立辉认为他是他家乡的未来，他给自己肩上压了一副沉重的担子。当他成绩低落的时候，觉得自己对不起家乡，心里不舒服，像从云端摔到地上似的。一旦发觉没有了自己，一切还是日落月升时，心里顿生失落感。但事实的确是世界上没有了任何人，不会根本改变什么，仍会是个有声有色的世界。

立辉不知什么时候回来了，立辉爸打住话头。立辉把怀里的一束野花送给我爸爸，他注视我爸，似乎想说什么。我发现立辉眼里有一种异样的光亮放射出来。

我爸问立辉好些没有，立辉爸爸摇头。我爸从包里拿出一沓钱，给立辉爸爸，说这是我们一家的心意。

立辉爸爸把钱还给我爸，粗声粗气地说："我们不要这个。你们太小看人了，我们家人穷志可不穷。"

立辉妈妈说："你说些什么呢。"

立辉爸爸意识到自己说话有些不搭调，便让我们坐，说："谢谢你们了。"

"叔，我一直盼望你来。"立辉开口说话。见状，众人惊异，齐看向立辉。立辉妈妈抽泣起来。

原来我爸跟立辉约定，要教他学医。我不敢看立辉，害怕面对立辉那双可怜乞求的眼睛。

立辉看看他爸祥子，又看看我爸。他的眼睛不再水灵，不再活泼，却保留一份渴求的光芒。

立辉又不说话了，他目光呆滞。

立辉爸爸着急，问该怎么办。

立辉爸爸说："立辉这个病跟一种叫心疯的病很像，以前我们乡里有个女人，被男人抛弃了，得过心疯病，后来一直到死都没有医好。"

说着，立辉爸爸难过得哭了，跟着旧病复发，腹痛得厉害。立辉妈妈梁芬吓得直叫立辉，立辉坐在门前的凳子上望着远方发呆。我爸摸立辉爸爸肚子，他劝立辉爸爸去医院检查，立辉爸爸说没用。

立辉妈妈叫立辉回屋。

立辉不晓得他爸发生过什么事情似的，问："为啥子肚子痛呀？"

"你还不晓得吗？他好久没有这样痛过了。"立辉妈妈着急，有些语无伦次。

立辉还是摇头，好像什么事情都没有发生过。

立辉爸爸在屋子里呼天喊地，立辉呆呆地望着他爸。

"你拿个主意呀，立辉。"立辉妈妈推他。

"进城去看嘛。"立辉有气无力地说。

"好！我们进城。"立辉妈妈说。

"不。"立辉爸爸捂住肚子。

"那咋办呢？"立辉妈妈问。

"给我扎针灸。"立辉爸爸央求说，"你试试嘛。"

立辉爸爸平时粗声大气说话，此时无力，声音恳切，语调中含着鼓励。看到立辉这个样子，他心里更疼。

"老天爷，你就惩罚我吧，为什么要折磨我的儿子哟。"立辉爸爸说。他自责，后悔，当初不该让立辉去城里读书。立辉无法面对那座城市，也没有勇气面对。

立辉妈妈拿来银针，刚要给立辉爸爸扎下去，她害怕了，手直哆嗦。立辉爸爸握住立辉妈妈的手，示意她扎。她伸直两只手掌，放在眼前看看，不敢下针。

立辉爸爸痛得大叫。

立辉伸出双手，看看，他弯动手指，自言自语说手好僵硬，他甩甩手，然后说有些知觉了。

立辉说："我来吧。"

立辉爸爸安静下来，鼓励立辉说："不怕，你扎吧。"

立辉爸爸的头上渗出豆粒大汗珠。

立辉手发抖，他揉搓双手，直到发热。立辉双手颤抖为他爸扎针灸，几针下去，立辉爸爸睡着了。

立辉妈妈抚摩立辉的头，说："儿子，挺过来就好了。"

伍老师给立辉发来信息，告诉立辉学校联系好了，原来立辉要去支教。高考前最后一个新年，伍老师组织开了一次主题班会。

伍老师播放《新年好》歌曲，大家高兴地等着分礼物。

快下课的时候，伍老师分发礼物。头天，伍老师去超市买了阿尔卑斯糖、蛋黄派；姚劲给同学们买了糖果；有些同学各自带来了牛奶和水果。

文艺汇演将要结束时，伍老师让同学们想想有没有跟我们不一样不能读书的人。立辉告诉大家，他家乡还有好多人不能读书。最后班里决定到立辉家乡去看望孩子们，立辉那时萌发了到山区学校支教的决定。

大清早，天还没亮，立辉留下一张字条在家里饭桌上。他悄悄离开了家，到城里去了。他说我出去走走，我知道自己错了，你们不必找我。

立辉写了一封长信，留给他爸妈，说他得到的爱太多，可是却不知回报。

五、心灵页面

立辉给我打电话，要我陪他去看心理医生。从病房出来，我绕道去妇产科背后那条小路，它还是原来的样子。爸爸办公室窗户开着，多了一幅字：菩提本无树，明镜亦非台，本来无一物，何处惹尘埃。

爸爸办公室窗外四周绿树成荫，藤蔓爬满窗台，鸟语花香。门口花台有一株古老的黄葛树，绿意葱茏。我想起周老师家的黄葛树，不知它们是否安好。门前一阵风吹过，这株黄葛树，蒙眬中跟菩提树类似，眼前景象，跟上面那首诗意境契合。

角落长满青苔，想起爸爸跟我分享的一篇文章，名字叫《被人遗忘的角落》，我给立辉讲这个故事。一个叫麦克的人专门捡旧书卖，他与养老院老人谈话，做他们最好的听众。一个叫沃克的老人玩着游戏拼图，告诉麦克，自己参加过二战。麦克说，真是了不起的经历，说你是经历过战争的人，但是并没有人感谢过你所做的一切。我想说谢谢！是你让我们享有安乐。老人说其实也没啥了。老人语气平静。麦克写道：这些可爱的人儿，就像那些烹饪书一样，被放置在阴暗角落里，被人忽略多时。麦克来到他们身边，开启他们的心扉，寻找那些留有最多痕迹的，也就是最有价值的心灵页面。

听完故事，立辉要去看爸爸医院图书室楼后面，那是个神秘的地方，我小时候来过这里，跟小伙伴捉迷藏。这座老式欧式建筑，里面有地下通道，捉迷藏特别好玩。听大人说后面还有防空洞，抗日战争时期日军飞机轰炸，市民们来这里避难。我和小伙伴玩耍的时候，尤其喜欢玩飞机轰炸逃避的场面。有的装扮成日军飞机，有的装扮成伤病员，还有的扮成医生护士。有一次我邀请立辉和乐瑶来这里，立辉扮伤病员，乐瑶扮护士，我则是医生，我背着立辉打开防空洞。

里面寒气袭人，不知多少年没人进去过，阴森可怕。走了几分钟，我不敢再往前走，立辉胆子大，他拉着我进去，乐瑶用手机照明。里面有一些奇形怪状的石头，上面刻着字。立辉说那是篆体，我们都不认识。那字迹比我爸妈的字写得好多了。不知道他们到这里来过没有，有机会一定带他们来看看，让他们知道山外有山楼外有楼，别只知道跟我比写字。

出来以后，我告诉爸爸看到的奇迹，爸爸说那些都是宝贝，叫我们以后不要进去，说"文革"期间那个地方曾经用来堆放尸体。听了爸爸的话，我吓出一身冷汗。

过去我常常去爸爸医院图书楼，在那里，我读到世界名著，名侦探柯南连环画。在我的记忆里，那里面书香弥漫。那些老头老太太，戴着老花眼镜，坐在图书室看书籍资料，几个小时都不挪动身子。那些老人大约有七八十岁，他们还在学习，这个场面到现在我还记得。

爸爸告诉我，老头老太太都是知名专家教授。有时候他们看书累了，歇下来时跟我搭话，问我名字，读几年级了，他们说话声音很小，样子和蔼可亲。他们不说话的时候，看起来很严肃，不苟言笑。看见他们坐在图书室读书，觉得是一件神圣的事情，他们就像一面镜子，让我知道人应该去做的事情。

现在，老人们消失了。爸爸告诉我，他们陆续过世了。图书室寥无几人。只开放一间屋，木质老书架上零落摆放一些期刊，不比街头书屋的书籍杂志丰富。

看到这个场景，我心里有一些隐痛。美好的东西总是容易破灭流逝，又不会从记忆中彻底消失，它的魂魄总是深刻留在记忆里，撞击心灵的页面。

我一直不明白一个问题，爸爸有很多机会出去，但他为什么喜欢守在这个地方而不愿意离开，似乎这里是他心中的圣地。

爸爸不正面回答我的问题，他跟我谈《星际穿越》，爸爸让我回忆里面的情节。我想起那些场景，跟电影正好一样，儿子是未来的先驱，是望向远方的眼睛。而爸爸和妈妈，和许多地球上面努力种田的人一样，是望着家园的眼睛。

爸爸说那种对出生地固执的感情，也许会被后世视为愚蠢，但在他们眼中，脚踏实地接受生老病死，也是一种选择。我明白爸爸跟我谈这个话题对于我选择的意义。

跟立辉分手以后，我去找爸爸。爸爸说人们都会从自己经历中找出值得回味的页面。爸爸看起来有些不太正常，有些感伤，他的平静乐观性格忽而改变了，一会儿像个诗人，一会儿像个哲学家，情绪有些飘忽。

我问爸爸是否因为立辉，爸爸先沉默。

爸爸回答："不全是。"

我跟着爸爸的思维找自己的心灵页面，我不过来到这个世界十多年，我的心灵页面短暂而有限，除了爸妈嘱咐我学习，留在我心灵的，就是跟立辉的深厚友情，和跟乐瑶那份难以分别的恋情，我们一起仰望星空，期盼未来。好比我跟乐瑶去民国街，我如同在另外一个世界穿越，看到这个世界变得更大，就像看到宇宙黑洞，虫洞，于是感到我们生若尘埃。

我问爸爸："不知道我是不是乐瑶的心灵页面？"

爸爸不吭声，歇会儿说："你认为是就是。"

爸爸叫我跟他去图书馆查资料，以前我经常去，我喜欢图书馆的氛围，放假时我都会抽时间到那里看书。

爸爸打开电脑，网站进不去。爸爸叫我帮忙看看，我过去打开页面，发现爸爸把地址弄错了。"你小子怎么知道？"爸爸问。

"这个有啥难的？"我说。

爸爸看着我，目光赞许。电脑对于我，真是一件很简单的事情，好比爸妈写字，就是一种天生本领。

"长江后浪推前浪。"爸爸说。

"前浪不会死在沙滩上。"我说。

爸爸承认我的实力，主动跟我讨论互联网，以前他对互联网不感兴趣。爸爸常常把玩他的照相机，他不上网。他工作发文件需要网址，我给他建邮箱和QQ，我有时在QQ上给他留言，他从来不回复，他的QQ头像从来没有点亮过。

我告诉爸爸，有几个公司最近很火，一个是苹果，它靠什么，靠工程师吗？不是，靠的是好的理念，这是不是靠概念取胜呢？

爸爸问："小米靠什么？"

我说："小米背后没有雄厚产品工厂，但核心是依靠雄厚的粉丝营销和参与感，是不是靠感知来运作的？是不是靠逻辑呢？再比如海底捞的服务，信息时代向概念时代推进的时候，那些原本依靠知识和逻辑工作的人，基本上会逐渐被电脑替代，越来越贬值。而那些只有人才能做的工作，才能够真正做起来。有些事情可以被电脑完成，但是创意不能。"

爸爸点头。

我帮爸爸弄好电脑以后，去翻阅书架的书，全是专业书籍，我看不懂。

爸爸打开网址，找出我做的游戏，我把我跟立辉和乐瑶去防空洞游玩的经历做成游戏，爸爸偷偷看我的游戏，点了赞。

我问："你看得懂？"

爸爸说："笑话，这有什么看不懂？"又说，"你这个游戏需要改进。"

我问："怎么改进？"

爸爸说："你不是问心灵页面是怎么回事么？"

我问："难道这有关系么？"

爸爸说："当然。"又说，"你不是去过黄河么？"

爸爸带我到一间神秘的房间，欣赏他拍摄的照片。读小学的时候，我跟着爸爸和他科室同事到过黄河，他把拍摄的照片洗出来，装裱在墙上，形成黄河系列。

"黄河，那是中华民族的心灵页面。"

爸爸这句话，惊醒梦中的我，长江边长大的孩子，对于黄河缺乏想象，它们都是中华民族的母亲河。

爸爸的第一张照片是柏树，据说那柏树迄今五千年了，是中华民族始祖亲自种植的，苍翠挺拔。我的脑子里充满疑问，这到底是不是黄帝种植的树？那时我围着树走了几圈，听树枝摇曳的声音，似乎看到树的苍凉与挣扎，听到远古的声音，这些声音回荡在树的皱褶与枯干里，回荡在新叶里。我感到自己微小的生命的颤抖，在与历史共振。顶尖上有一段枯败的枝丫，它或许挣扎了百年，千年。

后面一张照片是树下少年。路两旁生长着槐树，槐花飘絮，枣树摇曳，颇有诗情画意。一株大槐树下，大约十岁的少年，跟游客们讲革命故事，口若悬河，声情并茂。

黄河壶口，水流湍急，河水白中带绿，比起源头的水，浑浊许多。对门是刀琢般的黄土，我吟诵"黄河之水天上来，奔流到海不复回"，这力量涌动天地之豪迈，人与自然关系紧密。

倘若从古老土堆和叶脉里，能寻找到生生不息的根，那么从黄河的奔涌绵延，我感到不歇的生命，是一个民族灿烂、辉煌与沉落而奔流不息的生命，它存在于个体的生命深处。

最后一张照片放得比别的照片大两倍，可见爸爸对它的喜爱。远山若躺卧着的女神，像是黄河美丽的化身。她的线条，尽显母性光华。我数着道道激流与朵朵浪花，它卷起的浪花，抚慰着我的伤痛，我对未来的想象和希冀，皆随着河流流淌而去。

以前，爸妈不屑跟我讨论那些关于人生社会的大道理，他们认为我只是孩子。孩子怎么了？最近一个十二岁的"小孩"能开发出两个 iPhone 应用，成立一家公司。别小看孩子，孩子们去闯去试，长江后浪推前浪。

我给妈妈买了一本龙应台的《亲爱的安德烈》，其中有一段对话，我画出来给妈妈看。

第 132 页龙应台说：藏传佛教中有"香巴拉"古国的传说，纯净的大自然中人们过着和谐、正义、幸福的生活，香格里拉都变成五星级饭店的名字了，我还该计较中缅加入这焚琴煮鹤的"文化产业化"的全球队伍吗？

第 147 页安德烈：我说"文化"，不是指戏剧、舞蹈、音乐演出、艺术展览等等。我指的是，一种生活态度，一种生活情趣。

我告诉妈妈，安德烈只有十八岁，龙应台跟他讲的那些事情他都能够懂得，我为什么不能跟你们讨论社会话题？

这样做也是白搭，他们还是不懂我的意思。

因为面临我的专业选择，我和爸妈在一起讨论的话题才有了进展，他们逐渐觉得我是一个男人，尊重我的观点，问我的想法，这让我心里感到满足。

我告诉爸妈，我要看到自己的灵魂，听到自己内心的声音。

爸爸看到我写在自己日记里的一句话：或许我成不了海燕，只是一只荆棘鸟，注定飞不到大洋彼岸，只能把自己的身体扎进最长最尖的刺上，在那蛮荒的枝条之间放开喉咙，耗尽一生来歌唱。

这句话是抄一个名博的，我很喜欢。

我问爸爸："昨天的医大血案看过没有，患者才十几岁，杀死医生。"

爸爸说："看过了。"

我问："是什么感觉？"

爸爸说，"能有什么感觉？"

我说："爸爸你们做医生到这个分上，真的悲哀呀，不能理解，网上民调还有人高兴。"

说到这里，爸爸激动起来，两眼放射着悲愤的光芒。我从来没有看到爸爸这么可怕。

爸爸说："这就是最大的悲哀呀，医生有什么错？即便有错，至于生命被残害吗？而患者更是受害者，二者本是同一个战壕的战友，但残害医生事件的新闻居然赢得一些看客的叫好，我们为此而悲。"

爸爸的脸上抽搐起来。

我轻声问爸爸："你压力大吗？"

"还用问呀，接诊一个接着一个，我常常麻木地在医院走廊穿行，一遍又一遍对自己说，一个人的恶性，和自己无关，但内心的恐惧却一直在增长。接待病人时，都会想起这个病人他能不能接受我们说的话，他们会不会有过激行为，我们是不是安全。"

我从来没有看到爸爸这样悲愤无助，爸爸在我心目中是一个标准的男子汉。但这时，我觉得爸爸才是真实的。

我安慰爸爸，说："不会的。看到网上也有人说的好，就人性角度而言，决不应是初次结果，我更多的是理解为一个发泄，绝非理性。"

停顿一下，我跟爸爸说："感觉我们虽然年纪不小，但似乎没有断奶。"

六、远行

乐瑶走后，我时常神思不定，神魂跟着乐瑶而去，我把自己关在屋子里不出去。

我有过动摇，留下，还是出走，一直下不了决心。爸妈问我究竟选择国内读大学还是出国留学，我大脑一片空白，不知道自己该干什么。他们对我的态度改变了，凡是我的事情，习惯让我自己拿主意。越是这样，自己反而犹豫不决，无法做出选择。

比起以前，妈妈更宽容，如今她一般不给我单项选择，而是让我做多种选择。她希望我尽快决定，她表态，如果我下不了决定，她和爸爸可以帮我决定。我顺势问他们的意见。妈妈希望我留下来，在国内读大学，并告诉我爸爸也是这个意见。

听了妈妈的话，我的游荡心开始不安分起来，我学着爸爸曾经说过的话，说："走出去，世界就在眼前。走不出去，眼前就是世界。"

妈妈说："事物是变化的，出国留学不见得是最好的选择，海归曾经就是精英的代名词，他们曾在中国近现代历史上叱咤风云。如今，这个名字已光芒不在，很多海归甚至在就业市场上步履艰难，沦为海待。"

我问："那又怎么样呢？"

"所以你需要好好考虑是否出去。"妈妈说。

我问爸爸为何从来不跟我谈他的想法，妈妈回答爸爸希望我独立思考，给我建议怕影响我的思考，他相信我能够做出理性正确的决定。

我明白他们的想法以后，更加少言寡语。

跟我相处，妈妈看似民主，更加尊重我的意见，但她内心是有主意的，我明白她在尽量克制，改变自己。

那一阵，我有些痴，跟爸爸去看望立辉回来，更是不想说话。有时候呆坐房间，脑子一片空白，什么也不干，整天不说一句话。妈妈推开门看我，跟我对视，她不说话，上下打量我，像打量怪物。

"你——没事吧？"

我摇头。

"乐瑶走了？"妈妈问。

"嗯。"

妈妈看我神神怪怪，眼神流出一串省略号，爸爸的眼神更像画一个大问号。

爸爸跟妈妈耳语几句，他的目光倾泻到我的身上，从头打量到脚，又从脚往上打量到头，他的眼光比妈妈更加多疑，如果妈妈的眼光是在看怪物，爸爸则在打量侏罗纪时代的恐龙活化石。

他们轮番看我，眼光重重地落在我身上，恨不得掰开我胸膛，把透视的光芒插进我心脏，看我究竟想些什么。其实我不知道自己想些什么，根本无法告诉他们。

有一次，我从卧室走出来，听见爸妈在客厅窃窃私语，一会儿听说乐瑶，一会儿又听说立辉。他们私底下说得很热烈，你说一句我说一句。有时候说到忘情处，爸爸的声调高扬，妈妈立即意识到情况不妙，便用手拉爸爸，然后他们声音小下来，继续讨论。

接到立辉给我的信，我心里畅快起来，此时心里萌生了一个初步的想法，我不敢告诉爸妈。

立辉在信里诉说他的苦闷，讲述他学习的心路历程，以及对现实的忧虑。他说现代人着急改变，着急成长，着急表态，生活节奏越来越快，让人越来越感到紧张。可是，真有必要那么着急吗？很多时候，越是焦躁地寻找，越是找不到自己想要的。平静下来，才能听到内心的声音。未来属于年轻人，急什么？

立辉最后说了一句话：青春终究是幸福的，因为它有未来。

原来的想法在我脑子停留瞬间，便自我否定了。大约那是一个遥远不太现实的梦，不用说，那个想法肯定会遭到爸妈的反对。于是，我选择到欧洲留学。我告诉爸妈的时候，爸妈同时笑了。他们很开心，不是因为我做这个决定符合他们的心意，相反，这个决定跟他们的愿望相悖。他们高兴，是因为我终于能够做决定，这说明我的脑子是正常的，没有坏掉。

此时我也能理解妈妈，她辛苦，都是为了我的前途。想到不久就要分离，为了我的明天，她的内心煎熬慢慢变成一种期待。每天她一如既往为我整理床铺，洗袜子，做早餐。我让她不做，说自己能做，她笑笑，笑里有苦涩的味道，她说这是一种享受，将来某一天，我终将远离妈妈，那时她想做却不能做了。妈妈的眼睛又红了，我心里莫名难过。

爸爸似乎卸下了沉重的包袱，见我恢复正常，他才告诉我，那些天我的表情跟立辉差不多，他和妈妈反复做无为的选择题，甚至宁愿选择我没有出息，也不希望我脑子坏掉。

我说："你们太过敏了吧，我脑子哪有那么容易坏掉？"

我走的时候，妈妈哭了几次，我从来没有看到妈妈这么哭过。

离开那天，妈妈弄了一桌子平时我喜欢吃的菜，有土豆烧牛肉、清蒸鲈鱼、蒜头炒土鳝鱼、芽菜蒸烧白、凉拌西兰花、炝炒绿豆芽、凉拌黄瓜。

妈妈弄好菜，我和爸爸端上桌。

妈妈解开围裙，刚坐下来，她眼泪就掉下来了。妈妈趴桌上哭泣，爸爸抚摸妈妈的肩膀，也跟着流下眼泪。

我离开座位，走到妈妈身边，拥妈妈在怀里。我无法感受到妈妈的那份难过，因此说不上有多难过，老实说心里的喜悦更多一些。因为对另外一个陌生世界，我充满好奇。我心情迫切，想去见识。我终于可以挣脱爸妈的管束，可以自由决定自己想干什么就干什么。

我劝妈妈不要难过，我说："还有 QQ，微信，以后联系挺方便。"

听了我的话，爸爸破涕为笑，说："不要难过了，雨泽说得对，网络联系很方便，我们每天都可以见面。"

妈妈终于不哭了。

到了机场，我瞟一眼身边走过去的空姐，走到妈妈身边，悄悄说："我发现最漂亮的女人，除了明星演员之外，就是空姐了。"

妈妈拍打我臂膀，说："你想些什么呀。"

爸爸说："雨泽长大了，知道欣赏美的事物了。"

我看着妈妈，坏笑，说："你也漂亮。"

听这话，妈妈笑了，她的笑容喜滋滋的，她肯定想儿子长这么大，第一次说这样的话，这家伙什么时候学会恭维人了。

我说："儿不嫌母丑嘛。"

妈妈又重重拍我肩膀，说："你小子没有良心。"

爸爸凑过来，故作腔调说："怎么说话呢？"

我说："活跃下气氛好了。"

到电梯口，我与爸妈告别，我让爸妈先走，爸妈却让我进去。我拥抱妈妈，贴着她的耳朵，说："妈妈，我看过你的日记，记着：今天儿子四岁了，他指着天鹅问我：这是什么？我告诉他，是天鹅。他又问，我又回答。他问了十一次，我答了十一次。"

我念诵龙应台《目送》中一段话：

我慢慢地了解到，所谓父女母子一场，只不过意味着，你和他的缘分就是今生今世不断地在目送他的背影渐行渐远。你站在小路这一端，看着他逐渐消失在小路转弯的地方，他用背影默默告诉你：不必追。

妈妈看着我，说："好好照顾自己。"

我点头，又说："妈妈，我看这段话哭了。"

妈妈也哭了。我想过去我对妈妈的误会多么深，我心里有一种歉疚和自责。

妈妈日记里还有这样一段话：

要孩子是为了什么？传宗接代？养儿防老？看到书里一个很感动的答案：为了参与一个生命的成长，参与意味着付出与欣赏，不用替我争门面，不用为我传宗接代，更不用帮我养老。只要这个生命健康成长，在这个美丽的世界走一遭，让我有机会和他同行一段。当你看到孩子成绩时，无论好坏，请想想：每个孩子都是一朵花的种子，只不过花期不同。有的花，一开始就灿烂绽放；有的花，需要漫长等待。不要看着别人怒放了，自己的那朵还没动静就着急……

有一次我跟妈妈说过我厌倦学习了，妈妈听了后大哭，这个情况是后来我从妈妈的信里看到的：

吾儿，没有什么语言可以表达我对你的爱和祝福，唯有放你在心中，永远在内心最柔软的部分。因为此，因为我们前世的情缘，你的快乐和健康，甚至一切感受，是我最关切的。

然而，今致儿书，我不谈别的，只能谈责任和理想，这于你也许有些生硬和难于理解，而我作为母亲，认为我们之间不得不讨论这样的话题。因为对于你的近况，我很担忧。

你喜欢自然科学，我当然尊重你的选择，绝不会把自己的意志强加给你，希望你能从自然科学的探索中找到乐趣，并在这样的乐趣之上建立属于自己的思想基础。

人与动物是有区别的，这并不是新奇的论断，你既然选择，就不得不走下去，你要学会为自己的选择负责任。

世界上没有人是不通过努力便获得成功，我们都不例外。那些艰深的知识，有些看似枯燥乏味。而你越是畏难，它就越是冷落你。你越是亲近它，读她，它便赋予你更多的智慧和灵气，让你迷恋，痴狂。

你是一个聪明的孩子，不仅仅表现在对知识的接受程度，还表现在对家庭和社会的感悟力，与人交流能力，认识社会能力以及自觉适应社会和各种环境的能力，后者对于你是比较薄弱的。因此你的精神缺乏动力，得过且过，表现出一种颓废意识。

那天，当我知道你厌倦学习后，我忍不住放声大哭，不只是担心你，更是认为我教育的失败。对于你，扶得太多，我不想让你再吃我们这辈人吃过的苦，于是百般呵护。甚至你不明白苦是什么滋味。

可是，你却失去了你这样的年纪应有的姿态。

孩子，有时候妈妈迷糊，常常反思对你的教育是不是不到位。血浓于水的深情，总想给予你一切，希望你拥有快乐时光。

目前你的脑子一片混沌，对自己的境况缺乏清醒的认识，对自己的未来缺乏足够的信心和勇气。你必须从这种状态中走出来，前途才是光明的。你要学会热爱学习，热爱亲人，热爱自己赖以生存的土地，热爱一切美好的人和事。

我不得不转身先走，走近安检口，我转过去看爸妈，看到妈妈的泪眼。忽然觉得脚很沉重，迈不开步子。我横下心转身进去，再转过身来已经看不到他们了。此时，我觉得从未有过的孤独，心中思念像潮水一般涌出来。原来以为我不会那么儿女情长，以为我能够忍住自己的感情，但是现在我已经控制不住哭起来。

我抹抹眼泪，径自往前走，不再回头。

几年高中，我去过不少地方，读过不少课外书。我没有挥霍年少时光，我珍惜这段时光。几年时间我改变自己，改变我的思维方式和对事物的判断。年少追风，有时狂奔，有时循着风的方向追寻。我曾迷茫，像风中浮尘，有时发昏有时清醒，有时失落有时像雨中路人。我的求学好比玩一场通关游戏，不知什么时候会跌落陷阱。如今我可以像风一样去环游世界，也像草一样随处扎根。

我依依不舍往安检口方向走去，此时，电话铃声响起。立辉来送我，见到他我一阵惊喜。我折返身出来，跟立辉拥抱。立辉告诉我，他明天到家乡什竹支教。我挪不动脚，原来一直矛盾，不敢说出来，久不敢决定的事情，此时在我心里变得亮堂起来。看到立辉以后，如一束光芒穿透我混沌的心灵，陡然我的头脑变得清晰起来。立辉的热情燃起我的愿望，于是我也做了大胆决定，放弃出国，与立辉一起到他家乡什竹支教。

身后响起马丁连修的声音：

我站在布列瑟农的星空下

而星星，也在天的另一边照着布列瑟农

请你温柔地放手，因我必须远走

虽然，火车将带走我的人，但我的心不会片刻相离

哦，我的心不会片刻相离

看着身边的白云浮掠，日落月升

我将星辰抛在身后，让他们点亮你的天空